U0018698

500 frases
coloquiales en español

最接
地氣

西班牙
500句
日常用語

台大外文系西班牙籍教授

鮑曉鷗 José Eugenio Borao

東海大學英語中心助理教授

陳南妤

晨星出版

Presentación

El español, como cualquier otra lengua, está llena de frases hechas, modismos, locuciones que si no se han oído anteriormente es difícil poder entender su significado, aunque se conozcan todas las palabras. El problema es más complicado si además se usan refranes, reflejando la sabiduría popular, y que por eso mismo se refieren a objetos o situaciones que ya han caído en desuso. Por esta razón, hemos recibido con agrado la oferta de la editorial Morning Star de escribir un libro con 500 expresiones coloquiales dirigido al alumno que ya tiene un cierto conocimiento de la lengua, y que está en proceso de irlo mejorando.

Hemos hecho un esfuerzo eligiendo frases y expresiones que nos iban saliendo de modo natural en la conversación, o que oíamos en la radio, o leíamos en las noticias de prensa y en otros artículos. Hemos tenido que eliminar muchas por ser demasiado complejas para un estudiante de español, pero, aun con todo, estamos seguros de que hemos incorporado bastantes que siguen exigiendo un nivel alto de la lengua para poder aplicarlas. Quizás en uno o dos años sean más asequibles para ser usadas por el alumno, ahora principiante.

Hemos intentado hacer algo más difícil y es agrupar las 500 expresiones de modo sistemático, por niveles de dificultad y con una cierta semejanza temática. Misión imposible que ha dado un resultado imperfecto (porque, en base al diseño temático, nos han salido algunas frases difíciles al principio, y otras fáciles al final), sin embargo, creemos que hemos hecho una secuencia que al menos será útil para el autoaprendizaje.

En el primer tercio de frases predominan las de conversación más habitual, como la de viajes y compras. Pensamos que podría ser interesante para los alumnos que se encuentran en un nivel A2 del Marco de Referencia Europea de Lenguas. El segundo tercio presenta frases hechas que pueden ser aprendidas por estudiantes de nivel B1. El último tercio corresponde a modismos, dichos y en particular a refranes, que pueden servir para dar una mayor calidad a la expresión oral o escrita, propios del nivel B2.

1. Conversación básica			Nivel A2
Temas I-IV	Español I (primer semestre)	80 frases	
Temas V-VIII	Español I (segundo semestre)	80 frases	
2. Frases hechas			Nivel B1
Temas IX-XII	Español II (primer semestre)	80 frases	
Temas XIII-XVI	Español II (segundo semestre)	80 frases	
3. Modismos, dichos, refranes			Nivel B2
Temas XVII-XX	Español III o cursos avanzados (primer semestre)	80 frases	
Temas XXI-XXIV	Español III o cursos avanzados (segundo semestre)	80 frases	
Tema XXV	Anexo: Locuciones latinas	20 frases	
		Total	500 frases

Este cuadro representa, pues, una secuenciación del libro, de estructura muy discutible, pero que al menos sí que será de utilidad para los alumnos que quieran programar su tiempo de acuerdo a sus posibilidades. Las últimas 20 frases corresponden a locuciones latinas de uso frecuente, incluso usadas en lenguas diferentes al español, que creemos que cualquier estudiante que aspire a comunicarse de modo avanzado debe conocer. Aunque su uso tiene que hacerse con precaución, y estando seguro de que la frase se corresponde a la situación. Por último, queremos agradecer a Kuan-Hsun Ho (Rafael), Wen Qian Wei (Valentina) y Lin-En Huang (Juana) su ayuda en la revisión final del texto.

Los autores

前言

　　西班牙文，就如同其他語言一樣，充滿了成語、俗語、慣用語，如果以前沒有聽過的話，可能沒辦法就字面上來了解其意義。若是俚語，就更難理解了，因為俚語通常反映當地的民情文化以及民間智慧，有時候典故來源的事物或情況已不復存在。因此，我們非常感謝晨星出版社邀請我們來寫這一本《西班牙最接地氣 500 句日常用語》，特別適合已經學過一些西班牙文的讀者，更加深對於這個語言及其文化的認識。

　　我們在選擇要收錄哪些日常用語時，花了相當的心力，希望收錄進來的是平常對話中很自然會用到的語句，可能是在廣播中會聽到的，或是在新聞報導或其他文章中會讀到的。西班牙文的成語、俚語相當多，有許多我們沒有收錄的，有些是因為對於西班牙文學生來說可能太過複雜。而我們有收錄在書中的用語，相信有足夠的內容讓西班牙文學生來增進語言能力並應用。如果是初學的學生，經過一兩年的學習，應該就能夠更加有自信地使用這些用語了。

　　在內容的編排上，我們將 500 句用語按照難易度、有系統地以主題式呈現。雖然我們很努力，但還是有不盡完美的地方（例如：為了配合主題式的呈現，有些較難的用語出現在書的前面，而較簡單的用語卻出現在書的後面）。無論如何，我們相信這樣的系統編排，對於自學西班牙文的讀者，應該會覺得好用的。

　　本書共分為三大部分，第一部分是「基本對話」，例如外出旅遊及購物時可能使用的日常用語，難易程度大致上是適合歐洲共同語言架構（CEFR）A2 程度的學習者。第二部分是「常用片語」，難易程度適合歐洲共同語言架構 B1 程度的學習者。第三部分是「成語、俗語及諺語」，包含口說或書寫可能用到的、較具有深度的用語，適合 B2 程度的學習者。

PARTE 1 基本對話			CEFR A2
Temas 01-04	西班牙文一（上學期）	80 句	
Temas 05-08	西班牙文一（下學期）	80 句	
PARTE 2 常用片語			CEFR B1
Temas 09-12	西班牙文二（上學期）	80 句	
Temas 13-16	西班牙文二（下學期）	80 句	
PARTE 3 成語、俗語及諺語			CEFR B2
Temas 17-20	西班牙文三或進階課程（上學期）	80 句	
Temas 21-24	西班牙文三或進階課程（下學期）	80 句	
Tema 25	附錄：拉丁文用語	20 句	
	總和	500 句	

　　以上僅列出本書編排的順序，但使用上是可以很有彈性的，表格中根據課程安排列出使用順序，只是方便學習者參考學習的進程。「附錄」的部分，是西班牙文中常見的拉丁文用語，其中許多用語不只是用在西班牙文裡，而在其他語言也可能看到，對於進階西班牙文學習者來說，認識這些拉丁文用語是非常有助於溝通的。PARTE 3 成語、俗語及諺語的使用，都是要視情況謹慎使用才得當。最後，我們要特別感謝何冠勳、文茜薇、黃琳恩協助校對修訂書稿的內容。

作者謹致

目次 Índice

成語、俗語及諺語
Modismos, dichos y refranes

拉丁文片語
Locuciones latinas

音檔使用說明

手機收聽

1. 偶數頁（例如第 10 頁）的頁碼旁都附有 **MP3 QR Code** ◀-------
2. 用 APP 掃描就可立即收聽該跨頁（第 10 頁和第 11 頁）的真人朗讀，掃描第 12 頁的 QR 則可收聽第 12 頁和第 13 頁……

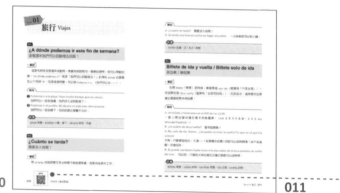

電腦收聽、下載

1. 手動輸入網址＋偶數頁頁碼即可收聽該跨頁音檔，按右鍵則可另存新檔下載

   https://video.morningstar.com.tw/0170027/audio/**010**.mp3

2. 如想收聽、下載不同跨頁的音檔，請修改網址後面的偶數頁頁碼即可，例如：

   https://video.morningstar.com.tw/0170027/audio/**012**.mp3
   https://video.morningstar.com.tw/0170027/audio/**014**.mp3

   　　　　　　　　　　　　　　　　　　依此類推……

3. 建議使用瀏覽器：Google Chrome、Firefox

全書音檔大補帖下載（請使用電腦操作）

1. 尋找密碼：請翻到本書第 261 頁，找出最後一個詞彙的中文翻譯。
2. 進入網站：https://reurl.cc/devGWM（輸入時請注意英文大小寫）
3. 填寫表單：依照指示填寫基本資料與下載密碼。E-mail 請務必正確填寫，萬一連結失效才能寄發資料給您！
4. 一鍵下載：送出表單後點選連結網址，即可下載。

基本對話
Conversación básica

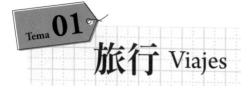

旅行 Viajes

001

¿A dónde podemos ir este fin de semana?
這個週末我們可以到哪裡去玩呢？

▶ **筆記**

　　這是和朋友安排週末活動時，常會用到的問句，簡單的提問，就可以帶動討論。"¿A dónde podemos ir?" 就是「我們可以到哪裡去？」記得在 dónde 前面要加上介係詞 "A"。回答這個問題，可以說 Podemos ir a...（我們可以去……）。

例句

❶ Podemos ir a la playa. Hace mucho tiempo que no vamos.
　我們可以一起到海灘。我們好久沒到那裡了。

❷ Podemos ir al pueblo. Mi abuela no está bien últimamente.
　我們可以一起到鄉下。我奶奶最近身體不太好。

詞彙

playa 海灘；pueblo 小鎮、鄉下；abuela 祖母、外婆

002

¿Cuánto se tarda?
需要多久時間？

▶ **筆記**

　　用 se tarda 來說明要花多少時間才能抵達某處，或是完成某件工作。

A: ¿Cuánto se tarda?　需要多久時間？

B: Se tarda una hora en coche en llegar al pueblo.　一小時車程可以到小鎮。

詞彙

tardar 延遲、花 [多少] 時間

003

Billete de ida y vuelta / Billete solo de ida
來回票 / 單程票

▶ 筆記

　　在買 billete（車票）的時候，單程票是 solo ida（直譯為「只是去程」），來回票則是 ida y vuelta（直譯為「去程和回程」）。在西班牙，通常買來回票會比買單程票來得划算。

例句

A: Un billete a Salamanca en el AVE de las 12:00.

一張 12 點出發往薩拉曼卡的高鐵票。（AVE 是西班牙高鐵，全名是 Alta Velocidad Española。）

B: ¿Lo quiere de ida y vuelta?　要來回票嗎？

A: No, solo de ida. Bueno… ¿Se puede cambiar la vuelta? Es que no sé qué día volveré.

不用，只要單程就好。不過……[如果買來回票] 回程可以改時間嗎？我不知道哪一天會回來。

B: Sí, puede cambiarla hasta cinco minutos antes de la hora prevista de salida del tren.　可以的，只要在火車出發五分鐘之前都可以改時間。

詞彙

billete 車票；salida 出發；cambiar 改變；ida 去程；vuelta 回程

Voy a hacer la maleta. 我要打包行李。

▶ 筆記

打包行李的動詞使用 hacer（做）這個字。因為 maleta（行李）通常不只一包，所以可用複數 hacer las maletas。

例句

A: ¿A dónde vas? 你要去哪裡？
B: Voy a hacer la maleta. 我要打包行李。
A: ¿Cuánto tiempo necesitas para hacerla? 你需要多少時間打包？
B: En una hora la hago. 一個小時。

詞彙

maleta 行李

¿He puesto todo en la maleta? A ver, bolsa de aseo...
我所有東西都放進行李了嗎？我看看，盥洗包⋯⋯

▶ 筆記

西班牙文常常會用 A ver... 這個語氣詞，就是「我看看」或「我想想」的意思。用法相同的還有 Vamos a ver...，就是「讓我們看看／想想」的意思。Bolsa 是小包包或是小袋子，bolsa de aseo 指的是盥洗包。

例句（自言自語）

¿He puesto todo? A ver,... sí, creo que está todo y que no me dejo nada. ¡Ay! El pijama, me lo olvidaba.

我所有東西都放進去了嗎？我看看，嗯，我覺得應該都放好了，沒有忘記什麼。啊！我忘記睡衣了。

 詞彙

bolsa de aseo 盥洗包；pijama 睡衣

006

¿Llevo todo? A ver, pasaporte, billetera, gafas de sol…

我東西都帶了嗎？我看看，護照、皮夾、太陽眼鏡……

▶ **筆記**

　這句用語和前一句 ¿He puesto todo? 意思一樣。平常旅遊，你必須隨身攜帶的物品，除了護照（pasaporte）、皮夾（billetera）、太陽眼鏡（gafas de sol），還有哪些？手機充電器（cargador para el móvil）帶了嗎？

詞彙

pasaporte 護照；billetera 皮夾；gafas de sol 太陽眼鏡；móvil 手機

007

Espero que quepa todo en la maleta.

希望所有東西都放得進行李箱。

▶ **筆記**

　Espero que（我希望）後面接的動詞變化必須是假設語氣或虛擬式（subjuntivo）。動詞「放得進」的原型是 caber，屬不規則變化的動詞，第三人稱單數現在虛擬式為 quepa，主詞是 todo（所有東西）。如果想要避免用虛擬式，可以將句子改為 Espero poder meter todo en la maleta.（我希望可以把所有東西裝進行李箱）。如果要說「行李箱裝不下所有東西」，可以說 No cabe todo en la maleta。

❶ A: ¿Vas a llevar muchas cosas en la maleta?

你會帶很多東西在行李箱裡嗎？

B: Sí, demasiadas. No es muy grande, pero espero que quepa todo en la maleta.

是啊，太多了。行李箱不是很大，希望所有東西都裝得下。

❷ El coche es muy grande, caben muchas cosas. Pero hay tantas que yo ya no quepo. Ja,ja.

車子很大，可以裝很多東西。可是裝了這麼多東西就裝不下我了。

詞彙

caber 裝得下；meter 裝、塞 [進某個地方]

008

¿Cuál es la mejor época para viajar a España? 最適合到西班牙旅遊的是什麼季節？

▶ **筆記**

在旅行之前，要先了解適合到目的地旅遊的季節。最適合、最好的季節，可以說 "la mejor época" 或是 "la mejor temporada"。

例句

A: ¿Cuál es la mejor temporada para viajar a España?

到西班牙旅行什麼季節是最好的？

B: Depende, si quieres ir a la playa, pues en verano. Si quieres esquiar, en invierno. En invierno en España están las vacaciones de Navidad, que se continúan con las rebajas de enero. Estas coinciden en Taiwán con el inicio de las fiestas escolares del Año Nuevo Chino.

看情況，如果你想到海灘，就要夏天去玩。如果想滑雪，就冬天去玩。西班牙冬天有聖誕節假期，假期之後，在一月有購物大折扣。這個時間點大概是台灣寒假及農曆新年假期開始的時候。

A: ¿Y si quiero ir durante fiestas de primavera, a principios de abril? ¿Hay algo interesante?

那如果是春假四月初去玩，有什麼特別有趣的地方嗎？

B: A veces esas fechas coinciden con las vacaciones escolares de la Semana Santa. Si vas a Sevilla puedes ver sus famosas procesiones.

有時候這段時間正好是西班牙「復活節聖週」假期。如果你到塞維亞，可以看到有名的聖週遊行。

詞彙

esquiar 滑雪；invierno 冬天；a principios de [某個時段、月份、季節] 之初；vacaciones 假期；rebajas 大折扣；procesiones 遊行（通常是指宗教活動或節慶的遊行）

009

Cosas para hacer y ver
[旅遊目的地之] 必做的事、必玩必看的地方

▶ **筆記**

西班牙的各個大小城鎮都有當地有趣的藝術文化可以欣賞，還有當地美食可以品嚐。在出發之前，最好先做功課，上網或是閱讀相關旅遊書籍，這樣在當地有限的時間裡，才不會錯過精彩的行程。

例句

❶ A: ¿Qué puedo hacer y ver en Madrid?
我到馬德里可以有哪些行程呢？

B: Depende de las cosas que te gusten. Si te gusta el fútbol, no te pierdas un partido de fútbol en el Bernabéu. Si te gusta el arte, debes ir al Museo del Prado.

看你喜歡什麼。如果你喜歡足球，不要錯過到貝納貝屋球場看場足球賽。如果你喜歡藝術，你一定要到普拉多美術館參觀。

❷ A: ¿Y a qué sitios puedo ir desde Madrid?

從馬德里出發我可以到哪些景點呢？

B: Por su interés cultural, hay ciudades muy interesantes cerca de Madrid como Ávila, Segovia y Toledo.

馬德里附近的城鎮，像是艾維拉、塞哥維亞、托雷多，都是值得參觀的文化城。

詞彙

depende de... 依照、端看……；perderse 迷路；museo 博物館、美術館；prado 草地、綠地；ciudad 城市

010

Requisitos de entrada en España
入境西班牙須知

▶ **筆記**

出國旅遊也必須先了解進入當地有什麼必備的文件。這些必備的條件或文件就是 requisitos，entrada 在這裡指的則是入境。另一種說法是 requisitos para entrar en España，例如入境西班牙需要有效的護照（pasaporte válido），在疫情期間可能會要求疫苗施打證明（certificado de vacunación）。

例句

A: Si después de ir a España quiero visitar Francia, ¿necesito visado para los dos países?

如果到西班牙之後我想再到法國，是不是需要兩個國家的簽證？

B: No. España está dentro del Espacio Schengen, al que pertenecen la mayor parte de los países europeos, de modo que si entras en uno de ellos, ya puedes moverte libremente por el resto.

不用。西班牙是申根國家之一，大部分歐洲國家都是申根國，所以只要進入其中一個國家，就可以自由地在這些國家旅遊。❶

A: Entonces, ¿dónde pido el visado de entrada?

所以我要在哪裡申請簽證呢？

B: Tienes que pedirlo en la embajada del país por el que entres.

你要到第一個進入的國家的辦事處申請。❷

詞彙

requisito 條件、要求；certificado 證書、證明；vacunación 疫苗注射；
válido 有效的；país 國家；espacio 空間、區域；libremente 自由地；
embajada 大使館；visado 簽證

011

Estoy de visita. 我是來旅遊的。/ 我是訪客。

▶ **筆記**

　　在旅途中可能會被問到你的身分，如果只是旅遊或短暫停留、訪友，可以說 estoy de visita。

例句

❶ A: [En el hotel] ¿Va a estar muchos días en Sevilla?

　　[在旅館裡] 你會在塞維亞停留很多天嗎？

---

❶ 申根國包括德國、奧地利、比利時、丹麥、斯洛文尼亞、西班牙、愛沙尼亞、芬蘭、法國、希臘、匈牙利、冰島、義大利、拉脫維亞、列支敦士登、立陶宛、盧森堡、馬耳他、挪威、荷蘭、波蘭、葡萄牙、捷克共和國、斯洛伐克共和國、瑞典和瑞士。

❷ 現在台灣人到歐洲旅遊已經不需要簽證了。

B: No, estoy solo de visita. ¿Qué sitios me recomienda para visitar?

不會耶，我只是短暫停留。有什麼地方你推薦我參觀的呢？

❷ A: ¡Hombre, Carlos! ¡Qué sorpresa! Hace años que no nos vemos. ¿Qué haces en Valencia? No esperaba verte por aquí.

天啊，卡洛斯！太驚喜了！我們好多年沒見到面了。你怎麼會來瓦倫西亞呢？我沒想到會在這裡看到你。

B: He venido a visitar la ciudad. Quizás me puedes presentar los lugares más famosos y en particular la Ciudad de las Artes y las Ciencias. Me encanta la arquitectura de Calatrava.

我是來參觀這座城市的。或許你可以帶我看這裡有名的景點，特別是「藝術科學城」。我超喜歡卡拉特拉瓦 ❸ 的建築。

❸ El Profesor Emmanuel Smith es un profesor visitante en nuesta universidad.

以馬努維・史密斯教授是在我們大學的訪問教授。

詞彙

visita 拜訪、訪問；sorpresa 驚訝、驚喜；arquitectura 建築；futurismo 未來主義

012

Soy estudiante de intercambio. 我是交換生。

▶ 筆記

　　在西班牙，一般對於「交換生」的理解和其他國家有點不同，因為絕大多數在西班牙的交換生是來自其他歐洲國家，特別是透過「伊拉斯莫斯」（Erasmus）計劃管道的交換生。因此，這些學生會說 "soy un estudiante Erasmus"（我是伊拉斯莫斯學生），代表自己是透過這個計劃的交換生。

---

❸ 卡拉特拉瓦（Santiago Calatrava）是瓦倫西亞著名建築師，屬於未來主義（futurismo）風格。

A: ¡Hola! ¿De dónde eres? Pareces oriental. ¿Qué haces por España?

你好！你從哪裡來的？你看起來是東方人，是為了什麼來西班牙呢？

B: Soy estudiante de intercambio.　我是交換生。

A: ¿De intercambio? ¿Qué quieres decir?　交換生？你的意思是？

B: Es como un Erasmus. Mi universidad en Taiwán tiene un acuerdo de intercambio de estudiantes con la Complutense.

就像是「伊拉斯莫斯」這樣的計劃。我在台灣的大學和康普頓斯大學❹ 有交換學生的計劃。

A: Ah, ya veo. ¿Y qué has venido a estudiar a España?

啊，我了解了。所以你來西班牙是學哪一方面的課程？

B: Economía, aunque mi plan es mejorar mi español... pero sobre todo he venido a viajar.

是經濟學，不過我的計劃是加強西班牙文……還有更重要的是，我是來旅遊的。

詞彙

intercambio 交換；oriental 東方的；economía 經濟、經濟學；viajar 旅行、旅遊

013

Viajo por negocios.　我是來出差的。

▶ **筆記**

　　這句話通常用在剛認識的人的對話中，或是填寫表格時所填寫的資料（例如簽證），也可能是進入邊境管制（control de frontera）時會用到的句子。

---

❹ 康普頓斯是西班牙著名的馬德里康普頓斯大學（Universidad Complutense de Madrid），最早在 1293 年成立於馬德里近郊的阿卡拉（Alcalá de Henares）。

A: ¿Va a estar mucho tiempo aquí?

你會在這裡停留很久嗎？

B: No, solo unos días, estoy de viaje de negocios.

只有幾天而已，我是來出差的。

A: ¿Y en qué hotel se hospeda?

你會住在哪間旅館？

B: En el Miramar.

在米拉瑪爾。

詞彙

negocios 生意、工作；frontera 邊境；hospedarse 住（短暫住宿、下榻）

014

¿Dónde puedo comprar una tarjeta SIM de prepago para internet?

我在哪裡可以買到手機上網預付卡呢？

▶ **筆記**

　　Tarjeta SIM de prepago 在這裡指的是「手機預付卡」的意思，指使用手機上網、通話、簡訊等功能。在機場購買預付卡之前，最好先研究一下哪一種方案比較划算，或是有什麼特殊的優惠。

例句

❶ ¿Me permite esta tarifa hacer llamadas al extranjero?

　用這個費率方案我可以打電話到國外嗎？

❷ ¿Quiere sólo hablar o también navegar?

　您只是要通話，還是也要上網？

❸ A: ¿Cuánto tiempo dura una tarjeta prepago?

預付卡的使用期限有多長？

B: Normalmente, las tarjetas prepago tienen un periodo de validez de 12 meses, que se cuentan desde el momento en que se hace la primera llamada o la última recarga.

通常預付卡有效期限是 12 個月，計算方式是從您打第一通電話開始，或是從最後一次加值開始算。

詞彙

prepago 預付的；tarifa 費率；giga 手機上網流量單位 Gigabyte（GB）

015

Para ir a IFEMA, ¿qué es mejor, el metro, el tren o el autobús?

要到馬德里會展中心，是坐地鐵、火車還是公車比較好呢？

▶ **筆記**

　　雖然現在使用衛星導航，例如 Google Maps 等應用程式，就可以輕易找出到某個地方的路線圖，但是在剛抵達一座新的城市時，在機場索取一張地圖還是比較方便的，因為可以快速掌握城市各景點大致的地理位置，使用手機反而不見得這麼容易掌握。

例句

❶ ¿Tiene un mapa del metro de Madrid? ¿Qué itinerario me recomienda para ir a Sol?

請問有馬德里的地鐵圖嗎？我要到「太陽門」，您建議走哪條路線呢？

（這裡 Sol 指的是「太陽門廣場」（Puerta del Sol）。）

❷ ¿Tiene un mapa turístico de Madrid?

請問有馬德里的觀光地圖嗎？

❸ ¿Puede señalarme en este plano dónde están las paradas del autobús que va al aeropuerto?

可以麻煩您告訴我這地圖上的哪裡有到機場的公車站呢？

❹ Por favor, ¿cuánto tiempo le cuesta al autobús llegar a Atocha, si el tráfico es normal?

不好意思，請問到阿多恰火車站坐公車要多少時間，如果是不塞車的情況？

（這裡 Atocha 指的是馬德里的阿多恰火車站（Estación de Atocha）。）

詞彙

IFEMA (Institución Ferial de Madrid) 馬德里會展中心；mapa / plano 地圖；metro 地鐵；tren 火車；autobús 公車；aeropuerto 機場

016

¿Dónde puedo comer barato y bien?
到哪裡我可以吃得又好又便宜？

▶筆記

　　每一個人無論到哪裡旅遊，都會想要問這個問題，但是卻往往不敢這麼直接地問。因此有其他替代的問法，例如把 puedo（我可以）改為非人稱代名詞 se puede，問句就會是 ¿Dónde se puede comer por aquí barato y bien?（在這附近哪裡可以吃得又好又便宜？）。

例句

❶ Hola, buenas. ¿Sabe si por aquí cerca hay un restaurante bueno con menú del día?

您好。您知道這附近哪一間餐廳有不錯的每日特餐？

❷ A: Hola, perdón. Me han dicho que por aquí cerca hay un restaurante con precios muy razonables.

您好，不好意思，聽說這附近有一家餐廳價格很實在。

B: Supongo que se refiere al restaurante de la Casa de Andalucía, que está en esta acera, un poco más arriba.

我想您說的是「安達魯西亞之家」餐廳，就在這條路上，再往前走一點就到了。

❸ ¿Dónde se puede comer por aquí bien y a buen precio?

這附近哪裡可以吃得不錯，價格又好？

詞彙

acera 人行道；precio razonable 合理的價格；menú del día 今日特餐

017

Llover a cántaros
下豪雨

▶ 筆記

　　Cántaro 是古代運水用的圓型桶狀容器（vasija grande de barro），有時候是頂在頭上運送（transportar）的。如果裝水的桶子倒了（se vierte），可以想像裡面裝的水就會強而有力（con fuerza）一下大量（en gran cantidad）倒出來。所以 llover a cántaros 就是形容下豪雨，雨像是從水桶倒出來一樣。

例句

❶ Está lloviendo a cántaros. Voy a esperar a que pare la lluvia antes de salir de casa.

現在在下豪雨。我要等到雨停再出門。

❷ Lo siento, llego tarde porque está lloviendo a cántaros.

對不起，我遲到了，因為現在下豪雨像用倒的一樣。

詞彙

cántaro 大型桶子；vasija 容器；barro 圓型桶；transportar 運送；verter 傾倒；fuerza [強大的] 力量；cantidad 數量；llover 下雨；lluvia 雨

¿Cuál es el programa de fiestas?
請問哪一個是節慶活動的日程表？

▶ 筆記

　　每個城市或小鎮的宗教節慶（當地守護聖者的慶典），都會有活動內容的日程表或節目單，稱為 Programa de Fiestas。通常早上是宗教儀式，下午及晚上則有慶典活動。

／ 例句

❶ A: ¿Se pueden ver gigantes y cabezudos?
可以看到「巨人與大頭人」❺ 嗎？
B: Sí, por las mañanas desfilan por la calle.
可以的，早上會在街上遊行。

❷ A: ¿Por qué está tan sucia la calle? Hay botellas por el suelo.
街上怎麼這麼髒亂？地上到處都是酒瓶。
B: Es que la gente se divierte por la noche.
是因為昨晚大家玩得太嗨了。
A: Entiendo, ha habido un botellón.
原來是這樣，是有人在街上群聚喝酒。
（Botellón 指的是一大群人晚上在街上群聚喝酒，就像是自己的行動酒吧。）
B: Bueno, en realidad, estos días toda la ciudad por la noche es un macrobotellón.
事實上，這幾天整個城市到了晚上就像是大型的露天行動酒吧。

❸ A: ¿Se pueden ver corridas de toros?
可以看到鬥牛嗎？

---

❺　「巨人與大頭人」是西班牙傳統節慶常會看到的遊行裝扮，例如聖費明節（San Fermín，也就是「奔牛節」）。

B: Sí, cada día hay toros a las cinco de la tarde.
可以的，每天下午五點都有鬥牛。

詞彙

gigantes 巨人；cabezudos 大頭人；botella 瓶子；botellón 群聚喝酒；suelo
地面、地板；corridas de toros 鬥牛

019

Me quedé tres días en Zaragoza.
我們在薩拉哥薩停留三天。

▶ **筆記**

　　動詞 quedarse（留下來）在旅行的情境來說，意思就是在某處暫時停留，有
時候是非預期的停留。因此，如果要說是永遠地留在某個地方，就要詳細說明，
例如以下例句 3 加上說明 "toda mi vida"（我一輩子）。

例句

❶ Fui de viaje de Barcelona a Madrid, pero primero me quedé tres días en
Zaragoza.
我從巴塞隆納到馬德里旅行，但是先到薩拉哥薩停留三天。

❷ Íbamos a Madrid en coche y en el camino vimos un restaurante de tres
tenedores junto a la carretera, en el que nos quedamos a comer.
我們開車到馬德里的路上，經過一家三支叉子（三顆星）的餐廳就在公路旁，
所以我們就停下來用餐。❻

---

❻ 西班牙的高級餐廳會以「叉子」的數量來顯示等級，就如同星級旅館以幾顆星來表示等級。五
支叉子是最頂級的餐廳，但是三支叉子的餐廳已經算是很高級了。

❸ Me gustó tanto España, que hasta me enamoré de un español y por tanto decidí quedarme aquí toda mi vida. Y, ya ves, aquí sigo.

我好喜歡西班牙，喜歡到還愛上了一位西班牙人，也因此我決定一輩子留在西班牙。所以，你看，我還在這裡。

❹ Como cuando llegó a España no sabía dónde estar, le ofrecí quedarse en mi casa hasta que encontrara trabajo.

他剛到西班牙的時候，不知道該住在哪裡，所以我就讓他暫時住在我家，直到他找到工作為止。

❺ Fuimos a la playa y nos quedamos en un hotel con vistas al mar todo el mes. (Aunque no está mal, sería mejor decir: "… y estuvimos en un hotel…", ya que ese hotel fue el destino final).

我們到海灘，住在有海景的旅館整整一個月。（這裡可以説 nos quedamos en un hotel，也可以説 estuvimos en un hotel，因為那裡是旅行的目的地。）

（詞彙）

tenedor 叉子；carretera 公路

020

Hasta ahora bien.
到目前為止都好。

▶ 筆記

　　這句話暗示旅途中可能有遇到一些危險或是特殊的問題，因此旅途有一點冒險的意味。如果沒有任何的問題或狀況，會以不同的句子來表達，例如：Sin problema.（完全沒問題）。

（例句）

❶ A: ¿Qué tal está yendo el viaje?
旅途如何呢？

B: Hasta ahora todo bien. Todo está funcionando según lo esperado.

到目前為止都好。如預期中的都還算順利。

❷ A: ¿Qué tal va el viaje?

旅途如何呢？

B: Gracias a Dios, de momento todo bien.

感謝上帝，目前一切都好。

❸ A: Y el viaje ¿qué tal?

旅途如何呢？

B: Sin problemas. (Evita decir: "no problema").

沒有問題。（不要說 "no problema"。）

viaje 旅行；Dios 上帝 / 天主；momento 時刻；problema 問題

旅館訂房 Reservando un hotel

021

Me gustaría hacer una reserva.
我想要訂房。

▶ **筆記**

　　現在利用網路訂房有許多不同的管道，也有不同的住宿選擇，例如渡假飯店、一般飯店、民宿、平價旅社等。學生旅遊也有不同的選擇，包括青年旅館、私人住宅等。如果以傳統的方式打電話訂房的話，就可能會用到以下例句的對話。

例句

A: Buenos días. ¿Es aquí el hotel Buenavista? Querría hacer una reserva para los días 22 a 25 de este mes.
您好，請問是「美景飯店」嗎？我想要訂房，這個月的 22 日到 25 日。

B: Buenos días. Sí, aquí es el hotel Buenavista. Solo nos quedan habitaciones dobles para esos días.
您好，是的，這裡是「美景飯店」。您想訂的這幾天我們只剩下雙人房。

A: ¿Cuál es el precio de una habitación doble por día?
雙人房的價格每晚是多少錢？

B: Cada noche son 145 euros, desayuno incluido. Tenemos piscina y gimnasio.
每晚是 145 歐元，附早餐。我們也有游泳池和健身房。

A: Muy bien, me interesa.
很好，我想訂房。

B: ¿A nombre de quién pongo la reserva?
請問您訂房的大名是？

MP3

reserva 預約、預訂；quedar 剩下、留下；desayuno 早餐；piscina 游泳池；
gimnasio 健身房；resort 渡假飯店；pensión 民宿；hostal 平價旅社；albergue
青年旅館

022

El hotel está completo. 旅館已經訂滿了。

▶ 筆記

　　如果因為某些因素沒有提早訂房，臨時到旅館問有沒有房間時，可能會得到
這樣的答案。這種情況下，雖然沒有辦法，但還是可以詢問是否能得到幫助。

例句

❶ No voy acompañado. Quizás dispongan de una pequeña habitación libre.
我只是一個人要住房。如果有一間小房間空出來就可以了。

❷ ¿Hay por aquí cerca algún otro hotel u hostal?
這附近有其他旅館或是平價旅社嗎？

❸ ¿Qué hotel me recomienda? Aunque no esté cerca, puedo ir en taxi.
您可以推薦其他旅館嗎？即使不在附近也沒關係，我可以坐計程車。

詞彙

hotel 旅館；recomendar 推薦

023

Me registré por internet para este fin de semana. 我是在網路上訂了這個週末的房間。

▶ 筆記

　　有時候先預訂了房間，但是到了旅館，或是退房的時候，可能會遇到一些問
題。以下的例句或許就會用得到。

❶ A: Me registré por internet para este fin de semana.

我是在網路上訂了這個週末 [的房間]。

B: ¿[cuál es] Su nombre? por favor.　請問您的大名？

❷ A: ¿Hasta qué hora puedo estar el domingo?

星期天我可以在這裡住到幾點？

B: Hasta las 10 de la mañana.　到早上十點 [退房]。

❸ A: ¿Puedo dejar en algún sitio las maletas y las paso a recoger por la tarde?　我可以把行李寄放在某個地方嗎？下午我再過來拿？

B: Sí, déjelas en esta habitación. Las pondremos agrupadas con esta red.

可以的，行李可以放在這間房間裡。寄放的行李我們會用這個網子圍住。

詞彙

dejar 留、放置；recoger 拿回；red 網子

024

¿Hay conexión Wi-Fi?　有無線網路嗎？

▶ **筆記**

西班牙文 Wi-Fi 的發音類似於 "güifi"，和平常英文的發音是不一樣的。

例句

❶ ¿Hay conexión a internet en las habitaciones?　房間裡面有無線網路嗎？

❷ ¿Cuál es la contraseña para usar internet?　網路的密碼是什麼？

❸ La conexión a internet no es muy estable. ¿Pueden ver qué pasa?

網路連線不太穩定，可以麻煩看一下是怎麼了嗎？

詞彙

contraseña 密碼

Estás en todo.
你把一切都打點得很好。

▶ **筆記**

　　這句話是指你做事情瞻前顧後，一切都處理得很好。這裡 "todo"（一切）並不是指所有的地方，而是指所有的事情，可能是重要的，或是不那麼重要的事情，都打點得很好。

／ **例句** ＼

❶ Nadie ha hecho nada para preparar el viaje. Siempre tengo que ser yo quien esté en todo.
出門旅行，都沒有人做準備。每次都是要我打點好一切。

❷ A: Y aquí tienes jamón serrano, para este fin de semana. El que a ti te gusta.
我準備了塞拉諾火腿，這個週末要吃的。是你喜歡的。
B: Cariño, estás en todo.
親愛的 ❶，你總是把一切都打點得很好。

Esto da muy bien el pego.
這個表面上看起來很好。

▶ **筆記**

　　這句話是用來形容某件事物表面上看起來比實際上的好。Pego 這個字來自 pegar，就是「黏著」的意思，用語的典故則是來自古代玩紙牌時，有些人會使用騙術技倆，在紙牌上黏記號作弊。

---

❶ 夫妻間可以互稱 "cariño"（親愛的）。

❶ Este hotel no es tan bueno como parecía en internet. Las fotos daban muy bien el pego.

這家旅館不像網路上看起來那麼好。那些照片讓旅館看起來比實際上好很多。

❷ Este Rolex es una imitación muy buena. Con él doy muy bien el pego.

這隻「勞力士」手錶是幾可亂真的仿冒品。我戴著它看起來像是真的。

❸ Este trabajo lo presentas a doble espacio y te salen 30 folios. Así das el pego.

你這篇報告每行字都空兩行，總共變成 30 頁。你這樣交報告看起來比實際上的好。

❹ Aunque esta ropa dice que es de marca, no es verdad. Pero si la llevas puesta das el pego.

這件衣服說是名牌，其實不是。但是你穿起來幾可亂真。

❺ Se nos ha puesto enfermo el payaso. Por eso hemos buscado a Manolo, seguro que da el pego.

小丑因為生病沒辦法來，所以我們找了馬諾羅代替他，相信看起來會像真的一樣。

詞彙

imitación 模仿；folios 頁；ropa de marca 名牌衣服；llevar puesto 穿起來；payaso 小丑

027

Ya no es lo que era. 已經不像以前那樣了。

▶ **筆記**

這句話是用來描述事情改變了許多，通常是負面的意思。年長者在談論到過往懷念的事情時，常會用到這句話。另外一句相同意思的用語是 "Ya no es como antes."。

❶ Siempre venimos a esta playa, pero ya no es lo que era. Ahora hay demasiada gente.

以前我們常常來這個海灘，可是已經變得不一樣了。現在人很多。

❷ En este río antes se podía pescar, pero ahora hay mucha polución. Ya no es lo que era.

以前可以在這條河裡捕魚，可是現在汙染很嚴重。已經不像以前那樣了。

❸ Antes los estudiantes se concentraban más en clase. Los de ahora ya no son como los de antes.

以前學生在上課的時候很專心。現在的學生和以前不一樣了。

❹ Este barrio ya no es lo que era. Ahora está muy deteriorado.

這個地區已經不如從前了。現在這裡很蕭條。

詞彙

pescar 釣魚、捕魚；polución 汙染；barrio 地區

028

¿Dónde está el centro histórico?
歷史古區在哪裡？

▶ 筆記

　　這句話就相當於「這座城市最古老的區域在哪裡？」的意思。歷史古區也可以稱為 el casco antiguo，在西班牙的城鎮裡，常常有中古世紀（medieval）留下來的歷史古區，有的地方很沒落，但是有的地方經過整修及維護後，會變成觀光區，成為 centro histórico（直譯為「歷史中心」），可以看到古代的建築、小廣場，或是在廣場上酒吧的露天座位（la terraza de un bar）喝飲料。也會有古代窄小巷弄的徒步區（calle peatonal）可以散步（pasear），或是吃西班牙小菜（ir de tapeo）。

❶ ¿Dónde está el centro histórico y qué se puede visitar allí?
　歷史古區在哪裡？那裡有什麼可以參觀的？

❷ ¿Dónde se puede comprar postales y recuerdos en el centro histórico?
　在歷史古區內，哪裡可以買到明信片及紀念品呢？

詞彙

medieval 中古世紀；centro histórico 歷史古區；terraza de un bar 酒吧的露天座位；calle peatonal 徒步區的街道

029

¡Madre mía!
我的媽呀！

▶ 筆記

　　這句驚嘆語可以用在不同的情況，可能是表達意外的情緒，或是在危險的情況下感到害怕，也可能是覺得快樂或驚訝。因此，講這句話時的聲調表情很重要。義大利文有一句類似的常用語 "Mamma mia"（中文音譯為「媽媽咪呀」），有時候也會用在西班牙文的對話裡。

例句

❶ ¡Madre mía, qué hotel más caro!
　我的媽呀！這旅館好貴！

❷ ¡Madre mía! Mira, mira ese coche, acaba de estrellarse contra un árbol.
　我的媽呀！你看，你看那台車，剛才撞到樹了。

❸ ¡Madre mía! Pero, ¡qué golazo!
　我的媽呀！這球進得真漂亮！

　　（足球比賽時，進球是 "gol"，而 "golazo" 是進球的強調語氣，意思就是球進得特別漂亮。）

❹ ¡Madre mía! De esta [situación] no salgo viva.

我的媽呀！這 [情況下] 我沒辦法活著出來。

詞彙

estrellarse 撞到；gol 足球球門、進球；espectacular 很精彩、壯觀的

030

¿Hay duchas en la playa?

海灘有淋浴設備嗎？

▶筆記

設施不錯的海灘通常會有淋浴設備，主要是為了把沙子沖掉。通常淋浴設備是免費的，但是為了避免浪費水資源，有越來越多的地方開始收費。

例句

❶ A: ¿Hay duchas por aquí?　這裡有淋浴設備嗎？

B: Sí, allí las tiene.　有的，在那裡。

❷ A: ¿Hay duchas en la playa?

這個海灘有淋浴設備嗎？

B: Sí, allí están las cabinas. ¿Las ve?

有的，在那裡的那些隔間就是，你有看到嗎？

031

¿Dónde está la caseta de la Cruz Roja?

哪裡有紅十字會的急救小站？

▶筆記

通常在比較大型的海灘景點會有紅十字會的急救小站（la caseta de la Cruz Roja），或是寫著 SAMU 的行動救護車（SAMU 指的是 Sistema de Atención Móvil de Urgencias），救護車內可以馬上處理小傷或是被動物咬的傷口，如果需要到醫院救治，救護車也可以直接載傷患到醫院。如果是有人溺水需要搶救，則要找駐守的救生員（socorrista）。

例句

❶ ¿Sabe dónde está la caseta de la Cruz Roja? Me ha picado una medusa y tengo la piel irritada.

您知道紅十字會的急救小站在哪裡嗎？我剛被水母咬傷，現在皮膚很不舒服。

❷ ¿Hay por aquí una ambulancia del SAMU? Creo que a mi padre le ha dado un golpe de calor.

請問這裡有 SAMU 的救護車嗎？我爸爸好像中暑了。

❸ Parece que a esa persona la resaca se la está llevando mar adentro. ¿Dónde hay un socorrista?

那個人好像要被暗流帶往海中央了。哪裡有救生員呢？

詞彙

picar 咬傷；medusa 水母；piel irritada 皮膚刺痛或搔癢；golpe de calor 中暑；resaca 暗流（另一種意思是「宿醉」）

032

Vamos a ese chiringuito.
我們一起到飲料吧。

▶ 筆記

這裡指的是我們一起到海灘上的露天飲料吧買飲料。Chiringuito 指的是海灘上的小酒吧，通常會賣各種飲料，如果有露天座位的話，也可能會販賣食物。這樣的飲料吧一般只在夏天的時候開放，因為會有渡假的旅客。另外，chiringuito 的引申意義是指政治上，與地方掌權者意識形態接近的人所成立的組織或顧問團體，以獲得當地政府的補助經費。

❶ Tengo sed. Vamos a ese chiringuito a tomar algo.

我口好渴。我們到飲料吧喝點東西吧。

❷ Esta playa está llena de chiringuitos muy concurridos por gente joven a la
hora de comer.

這個海灘上有許多飲料吧,在用餐時間很多年輕人聚集在那裡。

❸ A los turistas les encanta tomar un aperitivo al aire libre en los chiringuitos
que hay a lo largo del paseo junto a la playa, porque les relaja y les da un
sentido de libertad.

許多遊客都喜歡在海灘步道旁的飲料吧露天座位喝酒、吃開胃小菜,因為可
以很放鬆,又有自由的感覺。

詞彙

chiringuito 飲料吧；concurrir 人群聚集、繁忙

033

He perdido el teléfono móvil.
我手機掉了。

▶ 筆記

在說出「手機掉了」之前,先確定一下手機是不是真的掉了。可以用其他電
話撥打給自己的手機,看看是不是能聽得到電話鈴聲。如果手機真的掉了,先
想一想剛才去過的地方,以及最近一次是在什麼時候使用手機的。

例句

A: He perdido el móvil.

我手機掉了。

B: ¿Cuándo fue la última vez que lo viste?

你最後一次是在什麼時候看到手機的?

A: Esta mañana cuando fui a la playa.

今天早上到海灘的時候。

B: Intenta recordar, dónde lo pusiste, a qué hora, en qué bolsa y si hiciste alguna llamada.

回想一下，手機放在哪裡？是什麼時間點？帶哪個包包？是不是有打電話？

A: ¡Ah, sí! Recuerdo que antes de salir de la playa consulté el tiempo que iba a hacer por la tarde.

啊，我想起來了，我到海灘之前，有用手機看今天下午的天氣預報。

 詞彙

recordar 回想、想到

034

¿Dónde hay una comisaría de policía?

哪裡有警察局呢？

▶ 筆記

　　萬一發生車禍、被搶劫或偷竊等狀況，需要聯繫警方報案。必須先報案，才有辦法採取接下來的法律行動。

例句

❶ Tengo que denunciar un robo. ¿A qué teléfono tengo que llamar para contactar con la policía?

我被搶劫了，要報案。我要打哪個電話聯繫警方呢？

❷ Camarero, hace cinco minutos estaba mi móvil encima de la mesa y ya no está. Me lo han robado, por favor, ayúdeme a denunciar el robo. ¿Hay por aquí cerca una comisaría de policía?

服務生，五分鐘之前我的手機還放在桌上，現在卻不見了。我手機被偷了。拜託幫我報案。這附近有警察局嗎？

comisaría de policía 警察局；denunciar 報案；robo 搶劫、搶案

035

No estoy haciendo nada.
我在放空。／我沒在做任何事情。

▶ 筆記

　　西班牙文會使用雙重否定用法在這樣的句型裡，和英文的句型有所不同。例如「我沒在做任何事情」，英文會說 "I'm doing nothing."，只有一個否定，但是西班牙文則會出現雙重否定，也就是 "No estoy haciendo nada."。類似的雙重否定句法還有以下的例子："No hago nada."（我什麼也沒做）、"No hay nadie."（沒有任何人）、"No viene nunca."（他總是不來）。

／ 例句 ＼

❶ A: ¡Hola!, ¿qué haces?
　　嗨！你在做什麼？
　　B: Ya ves, no hago nada. Tomando el sol y pasando el tiempo.
　　你看，我在放空而已，曬太陽消磨時間。

❷ A: Hoy ha venido muy poca gente a la playa.
　　今天很少人來海灘。
　　B: Sí, parece que va a llover y prácticamente no ha venido nadie.
　　是啊，看起來會下雨，所以根本就沒有人來。

❸ A: ¿Cómo es que no viene Juan a la excursión?
　　胡安為什麼沒有來參加健行？
　　B: Él no va nunca de excursión. Tiene problemas para caminar.
　　他從來不參加健行活動的。他走路有困難。

詞彙

prácticamente 實際上、根本；excursión 郊遊、健行

No hagas el tonto.
你別耍寶了。

▶ 筆記

　　這句話也可以說 "No seas payaso."（你不要當小丑）。在不同情境中，這句話有不同的意思。常用的意思是「耍寶」，hacer el tonto 也可以說 hacer payasadas。如果一個人裝傻以逃避責任，就可以說這個人是 tontear 或是 hacer tontadas[2]。

例句

❶ Si vas a nadar en el mar, no te vayas lejos. No hagas el tonto. (Es decir, no seas irresponsable).
如果你要到海裡游泳，不要游得太遠。不要做傻事。（也就是說，不要不負責任。）

❷ No hagas el tonto, que pareces un niño.
不要耍寶了，你這樣好像小孩子。

❸ Ya está bien de hacer el tonto y ponte a trabajar.
你可以不要再裝傻了，趕快去工作。

❹ Míralos, míralos cómo tontean.
你看看他們，看他們多會裝傻。

❺ Basta ya de decir tonterías. Este es un sitio serio.
你夠了，不要再說傻話，這個地方是很嚴肅的。

詞彙

irresponsable 不負責任的；basta 夠了

---

❷ 名詞 tontadas 指的是行為，配合的動詞是 hacer；而名詞 tonterías 指的是傻話，動詞使用 decir，例如 "No hagas tontadas."（不要做傻事）／ "No digas tonterías."（不要說傻話）。

037

No te hagas el tonto.
你別裝傻了。

▶ **筆記**

這句話是指你不要逃避責任。如果將前面的成語 "No hagas el tonto" 加上反身代名詞來使用，hacerse el tonto 的意思會是假裝不懂來逃避責任，也就是裝傻的意思。

例句

❶ Cuando no quiere cooperar, se hace el tonto y elude su responsabilidad.
他不想合作的時候，就會裝傻，然後逃避責任。

❷ No te hagas ahora la tonta, que lo sabes muy bien.
你現在不用裝傻了，你明明很清楚這件事的。

詞彙

cooperar 合作；eludir 逃避；responsabilidad 責任

038

Se ha quedado frito.
他睡著了。

▶ **筆記**

這句直譯是「他被油炸了」，其實是他睡著了（dormido）的意思。使用的情況是，一個人在不該睡覺的時候，居然睡著了，而且還睡得很沉。這句話有點開玩笑的意思，但是屬於善意、親切的。

❶ Mira a tu padre, llevaba solo diez minutos tomando el sol en la playa en una hamaca y se ha quedado frito.

你看，你爸爸躺在沙灘上的吊床，才不過十分鐘，他就睡著了。

❷ En clase de este profesor, después de comer, con el aire acondicionado y con su voz monótona, nos quedamos todos fritos. Por eso nadie se sienta delante.

剛吃過飯，上這位教授的課，冷氣開著，聽著他單調的聲音，我們大家都睡著了。所以上他的課都沒有人坐在前面。

詞彙

quedarse 待著；dormido 睡著了；tumbarse 躺下；hamaca 吊床；frito 油炸、睡著；aire acondicionado 冷氣；monótono 單調；sentarse 坐下

039

Te has puesto muy moreno.
你曬得好黑。

▶ 筆記

　　句子裡的 "moreno"（對方若是女性，則是 morena）是棕色的意思，但是中文通常會說曬「黑」。這句話也可以說是「你的皮膚是古銅色的」（Tienes la piel muy bronceada.）。在某些文化裡，比較欣賞白皙的皮膚，因此會避免曬太陽。但是在西班牙，大家喜歡到海灘曬太陽，曬成古銅色的。如果已經到了夏天的尾聲，回到工作崗位時，你的皮膚曬成漂亮的古銅色，就等於告訴同事你有到海灘渡假。另外有一種特別的「棕膚」情況，就是冬天去滑雪之後，眼睛周圍還是偏白色，但是臉卻是棕色的。皮膚的顏色有時會告訴他人週末你到哪裡去玩了。

MP3

❶ A: ¡Qué morena estás! ¿A dónde has ido este verano?

你曬得好黑啊！你夏天到哪裡去玩了呢？

B: He estado en la playa de Benidorm.

我到貝尼東海灘渡假。（Benidorm 是在西班牙東南方地中海邊的渡假勝地。）

❷ A: ¡Guau, cómo se nota que has ido a esquiar este fin de semana!

哇，看起來你週末有去滑雪喔！

B: Sí, es verdad. Estuve en Baqueira Beret. Nos hizo un tiempo excelente.

是的，沒錯。我到巴給拉貝瑞去滑雪，天氣非常好。（Baqueira Beret 是位在西班牙東北方接近法國邊境的滑雪勝地。）

詞彙

moreno / morena 棕膚的、棕髮的；esquiar 滑雪

040

Hay bandera roja.
現在是掛紅旗。

▶ **筆記**

　　這句話的意思是現在不能下水。海灘上掛的旗子顏色代表海潮的狀況。有幾種不同顏色的旗子，最常見的是以下幾種：「綠旗」（bandera verde），代表可以安全下水（下水游泳的西班牙文會用 bañarse 這個字，意思是下水游泳或玩水，並不是平常指「洗澡」的意思）；「黃旗」（bandera amarilla），代表可以下水游泳，但是需要小心，可能海浪比較高，或是可能有遇到暗流的危險，所以不要離海灘太遠；「紅旗」（bandera roja），代表禁止下水，可能是因為會有巨浪來襲、海水被汙染，或是有鯊魚等危險。

❶ Hoy no iremos a la playa porque hay bandera roja, además el tiempo no es bueno.

今天我們不到海邊，因為現在是掛紅旗，而且天氣不太好。

❷ Hay bandera amarilla, si te metes al agua no te vayas lejos que hay fuerte resaca.

現在是掛黃旗，如果你下水的話，不要游得太遠，可能會有暗流。

詞彙

bandera 旗子；bañarse 游泳、泡澡；contaminación 汙染

吃吃喝喝 Comer, beber

041

¿Tomamos el aperitivo?

我們一起喝點小酒配開胃菜如何？

▶ 筆記

El aperitivo 的意思是開胃，就是餐前吃開胃小菜、喝小酒（例如啤酒）的意思，通常是在酒吧的吧台或是陽光下的露天座位。重點是利用這半小時或一小時的時間談話聊天、交流情誼（socialización）。

例句

A: ¿Quedamos para tomar un aperitivo?
我們約一下一起喝小酒配開胃菜，好嗎？

B: De acuerdo. ¿A qué hora? En el bar de siempre, ¿no? ¿Quién más va a venir?
好的。要約幾點呢？老地方見，是嗎？還有誰會來？

詞彙

aperitivo 餐前酒加小菜；socialización 社交、聊天交流

042

¿Qué cerveza quieres?　你想要什麼啤酒？

▶ 筆記

如果在 aperitivo 的時候想點啤酒，可以點不同廠牌的啤酒。如果不想點任何廠牌，也可以點生啤酒（una caña）。在西班牙的每個地方，一杯生啤酒的容量

大小可能都不一樣。如果在馬德里點 una caña，可能會是 20 毫升，也可以稱作 un quinto。如果在巴斯克地方點 una caña，可能會有兩倍之多。因此，如果在馬德里想點兩倍容量的 caña，可以直接點 un doble，或是 una caña doble。

例句

A: ¿Qué cerveza le traigo?　您想要點什麼啤酒？

B: Una caña. Bueno, mejor caña doble.

一杯生啤酒。嗯，一杯雙份的生啤酒好了。

詞彙

cerveza 啤酒；una caña de cerveza 一杯生啤酒

043

Camarero, por favor...

服務生，麻煩您……

▶ 筆記

　　這句話是在餐廳使用，如果服務生在距離我們幾公尺之內的話，可以這樣叫他。但是如果服務生就站在我們面前，或是我們坐在吧台的話，直接說 "Por favor" 就好了。

例句

A: Camarero, por favor, ¿me da una tapa de gambas?

服務生，麻煩您，可以給我一盤蝦子嗎？

B: Enseguida viene. ¡Marchando una de gambas!

馬上來。來一盤蝦子！

詞彙

gambas 蝦子

¿Me da una tapa de anchoas con aceitunas?

可以給我一盤「鹹鯷魚加橄欖」的小菜嗎？

▶ **筆記**

　　西班牙小菜（tapa）常見的鯷魚（el pez bocarte）來自北邊坎塔布里可海域（Mar Cantábrico），通常是切片用鹽醃漬後入菜，這樣的鹹鯷魚稱為 anchoa（複數 anchoas）或是 boquerón（複數 boquerones），但是 anchoa 通常是浸泡在橄欖油裡，而 boquerón 通常是浸泡在醋裡。兩種鹹鯷魚都常搭配橄欖一起食用。橄欖的西班牙文是 aceituna 或是 oliva。在西班牙的酒吧（通常也是小吃店）裡，如果坐在吧台，點小菜時可以告訴服務生："¿Me da una tapa de...?"（可以給我一盤……的小菜嗎？）；如果是坐在酒吧外面的露天座位，可以告訴服務生："¿Me trae una tapa de...?"（可以幫我帶一盤……的小菜來嗎？）。

例句

A: Hola, buenos días, ¿qué van a tomar?
您好，早安，您們想點什麼？

B: ¿Nos trae unas anchoas con aceitunas?
可以給我們來些「鹹鯷魚加橄欖」嗎？

C: Yo, boquerones en vinagre.
我想要「醋漬鹹鯷魚」。

 詞彙

bocarte 鯷魚；boquerones 醋漬鹹鯷魚；aceite 油；aceitunas 橄欖；olivas 橄欖；vinagre 醋

Un bocadillo de jamón
火腿潛艇堡

▶ 筆記

　　Bocadillo 這個字沒有精準的中譯，這裡翻譯為「潛艇堡」，因為形狀有點像，和一般三明治有所不同。在西班牙，bocadillo 使用的麵包是外皮脆裡面軟的法國麵包，不同於三明治使用的吐司麵包。Bocadillo 裡面可能包不同食材，通常會有切成薄片或是搗碎成泥的番茄。可以在小酒吧的吧台搭配啤酒吃。如果酒吧提供的 bocadillo 很小，或是還想再多吃一點，可以再點小菜（tapas），如以下例句。

／例句＼

❶ ¿Me trae albóndigas de pescado rellenas con queso?

可以給我一盤起司魚丸嗎？（Albóndigas 是丸子，通常是肉丸，這裡說 pescado 就是魚肉做的丸子。Rellenas 指的是丸子有包內餡，例句的內餡是起司。）

❷ ¿Tiene callos a la madrileña?

你們有馬德里燉牛肚嗎？（A la... 在菜名上指的是某種烹調方式，馬德里式的（來自馬德里的）就是 a la madrileña。）

❸ Para mí, una ración de ensaladilla rusa.

我想要一份俄國沙拉。（Ensaladilla rusa 直譯為「俄國沙拉」，是一種加美乃滋調味的馬鈴薯沙拉。）

❹ Yo, un bocadillo de jamón.

我要來一份火腿潛艇堡。

（詞彙）

bocadillo 潛艇堡；albóndigas 肉丸；callos 牛肚；ración 一份〔小菜〕

MP3

Por favor, ¿los servicios? 請問洗手間在哪裡？

▶ **筆記**

在小酒吧裡面，一看就知道洗手間在哪裡。但是有時候在餐廳裡不是那麼容易看到，就必須要問。同樣的問題有好幾種問法，如以下例句。

例句

❶ Por favor, ¿dónde están los servicios? (Es un término genérico, que también se puede usar en gasolineras).

不好意思，請問洗手間在哪裡？（這是最常用的問法，例如在加油站也可能問這個問題。）

❷ Los lavabos, por favor. (La palabra "lavabos" es más discreta. También se puede usar en singular).

請問洗手間在哪裡？（Lavabos 這個字是更文雅的用法，也可以用單數 el lavabo。）

¿Me dice dónde está el baño? (La palabra "baño" se utiliza en una casa privada).

可以告訴我洗手間在哪裡嗎？（Baño 這個字是用在住家裡面的洗手間。）

❸ ¿Puedo pasar al baño? (Si estás invitado en una casa privada, es mejor que la pregunta la formules con tono de permiso).

我可以用洗手間嗎？（如果是被邀請到人家家裡作客，最好是這樣問。）❶

❹ ¿ [Que dónde está] Juan? Ha ido al aseo. / Está en el baño. (Respuestas en el lugar de trabajo).

[你是說] 胡安 [在哪裡嗎]？他剛去洗手間。（在工作場所可能會用 aseo 或 baño 指洗手間。）

詞彙

servicios 洗手間；lavabo 洗手間；baño 洗手間、浴室；escusado 洗手間

---

❶ 在自己家裡，可能會小聲說 "Voy al váter"（我去上廁所）。但是如果在別人家裡，也可以問 ¿Puedo ir al escusado / excusado?（我可以用洗手間嗎？），是很文雅的問法。

¿Comemos de picoteo?　我們吃點心就好嗎？

▶筆記

　　這句話的意思是「我們吃小吃、非正餐就好嗎？」"Picoteo" 這個字來自 "pico" 就是鳥或是家禽（例如母雞）的嘴。從這個字衍生的動詞 picar，指的是吃少量的食物，通常是用手抓來吃的零食點心類的食物，或是在準備正餐時，用手抓一點菜來試吃。另外一個衍生的動詞 picotear 則是指在酒吧或餐館裡的吧台吃 tapas（西班牙小菜）。Picotear 的名詞是 picoteo。在 "comer de picoteo" 中，使用 "de" 為介係詞片語的用法，其他使用 "de" 的常用片語還有："ir de viaje"（去旅行）、"ir de compras"（去購物）、"ir de vacaciones"（去渡假）等。

／例句＼

A: ¿Qué hacemos? ¿Vamos a un restaurante o comemos de picoteo?
我們決定如何呢？是到餐館吃正餐還是吃小吃就好？
B: ¡Oh, sí! Me encantan las tapas.　好喔！我超喜歡小吃。

词彙

picar [un mosquito] 叮 [蚊子]；picar [comida] 吃 [食物]；picar [una piedra] 敲打 [石頭]

¿Cuánto es?　多少錢？

▶筆記

　　這是問帳單多少錢最常說的問句，例如在小酒吧用完餐飲之後。另外有一句比較傳統的問法："¿Cuánto le debo?"（直譯是「我欠你多少錢？」但在西班牙文這是客氣的問法）。其他還有幾種問店家帳單多少錢的問法，在以下例句列出。

MP3

❶ Por favor, camarero, me dice cuánto es.
不好意思，服務生，麻煩告訴我多少錢。

❷ ¡Oiga, por favor! ¿Puede cobrarme?
不好意思！可以幫我結帳嗎？（Cobrarme 直譯是「向我收錢」的意思。）

❸ Me cobra, por favor.　麻煩結帳。

❹ ¿Me cobra el café, por favor?　請問咖啡多少錢？

❺ Camarero, ¿qué le debo?　服務生，總共多少錢？

詞彙

cobrar 取款、收款

049

Aquí tiene la cuenta.
這是您的帳單（或明細收據及找零）。

▶ **筆記**

　　在台灣用餐過後通常必須走到櫃台結帳，但是在西班牙的餐廳，往往服務生會把帳單拿來餐桌，顧客將現金或信用卡給服務生，隨後服務生會將帳單、明細收據以及找零的零錢放在小碟子裡帶過來餐桌。

例句

❶ Aquí tiene la cuenta y gracias por venir.
這是您的明細及找零，感謝您的光臨。

❷ Aquí tiene. Por favor revise si está todo bien.
這是給您的 [明細]。麻煩請確認是否正確。

詞彙

cuenta 帳單（也可能是明細加上找回的零錢）；revisar 審視、檢查

Perdón, ¿me ha cobrado bien?

對不起，我剛付的錢正確嗎？

▶筆記

　　這句話的意思是：我好像多付了。有時付帳之後，找錢好像太少了，也就是店家多收錢了，幾乎都是因為不小心的錯誤。在拿到找錢的時候，記得要檢查一下。如果真的算錯了，我們可以客氣地詢問。

／例句

❶ Perdón, creo que me ha cobrado de más.
對不起，我覺得您好像多收錢了。

❷ Perdón, ¿está bien la devolución?　對不起，請問找的錢正確嗎？

❸ Perdón, no sé si me ha devuelto correctamente.
對不起，我不知道找回來的錢是不是正確的。

❹ No sé si ha habido un error. ¿Podría revisarlo?
我不知道是不是有算錯，可以麻煩檢查一下嗎？

詞彙

devolver 退還；devolución 退還、找回的零錢；error 錯誤

Quiero reservar una mesa para mañana por la noche.　我想訂位明天晚上。

▶筆記

　　如果是好幾個人一起用餐，最好先向餐廳訂位（te conviene antes reservar mesa en el restaurante）；如果只是一兩人用餐，可能就比較容易有位子（acomodo），而不需訂位。以下例句是打電話訂位時可能被問到的問題。

MP3

❶ ¿A nombre de quién? 您的大名是？

❷ ¿Cuántos serán ustedes? 您們總共幾位？

❸ ¿A qué hora vendrán? Se lo pregunto porque cerramos a las 11.
您們幾點到？我們是十一點打烊。

詞彙

convenir 對……比較好、比較方便；acomodo 安排、有位子；cerrar 關閉、打烊

052

¿Tienen servicio a domicilio?
你們有外送服務嗎？

▶ **筆記**

　　這是一般可能會問餐廳的問題。如果是利用外送平台訂餐，往往是使用手機應用程式（App）。以下例句說明利用 App 訂餐的過程。

例句

❶ "Iniciar sesión" o "crear una cuenta". 「開啓使用介面」或是「開新帳號」。

❷ Configurar "dirección de entrega". 設定「送餐地址」。

❸ Elegir "restaurante". 選擇「餐廳」。

❹ Seleccionar "artículos" y pulsar "agregar al carrito".
選擇「餐點」並按下「加入購物籃」。

❺ Seleccionar "ver carrito" o "pagar".
選擇「購物籃」或「付款」。

❻ Pulsar "confirmar pedido". 選擇「確認訂餐」。

詞彙

domicilio 家、住宅；iniciar 開啓、開始；configurar 設定；carro 車、購物車；
confirmar 確認；pedido 訂單、訂購的項目

Después de tanto andar ya tengo hambre.

走了這麼久，我肚子餓了。

▶ **筆記**

這句話是以婉轉的方式問同行一起參觀旅遊的人，什麼時候該吃飯了。

例句

❶ A: ¿Vamos a comer ya?

我們要吃飯了嗎？

B: Sí, claro, que ya son las dos.

當然囉，已經兩點了。

A: Es que con este calor me estoy derritiendo.

天氣這麼熱，我快融化了。

❷ A: Necesito sentarme y comer.

我需要坐下來吃東西。

B: ¿Qué? ¿Tienes ya hambre?

什麼？你已經餓了嗎？

A: La verdad es que sí.

說實話是真的餓了。

❸ A: Ya hemos visto demasiadas cosas. ¿Cuándo vamos a comer?

我們已經看了太多東西了。什麼時候吃飯？

B: Espera un poco, mujer, que aún no hemos visto todo el museo.

等一下吧，我們還沒看完整個博物館呢。

A: ¡Qué tío! No vuelvo a salir contigo a visitar museos.

什麼！我以後不要再和你一起參觀博物館了。

（這裡 tío 指的是「老兄」的意思，類似 "hombre" 的用法，所以 ¡Qué tío! /
¡Qué tía! 用來表達驚訝的意思。）

詞彙

derretirse 融化

¿Hay menú del día?

有今日特餐嗎？

▶ 筆記

　　通常餐廳的「今日特餐」會在門口以海報的方式公告。西班牙的「今日特餐」通常是限量提供的。在餐廳裡點菜時，服務生遞菜單（la carta）給你的時候，也可以問這個問題，看看是不是有精緻高級的料理（plato exquisito），是平常價格比較高「不適合你的口袋」（no apto para tu bolsillo）的。「今日特餐」的價格通常較為親民。

例句

❶ A: Aquí tiene la carta.　這是我們的菜單。

　　B: Gracias, pero...¿hay menú del día?　謝謝，但是有今日特餐嗎？

❷ A: ¿Tienen menú del día?　請問有今日特餐嗎？

　　B: Sí, lo tiene en esta hoja separada.　有的，在這一張單子上。

詞彙

exquisito 精緻的；apto 適合；bolsillo 口袋；menú 套餐；hoja 單張、葉子

¿Qué hay de postre?　餐後甜點有哪些呢？

▶ 筆記

　　這個問題是餐廳客人問服務生的。如果是服務生問客人，可能會說：「餐後甜點您想點什麼？」（"Y para postre, ¿qué va a tomar?"）。以下列出甜點的種類（通常餐廳不會有以下列出的這麼多選擇）。

A: ¿Qué hay de postre?　餐後甜點有哪些呢？

B: Tenemos fruta (plátano, naranja, manzana, melón, sandía, piña, uva, etc.), frutos secos (almendras, avellanas, nueces, pasas), yogurt, cuajada, membrillo, helado, natillas, crema catalana. ¿Qué desea?

我們有水果（香蕉、柳橙、蘋果、甜瓜、西瓜、鳳梨、葡萄等）、堅果乾果類（杏仁、榛果、核桃、葡萄乾）、優格、鮮乳酪凍、木梨果凍、冰淇淋、香草鮮奶凍、加泰隆尼亞焦糖布丁。您想要點什麼？

A: ¿De qué es el helado?　冰淇淋有什麼口味？

B: Lo tenemos de chocolate, fresa, vainilla, limón y turrón.

我們有巧克力、草莓、香草、檸檬和杏仁糖口味。

詞彙

postre 餐後甜點；fruta 水果；plátano 香蕉；naranja 柳橙；manzana 蘋果；
melón 甜瓜；sandía 西瓜；piña 鳳梨；uva 葡萄；frutos secos 堅果或乾果；
almendras 杏仁；avellanas 榛果；nueces 核桃；pasas 葡萄乾；yogurt 優格；
cuajada 鮮乳酪凍；membrillo 木梨果凍；helado 冰淇淋；natillas 香草鮮奶凍；
crema catalana 加泰隆尼亞焦糖布丁；fresa 草莓；vainilla 香草；limón 檸檬；
turrón 杏仁糖

056

¡Buen apetito!　請慢用！

▶ 筆記

　　這句禮貌的話是在開始用餐前所說的，通常是兩、三個人一起吃飯的時候。有人在你面前要開始用餐的時候，也可以對他這麼說，請他慢慢享用。其他類似的用語有 "¡Que aproveche!"，這裡用 aprovechar 這個字，原意是「利用」，這裡則是「祝福你即將要享用的食物可以帶來足夠的養分讓你的身體利用」的意思。有時候，這句用語是兩人彼此互相說的（如例句 3）。另外，"¡Buen provecho!" 也是「請慢用、請享用」（que coma con traquilidad）的意思。也可以直接用法文優雅地說："Bon appétit!"。

❶ Esta paella tiene muy buena pinta. Vamos allá. ¡Buen apetito!
這百雅飯看起來很好吃。開動吧。請慢用！

❷ Bueno, pues empezamos. ¡Que aproveche!
我們開動吧。請慢用！

❸ A: ¡Buen apetito!　請慢用！
　 B: ¡Que aproveche!　請慢用！

❹ A: ¡Buen provecho!　請慢用！
　 B: Gracias.　謝謝。

詞彙

apetito 胃口；cortesía 禮貌；tranquilidad 安靜、平靜

057

Cuando pueda.　您可以的時候、您方便的時候。

▶ 筆記

　　請別人幫忙的時候，如果看到對方正在忙別的事情，可以加上一句 cuando pueda，更加有禮貌（cortesía），例如在餐廳請服務生拿東西過來時。對方可能會回答 enseguida，也就是「馬上」的意思。

例句

A: ¿Me trae la cuenta cuando pueda? / La cuenta, por favor.
您方便的時候可以拿帳單給我嗎？／麻煩結帳。
B: Sí, enseguida.　好的，馬上來。

詞彙

enseguida 馬上、立刻

Invita la casa.

這是招待的。

▶ 筆記

這句話的意思是這是免費的（Esta consumición es gratis.）。在餐廳用餐的時候，通常在餐後，服務生可能會提供免費（gratis）的點心（postre），通常是甜的（dulce），並會說明是店家招待的。有時候在小酒吧，服務生也可能會隨餐或飲料附送一小盤招待的橄欖（aceitunas）或是麵包（pan），同樣是免費的，但是服務生不見得會特別說明，因為顯然（se da por supuesto）是店家招待的。

／ 例句 ＼

❶ No se preocupe. Invita la casa. (Naturalmente, aquí "casa" significa el restaurante).
別擔心，這是招待的。（這裡的 "casa"「家」指的是「店家」。）

❷ Esto lo ofrece la casa.　這是我們 [店家] 贈送的。

❸ Esto es gentileza de la casa.　這是我們 [店家] 免費招待的。

（詞彙）

consumición 消費、使用、食用；postre 餐後點心、甜點；gratis 免費的；dulce 甜的；pan 麵包；dar por supuesto 理所當然的、顯然的；gentileza 免費招待

¿Quedamos para merendar?

我們來約一起吃下午茶，好嗎？

▶ 筆記

西班牙傳統上是吃三餐，早餐（el desayuno）、午餐（la comida）、晚餐（la

　PARTE 1 基本對話

cena）。有時候，在下午會吃點心，稱為 la merienda（下午茶、下午點心），特別是小朋友會吃下午點心。

例句

❶ A: ¿Qué hiciste en casa de Carlitos?
你在小卡洛斯家做了什麼？
（Carlitos 是男子名 Carlos 的暱稱，在這裡可以猜測是小朋友。）
B: Estuvimos jugando al Monopoli y su madre nos dio la merienda.
我們玩大富翁，然後他的媽媽給我們點心吃。
A: Y ¿qué os dio para merendar?
她給你們什麼點心呢？
B: Unas galletas con chocolate y una Coca-Cola.
巧克力餅乾，還有可口可樂。

❷ A: Me gustaría charlar contigo esta tarde, tengo que contarte muchas cosas.
今天下午我想和你聊天，有很多事情想告訴你。
B: Pues si quieres quedamos a merendar. Podemos tomar chocolate con churros.
那麼我們一起吃下午茶吧。我們可以喝熱巧克力配西班牙油條。

詞彙

cena 晚餐；merienda 下午點心、下午茶；galletas 餅乾；charlar 聊天；churros 西班牙油條

060

¿Puedo pagar con tarjeta?
我可以用信用卡付帳嗎？

▶ 筆記

如果不想帶現金出門，用信用卡付帳是最常見的方式。可是並不是所有地方

都可以用信用卡付帳，也不是每張信用卡每家店都會接受。以下例句是在付帳時可能遇到的情況或問題。

例句

❶ Firme aquí, por favor.
請在這裡簽名。

❷ Lo siento, su tarjeta no tiene saldo disponible. (Se trata de una tarjeta de débito).
對不起，您的卡片顯示餘額不足。（這裡是使用金融卡付帳。）

❸ Lo siento, no tiene saldo en su tarjeta. (Se trata de una tarjeta de débito).
對不起，您的卡片沒有餘額了。（這裡是使用金融卡付帳。）

❹ No funciona la tarjeta. Creo que tiene el chip dañado.
這張卡片無法使用。我覺得是晶片破損了。

❺ A: Lo siento, pero el sistema no me reconoce la tarjeta.
對不起，系統無法辨識這張卡片。

B: Es nueva, la cambié ayer.
這是新的卡片，我昨天才換的。

A: ¿La ha activado?
您有開啟卡片了嗎？

B: ¡Ah!, todavía no. Quizás este sea el problema. Tome, use esta otra tarjeta.
啊，還沒有。應該是這個問題。請用這另外一張卡片。

詞彙

saldo 餘額；activar 啟用、開啟功能；tarjeta de crédito 信用卡；tarjeta de débito 金融卡；dañar 損壞、破損

購物 Comprando

061

¿Cuál es la mejor zona para ir de compras?
最適合購物的地方在哪裡？

▶ 筆記

　　會問這個問題表示對這個城市不熟悉，可能是觀光客。問句沒有明確指出是要購買當地的名產還是其他的紀念品，但是從語境上來說（例如，如果是在旅館詢問櫃台人員），可以猜到是詢問哪裡可以買到新潮的（de moda）或新穎的商品。

例句

❶ En el Corte Inglés tiene de todo. Aquí hay uno cerca.
在「英式剪裁」百貨公司什麼都有。附近就有一家。
（El Corte Inglés「英式剪裁」是西班牙最大的連鎖百貨公司。）

❷ La zona más chic de la ciudad está en el"Paseo de Gracia".
這個城市最潮的區域是「格拉西亞大道」。
（Chic 指的是最流行的、最潮的。Paseo de Gracia「格拉西亞大道」是巴塞隆納 Barcelona 著名的購物街。）

❸ En el Rastro puede encontrar cosas muy originales.
在跳蚤市場你可以找到很多具有原創性的物品。
（西班牙文 Rastro 是「跳蚤市場」，首都馬德里 Madrid 就有很有名的 El Rastro de Madrid，是每個週日或國定假日開放的市集，有許多具有特色的有趣商品。）

詞彙

ropa 衣服；zona 區域；moda 時尚、潮流；cerca 近；chic 新潮的

Sólo estoy mirando.

我只是看看而已。

▶ 筆記

　　進入西班牙的商店裡，通常店員（dependiente）會主動打招呼（saludar），客人（cliente）也會向店員打招呼，離開店的時候，無論有沒有買東西，也會說一聲再見（se despiden）。如果只是逛逛，沒有特定要買的物品，可以回答只是看看而已。如果有想要試穿（probársela）的衣物，記得要先問店員再試穿。

／例句＼

A: ¡Hola! ¿Le puedo ayudar en algo?
您好。需要我幫忙嗎？
B: No, gracias. Sólo estoy mirando.
不用。謝謝。我只是看看而已。

詞彙

dependiente 店員；saludar 打招呼；cliente 客戶；despedirse 道別、說再見；probarse algo 試穿［某件衣物］；mirar 看

063

¿Puedo probármelo?

我可以試穿嗎？

▶ 筆記

　　通常在店裡試穿衣物要到試衣間，可以先詢問店員。試穿之後如果決定要買，可以請店員協助修改衣服；有時可以立刻修改，有時要等到第二天再來店裡拿。如果是第二天再來拿，店員會給你一張單子叫做 resguardo。

A: ¿Puedo probármelo?

我可以試穿嗎？

B: Sí claro, allí tiene el probador. Al final del pasillo, a la derecha. Avíseme cuando acabe.

當然可以，試衣間在那裡，走道盡頭右手邊。您試穿好之後請告訴我。

A: Me está un poco pequeño, ¿tiene una talla mayor?

我覺得有點小。請問有大一號的嗎？

詞彙

probar 嘗試、試穿；probador 試衣間；resguardo 領據、領貨單

064

Es lo último que nos ha llegado.
這是我們最新到貨的新品。

▶ **筆記**

這裡所指到貨的是 lo último（最新品），所以是最流行的（más de moda），但是也暗示是最貴的。

例句

❶ Esta serie de camisas es la última que nos ha llegado.

這一系列的襯衫是最新到貨的。

❷ Los jerséis que nos están llegando ahora vienen todos con cuello de pico.

接下來到貨的毛衣全部都是尖領的。

（Cuello de pico 指的是尖領；圓領則是 cuello redondo。）

詞彙

último 最新的、最後的；camisa 襯衫；jerséis 毛衣（複數，單數為 jersey）；cuello 脖子、領口；pico 尖的

065

Se vende(n) muy bien.
[這商品] 很暢銷。／賣得很好。

▶ **筆記**

談到熱賣的商品，如果是單數（singular）的話，可以說 se vende muy bien。
如果是複數（plural）的商品，則是 se venden muy bien。另外，如果要表達某件
事物最近很流行，可以說 está muy de moda。

例句

❶ El reloj inteligente se vende muy bien.
這款智慧型手錶賣得很好。

❷ Estas mascarillas de colores brillantes se venden muy bien.
這些顏色鮮豔的口罩賣得很好。

❸ Está muy de moda hacer ejercicio al aire libre.
最近很流行從事戶外運動。

詞彙

singular 單數的；plural 複數的；reloj 手錶、鐘；mascarillas 口罩（複數）；
brillante 亮的、鮮豔的；aire libre 戶外

066

¿Qué precio tiene?
這個價格多少？

▶ **筆記**

要詢問店家一件商品（artículo）的價格多少，有好幾種說法，如以下的例句。

MP3

PARTE 1 基本對話

❶ ¿Cuánto vale esto?
這個多少錢？

❷ ¿Y esto cuánto es?
那這個多少錢？

❸ ¿Cuánto cuesta esto?
這個多少錢？

❹ A: ¿Qué precio tiene esto?
這個價格多少？

B: 125 euros, IVA incluido.
125 歐元，含稅。（IVA 指的是加值營業稅，通常包含在售價內。）

詞彙

artículo 商品、文章；costar 值、花［多少錢］；precio 價格；IVA (Impuesto al Valor Añadido) 加值營業稅

067

¿Qué tal me queda?
我穿起來怎麼樣？

▶ 筆記

雖然試穿衣服的時候，可以照鏡子就知道好不好看，但是往往會參考同行親友或是店員的意見。

例句

❶ Te queda muy bien.
你穿起來很好看。

❷ Te luce de maravilla.
你穿起來十分耀眼。

❸ Va muy bien con la ropa que tienes.

這和你原有的衣服很搭。

❹ Te combina muy bien con el pantalón.

這和你的褲子很搭。

❺ Te hace más delgada.

你穿起來顯瘦。

❻ Parece hecho a medida.

看起來就像是量身訂做的。

❼ ¡Qué bien te sienta!

你穿起來真好看！

詞彙

lucir 閃耀、發光；hecho a medida 量身訂做；pantalón 褲子

068

Está de rebajas.

這是特價品。／這個有折扣。

▶ 筆記

通常店家每年某些時候會有特價商品，例如換季（cambio de temporada）時，衣服（prendas）會打折。Rebajas 是特價或折扣的意思，如果在商店櫥窗看到 rebajas 這個字，就知道有特價品出清。如果想在西班牙買到特價的衣服，每年一、二月及七、八月是店家提供（ofrecen）折扣最多的時期。

例句

❶ Estos zapatos están de rebajas.

這些鞋子是特價品。

❷ ¿Está esta camisa de rebajas?

這件襯衫有折扣嗎？

prendas 衣物；temporada 季節、時期；ofrecer 提供

069

Lo compro.

我要買這個。（商品若是陰性名詞，則説 la compro。）

▶ **筆記**

　　表達「我要買這個 [商品]」有幾個不同的說法，除了 lo compro. 之外，還可以說 me lo quedo.（「我要保留這一個」，如果商品是陰性名詞，就說 me la quedo.）或是 póngamelo.（「請給我這個」，如果商品是陰性名詞，就說 póngamela.）。

例句

❶ Sí, me sienta muy bien. Lo compro.
　我覺得這個很好，我要買。

❷ La relación entre calidad y precio es muy buena. Lo compro.
　這個物超所值 [價格和品質都很好]，我要買。

❸ Lo he probado y me gusta. He decidido comprarlo.
　我試穿過了很喜歡，我決定要買。

❹ ¡Qué falda más bonita! ¡Me la quedo!
　這件裙子很漂亮！我要買！

❺ A: ¿Le pongo además este par de limones?
　這兩顆檸檬我也幫您裝起來嗎？

　B: Sí, por favor, póngamelos también.
　是的，麻煩您了，這些我也要買。

詞彙

calidad 品質；falda 裙子；limones 檸檬；quedárselo 留下來、買了

¿Tiene dinero suelto?

您有零錢嗎?

▶ 筆記

零錢是 dinero suelto,也可以說是 dinero fragmentado,通常是硬幣(monedas)。店家如果沒有足夠的零錢找零,可能會問顧客這個問題。店家找回來的零錢叫做 las vueltas。無論是坐計程車或是在餐廳用餐,付帳時如果拿大鈔,可能就會被問到這個問題。

例句

❶ ¿Tiene dinero suelto?　您有零錢嗎?
❷ ¿No lleva dinero suelto?　您沒帶零錢嗎?
❸ ¿Tiene monedas?　您有零錢 [硬幣] 嗎?

詞彙

suelto 零 [錢];fragmentado 零碎的、片段的;monedas 硬幣;las vueltas 找零、找錢

Voy a hacer la compra.

我要去買東西。

▶ 筆記

這句話用在一般採買,例如到傳統市場或超市,購買各種食物(麵包、奶油、起司、酒等)或是食材(油、肉品、蔬菜等),或是採買其他日用品(洗衣精等)。

例句

❶ A: Voy a hacer la compra. Vuelvo en una hora.

MP3

我要去買東西，一小時後回來。

B: Vale, pero no te olvides de comprar fruta, que ya no queda.

好的，不要忘了買水果，因為已經吃完了。

❷ Estaba haciendo la compra y cuando fui a pagar no encontraba el monedero. 我剛才在買東西，要付帳的時候卻找不到錢包。

mantequilla 奶油；carne 肉；verdura 蔬菜；monedero 錢包

072

¿Está maduro este melón?
這個甜瓜熟了嗎？

▶ 筆記

　　這句話的意思是「這個甜瓜現在吃是最好吃的時候嗎？」甜瓜熟的時候，是軟的而且很甜，吃起來好吃。其他水果也一樣，如果還沒成熟，吃起來就沒那麼好吃。

例句

A: Oiga, por favor. ¿Cómo sabemos si un melón está maduro o no?

不好意思，請問你知道怎麼看甜瓜成熟了沒有？

（Oiga 直譯是「聽著」的意思，這裡是發語詞。）

B: Pues mi madre me enseñó, que había que apoyarlo en una mesa por la parte en que estuvo unido a la mata (el pedúnculo) y luego había que apretar con el dedo pulgar en la parte opuesta. Si esta se muestra blanda, entonces el melón está maduro.

我媽媽教我，可以把甜瓜帶蒂的那一端放在桌上，然後用大拇指壓一下另外一端。如果壓下去是軟的，表示甜瓜已經成熟了。

blando 軟；mata 株；pedúnculo 蒂；apretar 壓；dedo pulgar 大姆指

¿A cuánto está...?

[今天]……多少錢？

▶ 筆記

有時候詢問商品價錢，會是固定的價格（例如：衣服、洗衣機等等），但有的時候，價格可能是浮動的，甚至每天不一樣（例如：水果）。如果是問固定價格的商品，可以說 ¿Cuánto vale?（價格多少？），如果是問價格會浮動的商品，可以說 ¿A cuánto está [esto hoy]?（[今天這個] 價格是多少？）。

/ 例句 \

❶ ¿A cuánto están las manzanas?
這蘋果多少錢？

❷ ¿A cuánto están hoy los tomates?
今天番茄多少錢？

¡Se me olvidaba!

我忘記了！

▶ 筆記

我們會說這句話，通常是突然想起來忘了做某件事或是忘了買某個東西，還有時間可以補救。有時候會說 "he olvidado una cosa" 或是 "me he olvidado de una cosa"，一樣都是「我忘了某個東西」的意思。前者（he olvidado una cosa）強調的是忘記的東西，後者（me he olvidado de una cosa）使用反身代名詞（olvidarse），強調的是「忘記了」，例如以下例句所示。

❶ ¡El aceite! Se me olvidaba. Qué cabeza tengo, me olvido de lo más importante.

油！我忘記了。我的腦筋怎麼了，最重要的居然忘記。

❷ Creo que me estoy olvidando de comprar algo y no recuerdo qué era. Otra vez hago una lista.

我覺得有個東西我忘了買，但是我想不起來是什麼。下次應該要先列清單。

❸ Un poco más y casi me olvido de comprar los huevos.

我差點就忘記要買蛋了。

詞彙

olvidar 忘記；lista 清單；huevos 蛋

075

Es difícil elegir.

很難做選擇。

▶筆記

　　如果你常常無法做選擇，就不要到有許多選項的地方，或是可以找人在旁邊給建議。

例句

❶ En esta sección de vinos tienen tantas marcas que es difícil elegir.

這一區葡萄酒有很多不同的廠牌，很難做選擇。

❷ Como es difícil elegir, voy a comprar uno que tenga Rioja como denominación de origen.

既然很難做選擇，我就選有里歐哈產地認證的這一款。

（Rioja（里歐哈）是西班牙葡萄酒著名的產地。）

❸ Quiero comprar una buena botella de vino para llevar a casa de mi suegra, pero no sé cuál elegir, porque no entiendo de vinos. Compraré una un poco cara, así no hay problema.

我想要買一瓶好的葡萄酒帶到我岳母家，可是不知道該選哪一款，因為我不懂酒。我就買比較貴的好了，這樣應該沒問題。

❹ A: No sé qué vino comprar, ¿cuál me aconseja?

我不知道要買哪一瓶酒，您可以給我建議嗎？

B: ¿Qué tipo de vino quiere, garnacha, merlot o tempranillo? ¿Lo quiere dulce o seco? ¿De qué año quiere la cosecha? ¿Un vino joven?

你想要哪一種葡萄酒，「格納希」、「梅洛」還是「田帕尼優」？你喜歡口味「甜」一點還是「乾」一點的？哪一年收成的葡萄？想要年輕一點的酒嗎？

A: Perdón, no entiendo de vinos. Alguno bueno que cueste unos 10 euros.

對不起，我不懂酒。我要十歐元左右好一點的酒。

詞彙

elegir 選擇；vino 葡萄酒；dulce 甜；seco 乾；cosecha 收成；suegro / suegra 岳父、公公 / 岳母、婆婆；denominación de origen 產地認證

076

Esta talla me va bien.
這個尺寸我穿剛好。

▶ **筆記**

在購買衣物的時候，要注意尺寸在不同的國家可能會有不同的標示方式，例如在美國和在歐洲是不一樣的。

例句

A: Por favor, ¿dónde está la ropa interior?
不好意思，請問內衣區在哪裡？

B: Aquí está. Hay calzoncillos, calcetines, camisetas...

在那裡。有內褲、襪子、襯衣等等。

A: Quiero comprar camisetas.

我想要買襯衣。

B: Pues en la bolsa de plástico puede ver la talla, el precio, y si las quiere de tirantes o de manga corta. Usted mismo puede elegir.

塑膠包裝袋上有標示尺寸、價格，是吊帶的還是短袖的。您可以挑選。

A: ¿Qué tallas tienen? ¿Tienen XL?

有哪些尺寸？有 XL 的嗎？

B: Sí, pero aquí la llamamos Extra Grande (EG), las otras son Pequeña (P), Mediana (M) y Grande (G).

有的，不過在這裡是標示 EG（特大號），其他尺寸有 P（小號）、M（中號）還有 G（大號）。

詞彙

talla 尺寸；ropa interior 內衣；calzoncillos 內褲；camisetas 襯衣、T 恤；calcetines 襪子；manga 袖子

077

Está muy bien de precio.

這個價格很好。

▶ **筆記**

遇到價格合理的商品，我們就會決定要買。

例句

❶ A: Mira esta fregona. Qué diseño más práctico. Y además está bien de precio. Voy a comprarla.

你看這支拖把，設計很實用，而且價格實惠。我要買一支。

B: Sí, en este supermercado tienen bien la sección de objetos de limpieza.

是啊，這家超市的清潔用品很不錯。

❷ ¡Ah!, pues este papel higiénico no es caro y es el que necesito. Lo compro.

啊，這衛生紙不貴而且我需要。我要買。

詞彙

fregona 拖把；limpieza 清潔；papel higiénico 衛生紙

078

Se lo recomiendo.
我推薦這個。

▶ 筆記

　　這句話常會聽到，但是如果是在超市裡面就比較用不到，因為所有商品在架上，顧客很容易可以做選擇，不太會有店員在旁協助或回答問題。

例句

❶ Perdón, no encuentro cuchillas de afeitar.

不好意思，我找不到刮鬍刀。

❷ ¿Tiene dentífrico, acompañado de cepillo de dientes?

請問你們有牙膏和牙刷一組的嗎？

❸ ¿El hilo dental dónde está? No lo veo por aquí.

請問牙線在哪裡？我這裡找不到。

❹ A: Necesito un champú para la caspa. ¿Cuál me recomienda?

我要找抗頭皮屑的洗髮精，您推薦哪一種？

B: Tenemos este. Se lo recomiendo.

我們有這一款，我很推薦。

詞彙

cuchilla de afeitar 刮鬍刀；dentífrico 牙膏；cepillo de dientes 牙刷；hilo dental 牙線；champú 洗髮精；caspa 頭皮屑

Tengo que comprar pilas.

我需要買電池。

▶ 筆記

　　在西班牙常稱「電池」（la batería）為 la pila，而車子的電瓶通常叫做 batería。有時候在超市裡，電池會放在靠近結帳的地方，這樣顧客在排隊結帳的時候，會記得要買電池。

例句

❶ ¡Ah, sí! Voy a comprar pilas para el mando a distancia del aire acondicionado.
啊，對了！我需要買電池，冷氣的遙控器要用。

❷ ¿Qué marca [de pilas] tiene mayor duración?
哪個廠牌 [的電池] 最持久？

❸ En total son 10 euros. ¿Es miembro?　總共是 10 歐元。您是會員嗎？❶

詞彙

pilas 電池；mando a distancia 遙控器；miembro 會員

¿Puede hacerme descuento?

可以給我折扣嗎？

▶ 筆記

　　有些購物的地方是可以講價的，有些則不行，現在越來越少地方可以討價還價。如果是在市集，或是跳蚤市場，通常可以講價。「不二價」的西班牙文

---

❶　如果有店家的 tarjeta de miembro（會員卡），通常可以累積點數或是享有折扣。

是 precio fijo（固定價格）。「可以算我……嗎？」可以說 "¿Me lo puede dejar en...?"。

❶ A: ¿Puede hacerme descuento?
可以給我折扣嗎？
B: Lo siento, es precio fijo.
很抱歉，這是不二價。

❷ A: ¿Cuánto cuesta?
這多少錢？
B: 15 euros.
15 歐元。
A: ¿15 euros? ¿Me lo puede dejar en 10 euros?
15 歐元？可以算我 10 歐元嗎？

❸ A: ¿Tiene descuento esta prenda?
這件有再打折嗎？
B: No, ya está rebajada.
沒有，這已經是優惠價了。

詞彙

descuento 折扣；precio fijo 不二價

訪友 En casa de unos amigos

081

Este sábado es mi cumpleaños.

這個星期六是我的生日。

▶ **筆記**

　　雖然星期六還沒到，但是仍然可以用現在式 "es"，因為是距離現在很接近的日期，而且是陳述一項事實。例如 "Cada 7 de abril, que este año cae en sábado, es mi cumpleaños."，中文翻譯是「每年四月七日是我的生日，今年剛好是在星期六。」"cae en" 是落在某個日子的意思。

例句

❶ Este jueves es mi cumpleaños, pero lo celebraré el sábado.
這個星期四是我的生日，可是我要星期六再慶祝。

❷ A: Este sábado es mi cumpleaños, ¿puedes venir a casa a celebrarlo?
這個星期六是我的生日，你可以來我家一起慶生嗎？

B: Por supuesto. ¿Cuántos cumples?
當然可以。你今年是幾歲生日？

詞彙

cumpleaños 生日；celebrar 慶祝

¿Cuántos cumples?

你今年是幾歲生日？

▶ **筆記**

這個問句是問對方到今年生日滿幾歲。依照（depende de）生日距離現在的時間長短，可以有幾種不同的回答方式。

例句

❶ En abril cumpliré veinticinco años.

到了四月，我就會滿二十五歲了。（如果是幾個月後就用未來式，例如生日在四月，但是在一月的時候說這句話。）

❷ Muy pronto voy a cumplir veinticinco años.

我很快就會滿二十五歲了。（如果生日快要到了，可以用「voy a + 動詞原型」表達未來式。）

❸ Mañana cumplo veinticinco años.

明天我就滿二十五歲了。（馬上就是生日，所以用現在式。）

❹ Hoy cumplo / he cumplido veinticinco años.

今天我滿二十五歲了。（今天是生日，所以用現在完成式。）

❺ Acabo de cumplir los veinticinco.

我剛滿二十五歲。（生日是在幾天前，可以用 Acabo de... 來表示是不久以前的事情。）

詞彙

cumplir años 滿⋯⋯歲（指生日當天滿幾歲）

¡Qué ilusión!

好開心！/好期待！

▶ **筆記**

完整的句子是 "¡Qué ilusión más grande me da esto que acabo de oír!"（剛聽到的這件事情讓我超級開心！）。這句用語通常是用來表達對於未來會發生的好事覺得滿心歡喜，在知道這件好事的當下就可以說 ¡qué ilusión!。"ilusión" 這個字原本是幻覺或幻象的意思，但是也有歡喜、開心的意思。其他類似表達歡喜的用語還有 ¡qué bien!、¡qué bueno!、¡qué guay!，都是「太棒了！」的意思。

例句

A: Me acaban de conceder un aumento de sueldo. ¡Estas vacaciones nos vamos a Mallorca!
我剛剛被加薪了。這次假期我們到馬約卡島玩吧！

B: ¡Qué ilusión! Es la primera vez que viajaré a esta isla.
太棒了，好期待！這會是我第一次到那座島上玩。

詞彙

ilusión 歡喜、幻覺；aumento 增加；sueldo 薪水

¡Estupendo!

太好了！

▶ **筆記**

這句話和前一句 "¡Qué ilusión!" 的用法有所不同。雖然兩者都是「對於剛才聽到的事情產生正面的反應」，但是這句 ¡Estupendo! 並不是強調（énfasis）

未來可能發生的（expectativa）好事情，而是指某件事情已經有了很好的結果。其他類似的用語還有 ¡maravilloso!、¡magnífico!、¡excelente!、¡fantástico!、¡genial! 等等，都是「太好了！太棒了！」的意思。另外，還有 ¡cojonudo! 也是類似的意思，這個字雖然被收錄在西班牙皇家學院大辭典（el Diccionario de la Real Academia Española）裡，但是 cojonudo 屬於粗俗的用字，常會在年輕人之間的對話中聽到。以上提到的這些字都是形容詞，完整的句子可以說 "¡Esto es estupendo!"。

例句

A: Pues, no te preocupes, ya me encargo yo de este asunto.
嗯，你別擔心，這件事情我來處理。
B: ¡Estupendo!, así tendré más tiempo y no te molestaré con más preguntas.
太好了！這樣我就比較有時間，而且也不會一直再問問題煩你了。

詞彙

estupendo 非常好；énfasis 強調；expectativa 未來可能發生的；fantástico 很棒的；genial 非常棒

085

¿Quedamos para cenar el sábado?
我們星期六一起吃晚餐好嗎？

▶ 筆記

　　動詞 quedar 有好幾種意思。在這句問句裡，意思是提出未來計劃的建議，具體地確定（fijar）見面的時間、地點（意思是約好在這個時間、地點）。

例句

❶ A: ¿Dónde podríamos quedar para ir a comer?
　　我們要約在哪裡一起吃中餐呢？

B: Podríamos vernos a las 12:30 en la puerta de la universidad.

我們可以約 12:30 在學校大門見。

❷ A: ¿Quedamos para cenar el sábado?

我們約星期六一起吃晚餐如何？

B: De acuerdo, ¿a qué restaurante podemos ir?

好的。我們可以去哪家餐廳呢？

詞彙

quedar 約定、停留；fijar 固定、確定

086

Me han invitado a casa de unos amigos.

幾位朋友邀請我到他們家玩。

▶ 筆記

　　這句話也可以說 "Unos amigos me han invitado [a cenar] a su casa."，中文翻譯同樣是「幾位朋友邀請我到他們家 [吃晚餐]。」但是把主詞 unos amigos 寫在句首動詞的前面，特別清楚地說明了邀請的人是這幾位朋友。如果對別人說這句話，可能會引起（provocar）別人接著問以下的問題。

例句

❶ ¿Quién te ha invitado?　邀請你的人是誰？

❷ ¿Vas tú sola?　你一個人去嗎？

❸ ¿Qué piensas llevarle?　你想帶什麼給他 [當作禮物]？

❹ ¿Qué ropa vas a ponerte?　你要穿哪件衣服？

詞彙

invitar 邀請；provocar 誘發、引起；ponerse 穿

087

No sé qué ponerme.　我不知道該穿什麼。

▶ **筆記**

　　一個注重外表（presumido）或是很重視形象的人，可能會在參加公開活動前，對自己這麼說。也可以說 "No sé qué llevar [puesto]."，同樣是「我不知道該穿什麼」的意思。

例句

❶ ¡Dios mío!, ¿qué me pongo?　我的天啊！我該穿什麼呢？

❷ Nunca sé qué ponerme en este tipo de fiestas.
　　每次參加這樣的派對我都不知道該穿什麼衣服。

❸ No sé qué llevar esta vez. Ya me han visto mucho mi vestido blanco.
　　我這一次不知道該穿什麼。我的白色洋裝大家都看過很多次了。

詞彙

presumido 注重外表打扮的；fiesta 派對；vestido 洋裝

088

¿Qué puedo llevar [a la fiesta]?
我可以帶什麼 [到這個派對] 呢？

▶ **筆記**

　　如果受邀到西班牙朋友的家中作客，通常最實用的伴手禮就是帶一瓶酒，大家可以一起喝，但是不要送在超市買的便宜的酒。禮數還是要做足比較好。

例句

❶ A: ¿Qué puedo llevar, una botella de vino?
　　我可以帶什麼去呢？一瓶葡萄酒嗎？

B: Sí, con un buen Rioja siempre quedas bien.
是的，帶一瓶「里歐哈」產區的好酒，這樣禮數就很足夠了。

❷ ¿Dónde puedo comprar bombones? Seguro que si los llevo harán la delicia de los niños.
我在哪裡可以買到巧克力糖？我相信如果帶巧克力糖去，小朋友一定會很開心。（Bombones 是巧克力糖的意思，完整的說法是 bombones de chocolate。）

詞彙

botella 瓶；vino 葡萄酒；bombones 巧克力糖；delicia 開心、歡喜

Quedar bien.
很合宜、合乎禮節、表現很好的。

▶筆記

"Quedar bien" 是稱讚某人做某件事情時，比別人預期的還好，可以說他的行為是很合宜、合乎禮節的。有時候因為不了解當地的風俗民情，做事情可能會出錯，而顯得不合宜、不合禮節，就會被說 "Se queda mal."；如果是嚴重的失禮或冒犯，例如很小氣（tacaño），則會被說 "Se queda fatal."。

例句

❶ Si no sabes qué regalo vas a hacerle, pregúntale a Rosana. Ella sabe cómo quedar bien en este tipo de situaciones.
如果你不知道該送他什麼禮物，你可以問羅莎娜。她總是知道在這樣的情況下怎麼做是最合乎禮節的。

❷ La presentación en clase del otro día la hiciste perfecta y te quedó muy bien. Y tú quedaste genial.
你那天在班上的報告相當完美，你表現得可圈可點，很棒。

❸ Mi objetivo no es quedar bien e impresionar a los demás, sino no quedar mal.
我的目標不是要表現得很好，讓大家刮目相看，而是不要做出不合宜的舉動。

詞彙

presentación 報告、簡報；tacaño 小氣；genial 非常棒；impresionar 令人印象深刻

090

Por favor, ¿...? / ¿...?, por favor.
請問 / 不好意思，……？

▶ **筆記**

　　在請求別人幫忙或想要引起注意時，常常會說 por favor。放在句首時，就如同中文裡常常以「不好意思」或「請問一下」作為句子的開頭。也可以放在句尾，意思是一樣的，就是「麻煩你」或是「請」的意思。單獨說 por favor，有時候也可以指「拜託你」的意思。

例句

❶ Por favor, ¿dónde está el metro?
請問地鐵站在哪裡？

❷ Un vaso de agua, por favor.（完整的句子是 ¿Me da un vaso de agua?, por favor.）
麻煩給我一杯水。

詞彙

metro 地鐵；agua 水

Nos vemos luego. 到時候見。

▶ 筆記

　　西班牙文的「再見」有幾種不同的說法。如果確定何時會再見，可以說 hasta mañana（明天見）、hasta la próxima semana（下週見）等等。如果不是指特定時間再見，則可以說 hasta luego（再見、下次見）或 adiós（再見），即使是再過一會兒，像是半小時或一小時後會再見面，也可以用這種一般的「再見」用語。這裡的 nos vemos luego 則是比較精準的說法，意味著已經約好下回見面的時間。

例句

A: ¿Cómo se va a tu casa?　你的家要怎麼走？
B: Sales por el metro de Diego de León y el portal de mi casa está junto a la boca de metro, a la derecha de una farmacia.
你從「迪耶哥・德・雷恩」地鐵站出來，我家的大門就在地鐵站出口的一間藥房右邊。
A: Está claro. Pues nos vemos luego.　我知道了。那我們到時候見。

詞彙

portal 大門；boca de metro 地鐵站；farmacia 藥房

¿Hay algún supermercado cerca de aquí?
這附近有超市嗎？

▶ 筆記

　　大型超市會販賣各種食物、清潔用品、日用品等。在日常對話中，常會直接說出著名連鎖超市的名稱，而不見得會用「超市」（supermercado）這個字。西班牙著名的連鎖超市包括 Mercadona、Eroski、Alcampo、Carrefour（家樂福）等。

例句

❶ A: ¿Hay algún supermercado cerca de aquí?

這附近有超市嗎？

B: Allí tiene un Eroski, ¿lo ve?

那裡有一家 Eroski，你看到了嗎？

❷ A: Perdón, ¿hay por aquí cerca algún Mercadona?

對不起，請問這附近有 Mercadona 嗎？

B: Sí, siga por ahí todo recto (todo derecho) y lo verá a la derecha.

有的，往前直走，你就會在右邊看到。

詞彙

supermercado 超市；seguir todo recto / todo derecho 直走

093

Toma, este es mi regalo.

請收下，這是給你的禮物。

▶筆記

　　在西班牙，收到禮物時，通常會在送禮的人面前拆禮物。拆開禮物的時候，要表現出歡喜、感謝，以及有些驚喜的樣子（即使不是那麼喜歡這份禮物），並且要配合禮物的種類表達出適當的感謝之意。例如在舉辦派對之前，朋友送來了一束花，那麼就應該將花束插好並擺在家裡顯眼的地方，這樣客人就能在抵達的時候看到。

例句

❶ A: Aquí tienes unos chocolates. Esos que a ti te gustan tanto.

這巧克力是給你的。是你喜歡的。

B: ¡Qué bien! Gracias, los tomaremos todos juntos luego.

太好了！謝謝。我們等一下大家一起吃。

❷ A: Toma, este es mi regalo. ¡Muchas felicidades!

請收下，這是給你的禮物。生日快樂！

B: ¡Uy, qué bonito! Qué ilusión me hace. Muchísimas gracias.

哇，好漂亮！我好開心。謝謝你！

❸ A: ¡Qué rosas rojas más bonitas!

好漂亮的紅玫瑰！

B: Sí, me las ha regalado Carlos.

是啊，是卡洛斯送我的。（紅色的玫瑰代表愛情、熱情、美麗和尊敬。）

詞彙

felicidades 恭喜、生日快樂

094

¡Qué piso más bonito!
這間公寓好漂亮！

▶ 筆記

西班牙文的 casa（家、房子）通常指的是獨棟的房屋，或是連棟房屋的其中一間，往往會有中庭或花園（面積或小或大，都有可能）。如果在對話中說到 piso，指的是大樓裡的一間公寓，可能裡面有三或四間房間（再加上廚房及浴室），也可能會有小陽台（balcón）或露台（terraza）。另外，apartamento 則是指較小的公寓，通常只有一或兩間房間。但是，無論「家」是獨棟房屋、大公寓、小公寓，都可以用 casa 這個字，例如：vuelvo a casa（我回家）、esta es mi casa（這是我家）、me quedaré en casa（我會待在家裡）等用法。

例句

❶ ¡Qué casa más bonita! ¿Cuánto [tiempo] hace que vives aquí?

好漂亮的房子！你在這裡住多久了？

❷ Este piso no es muy grande, pero tiene un balcón para tomar el aire y una galería en donde puedo secar la ropa.

這間公寓不是很大，但是有一個陽台可以呼吸到戶外的空氣，還有一個走廊讓我可以晾衣服。

❸ Este es mi apartamento de soltera, que me compraron mis padres cuando hacía el doctorado.

這是我單身時住的小公寓，是讀博士班時爸媽買給我住的。

詞彙

patio 中庭；jardín 花園；balcón 陽台；terraza 露台；galería 走廊、藝廊；soltero 單身

095

Este balcón da a la calle.
這個陽台可以看到街景。

▶ 筆記

這裡 "da a…" 指的是「面向」的意思。也可以說 "La vista da a la calle."，或是 "La vista se dirige a la calle."，就是「景觀是面向街道」的意思。另一種說法是 "tiene vistas a…"，例如 "Esta casa tiene vistas al Parque del Retiro."（「這間房子有面向雷提洛公園的景觀」）。大家都希望自己的家有美麗的景觀（vista bonita）。

例句

❶ A: Tu casa es muy grande, tiene dos balcones.
你的家很大，有兩個陽台。

B: Sí, este da a la calle, el otro es solo una galería que da a un patio interior.
是的，這個陽台看得到街景，另外那個則是走廊，面向中庭。

❷ A: ¿Y la casa que me ofrece de alquiler tiene balcón con vistas a la calle?
您可以租給我的這間房子有面向街景的陽台嗎？

B: No tiene balcones, pero las ventanas de la sala de estar son amplias y con vistas que dan a la Casa de Campo.

沒有陽台，可是客廳的窗戶很大，有面向「田園之家」公園的景觀。

（雷提洛公園（el Parque del Retiro）和田園之家（la Casa de Campo）都是馬德里的著名公園景點。）

詞彙

alquiler 租；sala 客廳、大廳；vistas 景觀

096

No sabía que pintabas cuadros.
我不知道你會畫畫。

▶ 筆記

到朋友家裡拜訪，自然會多了解朋友一些。例如，可能會發現朋友會畫畫，或是會彈鋼琴。有人說，每個西班牙人的家裡都會掛一幅自己的畫作。

例句

A: Mira, este cuadro lo pinté cuando estudiaba en la universidad.
你看，這幅畫是我在大學讀書的時候畫的。

B: ¡Qué original! No sabía que pintabas cuadros. Eres una artista.
好有創意！我不知道你會畫畫。你是藝術家。

A: Bueno, ahora no pinto. Lo dejé cuando me puse a trabajar.
我現在沒有畫了。我開始工作之後就不再畫畫了。

詞彙

pintar 畫畫；dejar de [hacer una cosa] 放棄 [做某件事情]

¿Sois novios?

你們在交往中嗎？／你們是男女朋友嗎？

▶ 筆記

現在常聽到的用語是 "Somos pareja"，相當於「我們是一對（伴侶）」，指兩人有感情上的交往，但是這個用語沒有清楚地說出兩人的關係，可能是男女朋友（noviazgo）、同居（cohabitación）、婚姻關係（matrimonio），或是沒有婚姻的伴侶關係（concubinato）。

例句

❶ A: ¿Sois novios?　你們是男女朋友嗎？

B: No, no, solo amigos.　不是，我們只是朋友。

❷ A: Supongo que sois novios, ¿no?

我猜你們是男女朋友，是嗎？

B: Somos pareja.

我們是一對〔伴侶〕。

詞彙

pareja 伴侶；noviazgo 交往中的關係；novios 男女朋友；cohabitación 同居；matrimonio 婚姻；concubinato 沒有婚姻的同居伴侶關係

Este es mi padre.　這位是我的父親。

▶ 筆記

這個句型是用來向他人介紹某人的。如果要介紹的人是男性，就說 Este es mi...（這位是我的……），例如 esposo（先生）、pareja（伴侶）、hermano（哥哥或弟弟）、hijo（兒子）、amigo（朋友）、compañero（伴侶）、novio（男朋友）。如果要介紹的人是女性，會說 Esta es mi...，例如 madre（母親）、esposa（太太）、pareja（伴侶）、hermana（姐姐或妹妹）、hija（女兒）、amiga（朋友）、compañera（伴侶）、novia（女朋友）。

例句

❶ A: Mira, ven, te voy a presentar a mi hermana pequeña, que tiene diez años.　來，我向你介紹我的小妹，她今年十歲。

B: Hola, guapa, ¿cómo te llamas?　嗨，妹妹，妳叫什麼名字？

（西班牙文非正式的對話中，可以稱呼對方 guapo（帥哥）或 guapa（美女）。）

❷ A: ¿Sabes quién ese chico alto de jersey rojo?
你知道那位穿紅色毛衣的高個子男生是誰嗎？

B: Sí, mujer, es Nacho, mi hermano.
當然知道啊，他是我弟弟 Nacho。

A: ¡Ah!, ¿sí? Preséntamelo, oye.　啊，是喔？介紹我認識吧。

B: Pero ya tiene novia, ¡eh!　可是他已經有女朋友了。

A: Da igual, preséntamelo.　沒關係，還是介紹給我認識。

（西班牙文在朋友之間的對話，可以稱呼對方 hombre（男人）或 mujer（女人）。）

詞彙

esposo/a 丈夫 / 妻子；hermano/a 兄弟 / 姐妹；hijo/a 兒子 / 女兒；
compañero/a 伴侶

099

¿Estás casado o soltero?
你是已婚還是單身呢？

▶ 筆記

提到婚姻狀況，有時很難決定動詞是用 estar（estar soltero 單身）還是 ser（ser soltero 單身）。一般來說，動詞 estar 是相對短暫的狀態，而動詞 ser 則是相對長久的狀態。因此，或許可以根據對方的年齡或是其他語境資訊來決定。如果不確定應該用哪個動詞，詢問對方是否單身時，最好是用 estar soltero。

例句

❶ A: ¿Estás casado o soltero? 你是已婚還是單身呢？
B: Pues me acabo de divorciar. O sea, que vuelvo a estar soltero.
我剛離婚不久。所以我現在是恢復單身了。

❷ A: ¿Estás casado? 你結婚了嗎？
B: Sí, ya llevo nueve años con la parienta❶.
是的，我和我的「關係人」在一起九年了。

❸ A: ¿Eres casado o estás soltero?
你是已婚還是單身呢？
B: Todavía estoy soltero. Aún no he encontrado a la mujer de mi vida.
我目前還是單身。我還沒遇到生命中的女人。

詞彙

casado/a 已婚的；soltero/a 單身的；divorciado/a 離婚的；pariente 有家人關係的

100

¿Tienes hijos? 你有小孩嗎？

▶ **筆記**

在現代社會裡，人口成長正處於寒冬時期，問這樣的問題是有點尷尬的。但是，有時候談話的內容會提到相關的議題（例如聊到幼兒園的收費情形），那麼問這樣的問題就不為過。

---

❶ Parienta 是「關係人」，在這裡指太太。這是比較古老的、開玩笑的說法，不是很有教養的，所以是當太太不在身邊時才會這麼說。

例句

❶ A: ¿Cuántos hijos tenéis?

你們有幾個小孩？

B: Tenemos dos, un niño y una niña. Una parejita. Ja, ja.

我們有兩個，一男一女。哈哈，一對寶。

❷ A: Veo que estás esperando un bebé. ¡Enhorabuena! ¿Para cuándo lo esperas?

我注意到你快要有小寶寶了，恭喜！預產期是什麼時候？

B: Sí, mi barriguita ya es muy visible. Lo esperamos para mediados de abril.

是啊，我的肚子很明顯了。預產期是在四月中。

❸ A: Veo que estás en estado de buena esperanza, como antes se decía. ¿Será niño o niña?

我注意到你快要有小寶寶了，是男孩還是女孩？

（"Estar en estado de buena esperanza" 直譯為「你處在非常美好的期待中」，是「懷孕」的較古老的說法。）

B: Ya sabemos que es niña y con esta ya van tres. Se llamará Pilar, como su abuela.

我們已經知道是女孩了，她是我們的第三個女兒，取名碧拉，和她的祖母一樣。

詞彙

barriga 肚子；bebé 寶寶；guardería 幼兒園

逛街聊天 Charlando por la calle

101

¿Vamos a tomar algo?
我們喝個東西，好嗎？

▶ 筆記

    這句話經常可以用在到餐廳吃飯之前。離吃飯的時間還有點早，所以建議同伴先到某個有露天座位的酒吧坐坐，喝點餐前酒搭配小菜（tomar el aperitivo）。如果是吃過正餐，則可以說 "¿Vamos a tomar un café?"（我們來喝杯咖啡，好嗎？）；如果是下午的話，可以說 "¿Vamos a tomar una cerveza?"（我們來喝杯啤酒，好嗎？）。

 例句

❶ Todavía es pronto para ir al restaurante. Mira allí hay un bar, ¿vamos a tomar algo?

現在到餐廳還有點早。你看，那裡有一間酒吧，我們喝個東西，好嗎？

❷ Hola, hace tiempo que no te veo. ¿Tomamos un café y me cuentas cómo te va la vida?

嗨，好久不見。我們一起喝杯咖啡，好嗎？你可以告訴我最近過得如何。

❸ Estoy sediento. ¿Por qué no vamos allí a tomar algo, por ejemplo, una cerveza?

我好渴。我們來喝個東西好嗎，啤酒如何？

詞彙

sediento □很渴

102

Por favor, me deja pasar.
對不起，請讓我過。

▶ **筆記**

這句話經常會用到，例如在擁擠的公車或地鐵上。另外比較簡單的說法是 "Permiso."（原意指「准許」的意思，這裡指「借過」），來自於完整的句子："¿[Me da usted] permiso [para pasar]?"「[您可以給予我]准許[通過]嗎？」

例句

❶ Voy a bajarme, ¿me deja pasar?
我要下車了，可以讓我過嗎？（前面的「我要下車了」"Voy a bajarme" 可以不用說，因為只說後面的部分，對方就可以了解了。）

❷ Salgo en esta parada, ¿me permite [pasar]?
我在這一站下車，可以讓我[過]嗎？（同樣的，前面半句可以不用說，對方就可以了解。）

❸ Permiso, por favor.　麻煩借過。

詞彙

parada [公車]站；permiso 准許；sobreentender 了解

103

¿Dónde hay una boca de metro?
請問哪裡有地鐵站？

▶ **筆記**

這裡 "boca de metro" 的 boca 是「口、嘴」的意思，就是地鐵出口或是地鐵站。同樣的問題也可以說 ¿Dónde hay una parada de metro?（parada de metro 也是地

鐵站的意思）。在許多國家，例如在西班牙，地鐵或捷運常是地下化的，特別是在市中心。因此，很少使用 parada de metro 來說地鐵站，因為 parada 這個字通常用在公車或是電車、輕軌。比較常用 boca de metro，再加上地鐵站的名稱。

例句

❶ A: Perdone, ¿hay por aquí cerca alguna boca de metro?
請問一下，這附近有地鐵站嗎？
B: Sí, siga un poco más adelante y verá la de Prosperidad.
有的，再往前走一點你就會看到「繁華站」。

❷ A: Por favor, ¿la boca de metro de Prosperidad está por aquí?
不好意思，請問「繁華站」是在這附近嗎？
B: Sí, ahí mismo la tiene, en el cruce de calles.
是的，就在那裡十字路口。

詞彙

adelante 前面、往前；cruce 十字、十字路口

104

¿Me da un bono de metro?
可以給我一張地鐵票嗎？

▶ 筆記

　　每個城市大眾運輸系統的付費方式都不一樣，每年也可能會有所改變。無論如何，往往購票的地方還是會有人可以協助購買，而且不會太困難，因為各國的大眾運輸系統越來越趨於相近。這裡地鐵票的票用 bono 這個字，指的是付費之後會自動扣款的票券，票券的種類可能依乘坐的次數或有效期限而有不同，也可能是儲值卡。

A: ¿Me da un bono de metro?

可以給我一張地鐵票嗎？

B: ¿Cómo lo quiere, para diez viajes?

您要哪一種的，可以坐十次的票嗎？

A: Sí, voy a estar aquí poco tiempo. ¿Puedo usarlo también para el autobús?

是的，我在這裡不會待很久。坐公車也可以用同樣的票嗎？

B: Sí, también es válido para autobuses metropolitanos.

可以，坐市公車也可以用這張票。

詞彙

bono 票、券；válido 有效的；metropolitano 城市的、都會的

105

¿Dónde hay un centro comercial?

哪裡有購物中心呢？

▶筆記

　　如果不知道購物中心（centro comercial）或百貨公司（grandes almacenes）
的名稱，就可以問這句話，雖然現在上網就很容易可以找到答案了。

例句

❶ A: ¿Sabe dónde hay un centro comercial?

你知道哪裡有購物中心嗎？

B: Aquí en Castellana tiene varios, pero son un poco caros. No lejos de
aquí le recomiendo que vaya a la plaza de Manuel Becerra.

在這條卡斯特亞納大道上有好幾家，但是都有點貴。離這裡不遠的地方我會
建議你到馬努維貝瑟拉廣場那裡購物。

❷ A: Hola, buenas, perdone. ¿Sabe dónde hay un centro comercial?

嗨，你好，不好意思，你知道哪裡有購物中心嗎？

B: Lo siento, yo tampoco soy de aquí.

對不起，我也不是這裡人。

詞彙

centro commercial 購物中心；grandes almacenes 百貨公司

106

No está lejos.
不遠。

▶ **筆記**

　　這句話就是「近」（está cerca）的意思。像「遠」或「近」這樣的副詞，都是相對而主觀的。因此，聽到對方說某個地方不遠或是很近，最好再問一句：Como... ¿a cuántos metros más o menos?（那是說⋯⋯大概是幾公尺遠呢？）

例句

❶ A: Perdone, ¿sabe dónde está El Corte Inglés?

不好意思，你知道「英式剪裁」百貨公司在哪裡嗎？

B: Sí, no muy lejos. Siga por aquí y lo encontrará.

我知道，不會很遠。這裡一直走就會到了。

A: ¿Podemos ir en metro?

我們可以坐地鐵去嗎？

B: Sí, pero no hace falta, no está lejos, es solo una parada de metro. Pueden ir andando, son cinco minutos.

可以的，但是沒有必要，不會很遠，地鐵一站而已。你們可以走路，大概五分鐘。

❷ A: ¿Hay por aquí cerca una farmacia?

這附近有藥局嗎？

B: Sí, siga por esta calle todo recto (todo derecho) y la verá.

有的，這條街直走就會看到。

A: Como...¿a cuántos metros? 那是……幾公尺遠呢？

B: Como a unos doscientos o trescientos metros. 大概是兩三百公尺遠。

 詞彙

seguir 繼續 [往前走]；encontrar 遇到、看到；metro 地鐵、公尺（複數為 metros）

107

Ir a cambiar moneda
兌換外幣

▶ **筆記**

　　有時候要找到銀行兌換外幣不是那麼容易，而且在西班牙並不能直接用台幣換歐元，所以要在台灣先換好歐元。如果剛好有美金的話，則可以在西班牙的機場或是銀行以美金換歐元。外幣兌換的匯率通常可以看得到，但是如果要詢問確認的話，可以說 ¿A cuánto está el cambio [de dólares en euros]?（[美金兌換歐元的] 匯率是多少？）。

/ **例句**

A: Necesito ir primero a un banco a cambiar moneda.

我要先到銀行兌換外幣。

B: Hombre, también puedes pagar con la tarjeta de crédito.

老兄，你可以用信用卡付帳就好啦。

A: Sí, pero según en qué sitios no las admiten. Por ejemplo, no vas a pagar un helado con tarjeta de crédito.

沒錯，可是有些地方不能用信用卡。舉例來說，你買個冰淇淋不會用信用卡吧。

B: Ja, ja. Tienes razón. Aunque pronto funcionaremos sin dinero en metálico.

哈哈，你說得有道理。不過不久之後，大家都不需要用現金交易了。

¿Dónde hay un cajero automático?

哪裡有自動提款機？

▶筆記

在提款機領錢之前，先確定附近是安全的。

例句

A: ¿Sabe dónde hay un cajero automático por aquí cerca?

你知道這附近哪裡有自動提款機嗎？

B: Sí, hay uno a cinco minutos, yo mismo la acompaño.

有的，大概五分鐘路程有一個，我陪你走過去。

A: No, no se moleste, ya voy yo sola.　不了，不用麻煩，我自己走就行了。

B: ¿Qué pasa, que no se fía de mí?　怎麼了，你不信任我嗎？

詞彙

cajero automático 自動提款機；molestarse 麻煩；fiarse de alguien 信任某人

Estoy perdido.　我迷路了。／我迷失了。

▶筆記

意即「我不知道自己在哪裡。」通常這句話指的是實際上迷路，但是也可以用在描述面對危險時，不知道該如何逃脫，類似「我迷失了」的意思。

例句

❶ A: Creo que con esta niebla nos hemos perdido. Y aún estamos arriba de la montaña.

這濃霧讓我們迷失了方向。而我們仍然在深山裡。

B: Me parece que la Guardia Civil va a tener que venir a rescatarnos.

看起來需要國民警衛隊來救我們了。（La Guardia Civil 是西班牙的國民警衛隊，或譯為憲兵隊。）

❷ A: Según el plano, tendríamos que haber llegado ya. Yo diría que estamos perdidos.

根據地圖，我們應該已經要抵達目的地了。我覺得我們迷路了。

B: Lo que pasa es que no lo has interpretado bien.

問題應該是你地圖沒看對。

詞彙

estar perdido 迷路；niebla 霧；interpretar un plano 看地圖、解讀地圖

110

No hace falta que...
不需要……[做某件事情]

▶筆記

這是一句禮貌的話，告訴對方不要做某件事情。

例句

❶ No hace falta dar propina, ya nos cobran el servicio en la cuenta.

你不需要給小費，因為帳單已經包含服務費了。

❷ A: No hace falta que preguntes tanto, vamos a mirar en el mapa de Google.

你不需要問那麼多問題，我們看 Google Maps 就好了。

B: Es que así practico mi español.

我是想要練習西班牙文啊。

A: ¡Ah, bueno! Si es por eso...

啊，好吧！如果是為了這樣……

❸ A: ¿Hace falta cambiar de tren al llegar a Madrid?

到馬德里要轉火車嗎？

B: No, no hace falta, este tren para en Madrid, pero continúa directo a Salamanca.

不，不需要的，這班車會在馬德里停靠，然後繼續開往薩拉曼卡。

詞彙

propina 小費；practicar una lengua 練習說一種語言；cambiar de tren 轉火車

111

¿Cuánto cuesta la entrada?

門票多少錢？

▶ 筆記

通常進入博物館或其他參觀的景點，門票價格都會公告在明顯的地方，不過有時候為了確定，也可能會問這個問題。其他相關的用語見以下例句。

例句

❶ ¿Hay precio especial para estudiantes?

學生有特價嗎？

❷ ¿Sirve el carnet internacional de estudiante?

國際學生證可以用嗎？

❸ ¿Es gratis los domingos?

星期天是免費入場嗎？

❹ ¿Es gratis con el Documento Nacional de Indentidad (DNI) de un país de la Unión Europea?

如果有歐盟的身分證，是免費入場嗎？

詞彙

carnet 證、卡；gratis 免費

¿Hay exposiciones temporales?
現在有特展嗎？

▶ **筆記**

　　許多博物館或美術館會有從其他地方來的藝術作品在特定場館展出，和主要館藏展出的地點分開。特展有固定的期間，可能三個月左右，這樣可以吸引來過的大眾再回來參觀。

例句

❶ ¿Dónde tiene lugar la exposición itinerante de Dalí?
請問「達利巡迴展」的地點在哪裡？

❷ ¿Puedo visitar con el billete del museo las exposiciones temporales?
請問這張博物館的門票也可以看特展嗎？

詞彙

exposición 展覽；itinerante 巡迴的；temporal 暫時的

¡Qué original!
好有創意！

▶ **筆記**

　　當我們看到美麗的東西，而且是從來沒看過時，可能會用這句話。

例句

❶ Mira qué cuadro, es impresionante.
你看這幅圖畫，真令人驚嘆。

❷ A: Fíjate en ese cuadro. ¡Qué original!

你看這幅圖畫,好有創意!

B: Pues no le veo nada especial.

我覺得看起來沒什麼特別的。

A: A mí me gusta mucho. En realidad, me encanta.

我很喜歡。應該說,我太喜歡了。

B: Coméntame tus impresiones.

告訴我你的印象及評價。

A: La composición es simétrica. Y las tonalidades del color verde son muy variadas.

這個構圖是對稱的。綠色的各種色調非常有變化。

詞彙

impresión 印象、印刷;composición 構圖、作文

114

¿Dónde está la tienda de recuerdos?

紀念品商店在哪裡?

▶ **筆記**

有時候紀念品商店(la tienda de recuerdos)也可能標示法文 souvenir(紀念品)。通常位置會在展覽參觀動線的最後。商店也會賣與博物館或美術館展覽相關,或是與藝術相關的書籍。

例句

❶ ¿Está por aquí la tienda de recuerdos?

請問紀念品商店在這附近嗎?

❷ ¿Tienen postales de Madrid? Es que ahora es difícil encontrarlas. Ya nadie las envía.

請問有馬德里的明信片嗎？現在很難找到明信片，因為大家都不寄信了。

❸ ¿Tienen camisetas (T-shirt) con el logo del museo?

請問有這個博物館標誌（logo）的 T 恤嗎？

〔詞彙〕

recuerdos 紀念品；postales 明信片；camisetas T 恤；logo 標誌、商標

115

¿Tienen una guía turística de esta ciudad?
請問有這個城市的旅遊指南嗎？

▶筆記

　　對於喜歡深度旅遊的人來說，當地指南是不可或缺的，在結束旅遊回家之後，還可以繼續閱讀。

／例句

❶ Mira, la guía dice que debajo del altar de esta catedral gótica hay una cripta románica del siglo XII. Vamos a verla.

你看，這本指南說，在這座哥德式天主堂的祭台下面，有十二世紀羅馬時代的地下墓穴。我們來參觀吧。

❷ A: Mira esa cruz, es el Cristo de Lepanto. Según la guía estaba en la nave capitana de Don Juan de Austria en la batalla de Lepanto.

你看這十字架，是「勒班陀的基督」。根據指南上所寫的，在勒班陀戰役中，這十字架是在「奧地利的唐璜」的主艦上面的。

B: ¿En la batalla de Lepanto? ¿Qué batalla fue esa?

勒班陀戰役？那是什麼戰役？

A: Aquí dice que tuvo lugar en el año 1571 y que fue una batalla decisiva, pues gracias a la victoria de Juan de Austria, hermanastro de Felipe II, los turcos no pudieron avanzar hacia Europa.

這裡寫道，在 1571 年，這是一場決定性的戰役，因為奧地利的唐璜獲得勝利（奧地利的唐璜是菲利普二世的同父異母的弟弟），所以土耳其人在當時沒辦法進入歐洲。

詞彙

cripta 地下墓穴；batalla 戰役；decisivo 決定性的；hermanastro 同父異母或同母異父的兄弟；turcos 土耳其人

116

Por favor, ¿dónde está la sección de novela histórica?

請問歷史小說在哪裡？

▶ **筆記**

　　歷史小說是文學作品中十分普及的文類。西班牙歷史小說不難閱讀，但是如果是以黃金時代（Siglo de Oro）為背景的小說，裡面人物的對話可能會用到許多現在已經不用的詞彙或成語。

例句

❶ A: Por favor, ¿dónde está la sección de novela histórica?
請問一下，歷史小說在哪裡？

B: Al fondo de esta pared verá los estantes.
沿著這面牆走到底，那邊的書架上就是了。

❷ A: ¿Tienen libros en inglés?
請問有英文書嗎？

B: Sí, pero muy pocos. Los encontrará allí, a la derecha.
有的，可是很少。你可以看到在那裡，右手邊。

MP3

117

Esta novela ha ganado el último premio Planeta.

這本小說得到這一屆的「星球文學獎」。

▶ **筆記**

　「星球文學獎」是西班牙文學界小說文類裡最有名、獎金也最優渥的文學獎。這個獎項是星球出版社（la editorial Planeta）所頒發的。

例句

❶ Es una novela que atrapa al lector desde la primera página y es ganadora de un premio Planeta.

這部小說從第一頁就吸引住讀者，而且小說得過星球獎。

❷ En 2021 la ganadora del Planeta fue Camen Mola, pero al entregar el premio resultó que este nombre era el pseudónimo de tres escritores varones.

在 2021 年，星球獎的得主是卡門‧莫拉，但是結果發現這是三個男作家共同的化名。

❸ Es el libro del que todo el mundo habla.

這本書全世界的人都在談論。

詞彙

dotar 給予；novela 小說；atrapar 抓住、吸引住；otorgar 頒發、贈與；presudónimo 假名、化名；varón 男子、男性

118

¿Tienen sección de papelería?

請問有文具部嗎？

▶ **筆記**

　　許多書店會有文具部，賣的商品包括筆記本、記事本、原子筆、彩色筆、鉛筆、修正帶等等。

例句

A: ¿Tienen sección de papelería?　請問有文具部嗎？

B: Sí, en la tercera planta.　有的，在三樓。

詞彙

papelería 文具部、文具店；cuaderno 筆記本；agenda 記事本、日誌；
bolígrafo 原子筆；rotulador 彩色筆；lápiz 鉛筆；típex 修正帶、修正液、立可白

119

¿Me lo envuelve, por favor? Es para hacer un regalo.
可以麻煩幫我包裝嗎？這是要送禮的。

▶ **筆記**

　　書籍常常可以當作禮物，所以許多書店，特別是著名的書店或是百貨公司裡，都會有包裝服務。

例句

❶ A: ¿Me lo puede envolver para regalo?　您可以幫我包裝這個禮物嗎？

　 B: Sí, puede ir a aquel mostrador, enseñe este ticket y allí se lo envolverán.
可以的，在那邊的櫃台，您拿這張票券到那裡，服務人員就會幫您包裝。

❷ A: Es un regalo. ¿Puede envolvérmelo?　這是禮物，您可以幫我包裝嗎？

MP3

B: Sí, si le parece bien este papel ahora mismo se lo envuelvo. Además le pondremos este lacito que queda muy bien.

可以的。您覺得這包裝紙可以嗎？可以的話我現在就包裝。另外我們還可以加上這個蝴蝶結，比較好看。

120

Nada más y nada menos　不多也不少

▶ **筆記**

這句話就是「很精準」的意思，也可以說 exactamente, exactamente，用來加強說明前面所提供的資訊是相當精準的，但是在不同的語境會有不同的意思，也可以用來表達正面的驕傲或是讚賞。

例句

❶ Este autor ganó el premio Nobel de literatura el año pasado. ¡Nada más y nada menos!　這位作家去年得到諾貝爾文學獎。不多也不少啊！

❷ Cumple con su trabajo, pero en realidad no es más que un profesor ordinario, nada más ni nada menos.
他完成了工作，但是事實上他做的就是一般教授所做的，不多也不少。

❸ Los jugadores de bádminton de Taiwán, ganaron en dobles, nada más y nada menos, que a China en la final olímpica.
台灣的羽球選手，在奧運會戰勝中國拿到雙打金牌，不多也不少。

❹ Gozo de buena salud. Y tengo 70 años, nada más y nada menos.
我現在身體很健康，而我 70 歲了，不多也不少。

詞彙

autor 作者；ganar 贏；premio 獎；jugador 球員、選手

對話中回應用語
Reacciones en una conversación

121

¡Cuídate!
保重！

▶ **筆記**

　　這句話是道別的時候用的，類似英文的 "Take care"。可以用在說話的時候，也可以用在例如 email 的文字訊息。因為這句用語是非正式的，常用在朋友之間，比較少用到敬語 Cuídese。

例句

❶ A: Pues nada, me voy ya. ¡Cuídate!
　　就這樣子，我先走了。保重！
　　B: Gracias. Igualmente.
　　謝謝。你也是。

❷ A: Adiós, hasta la próxima.
　　再見了，下次見。
　　B: ¡Cuídate!
　　保重。

❸ Pues nada. Esto es lo que hay por hoy. Espero tu respuesta. ¡Cuídate!
　　就這樣子，沒別的事了。我等待你的回覆。保重！

詞彙

igualmente 同樣的、你也是；próxima 下一回、下次；respuesta 回答、回覆

Tu cara me suena.

你很面熟。 / 我好像見過你。

▶ 筆記

這句話的意思是「你的臉看起來很熟悉。」通常用在打招呼的時候，對方好像是我們曾經見過的人。

／ 例句 ＼

❶ A: ¡Hola! Tu cara me suena. ¿Dónde nos hemos visto antes?

你好，你看起來很面熟。我們是不是有見過面？

B: A mí también me suena tu cara. Quizás nos hemos visto en la universidad, en la clase de español.

我也覺得你看起來很面熟。可能我們大學見過面，在西班牙文課上。

❷ A: ¡Hola! ¿Nos hemos visto antes? Tu cara me suena.

你好，我們見過面嗎？你看起來很面熟。

B: Pues yo creo que no. Debe de ser un error. Además yo no soy de aquí, yo vivo en Málaga.

我覺得應該沒有，可能你認錯人了。而且我不是這裡人，我住在馬拉卡。

 詞彙

sonar 令人想起、令人覺得熟悉、發出聲響

Esto es como caído del cielo.

這有如天上掉下來的。

▶ 筆記

這句話指的是一件很好的事情，在料想不到的情況下、我們最需要的時刻裡出現，如同天上掉下來的禮物。

❶ A: Cuando más lo necesitaba, el jefe me dijo que me subía el sueldo.

在我最需要的時候，老闆告訴我他要幫我加薪。

B: ¡Qué suerte! Te vino como caído [llovido] del cielo.

真好運！就像是天上掉下來的一樣。

❷ A mis 38 años, con trabajo estable y la vida resuelta, conocí a Rosalía, en la boda de un primo lejano. Nos casamos poco después, ya han pasado treinta años y tenemos tres hijos. Mi encuentro con Rosalía fue inesperado, como caído [llovido] del cielo.

在我 38 歲的時候，工作已經穩定，生活也很安逸，我在一個遠房表親的婚禮上認識了蘿莎莉雅。不久之後我們結婚了，到現在已經過了 30 年，我們也有了三個孩子。我和蘿莎莉雅的相遇是完全在意料之外的，有如天上掉下來的一樣。

詞彙

sueldo 薪水；cielo 天空、天堂；estable 固定、穩定；vida resuelta 穩定的生活；inesperado 意料之外的

124

Todo se andará.
一切都會順利的。

▶ **筆記**

這句話直譯是「一切都會走下去的」，用來安撫對方，即使還有很多事情要完成，不要因為等待太久而失去耐心。

例句

❶ A: A ese paso no vamos a acabar nunca este trabajo.

以這樣的速度，我們永遠都無法完成這項工作。

B: No te preocupes, todo se andará.

你不要擔心，一切都會順利的。

❷ A: Me dijiste que si acababa la carrera me comprarías una moto, pero aún la estoy esperando.

你告訴過我，如果我大學畢業，你就會買機車給我，可是我現在還在等。

B: Sí, lo recuerdo perfectamente. Ahora no me viene bien ese gasto, pero todo se andará.

是的，我記得的很清楚。現在我沒辦法負擔這筆開銷，但是之後會兌現的。

詞彙

andar 走路；gasto 支出、開銷；moto 機車

125

¿En qué puedo ayudarle?

有什麼我可以協助的嗎？

▶ **筆記**

　　這句用語等同於英文的 "May I help you?"。通常在商店裡，在看商品時，店員可能會走過來問這句話，以協助顧客選購商品。另外類似的問句還有 "¿Qué puedo hacer por ti?"（我可以為你做什麼？），意思較為廣泛，沒有上面那一句來得殷勤。

例句

❶ A: Buenos días, ¿en qué puedo ayudarle?

早安，有什麼我可以協助的嗎？

B: Estoy buscando unas zapatillas de deporte igual a estas, pero de una talla mayor y de color azul.

我在找像這樣的運動鞋，但是大一號，藍色的。

❷ A: Hola, te veo apurado, con cara de preocupación. ¿Te puedo ayudar en algo?

你好，我看到你面有難色，好像有心事。有什麼我可以幫忙的嗎？

B: Sí, estoy buscando una solución para cuidar a mis padres, que ya están muy mayores.

是的，我在尋求可以幫忙照顧我父母的方法，他們年紀很大了。

 詞彙

ayudar 幫助；buscar 尋找；zapatillas de deporte 運動鞋；cuidar 照顧

126

Estoy quemado.
我累壞了。

▶ **筆記**

　　這句話直譯是「我被燒了」，指的是身心俱疲的狀態，這句用語來自英文的 "I am burned out." 意指不但是心理上非常疲累，而且需要暫時跳脫現在的處境。另外，如果是用在給對方壓力，也可以說 "lo quemas"（你「燒」了他 = 你給他很大的壓力）。

／ **例句**

❶ A: ¿Qué te pasa?, no se te ve muy bien.

你怎麼了？你看起來不太好。

B: Estoy quemado. Me pasa cada fin de año, por mi trabajo de contable. Espero que el jefe me dé unos días de vacaciones y el próximo año seamos dos los contables haciendo este trabajo.

我累壞了。我是會計師，每年到年底都是這樣。我希望老闆能放我幾天假，然後明年能多找一位會計師，兩個人一起分擔這個工作。

❷ No quiero volver a pedirle lo mismo otra vez, porque ya lo tengo un poco quemado. Si se lo pido, me dirá que no y además se estropeará nuestra relación.

我不想再多問你一次了，因為我看我給了你太大壓力。如果我再問你一次，你只會拒絕我，而且也會破壞我們倆的關係。

詞彙

quemado 燃燒的；contable 會計師；jefe 老闆；estropear 破壞

127

Estoy hasta las narices.　我已經快受不了了。

▶ **筆記**

　　這句話直譯是「我已經滿到鼻子上頭了」，就好像水已經淹到鼻頭，快不能呼吸了。會說這句話的情況有許多可能，包括工作太多的時候、某人干擾我們的時候，或是他人不斷的錯誤影響了我們等等。有時候，也意味著如果不是壓力這麼大的話，情況會處理得比較好。另外類似的用語還有 "¡Estoy harto!"（我受夠了！），後面的章節會提到。

例句

❶ Estoy del jefe hasta las narices. Como siga mandándome trabajo por la noche, cambiaré de empresa.

老闆真的是讓我受不了了。他總是在晚上交派工作給我，我想換一家公司工作了。

❷ Perdona, pero estoy ya hasta las narices de tu madre. No sé quién se ha creído que es. ¡Vaya manera de tratar a una nuera!

對不起，可是我真的受不了你的媽媽。她以為自己是誰啊。怎麼有人這樣對待媳婦的！

詞彙

nariz 鼻子；empresa 公司；nuera 媳婦

No seas chismoso. 你不要這麼八卦。

▶ 筆記

　　形容一個人 "chismoso/a" 表示他很喜歡講人家的閒話，會把別人家的私事講出來，甚至以此為樂。

例句

❶ A: ¿Sabes lo último de Margarita?　你知道瑪格麗特最近發生的事情嗎？

　 B: Ya estás otra vez con tus chismes.　你又要說八卦了。

❷ A: ¿A que no sabes quién acompañaba a Juan el otro día en el estreno de su película?

　 你有沒有聽說那天是誰陪伴胡安參加他的電影首映會？

　 B: Cuenta, cuenta. Me encantan tus chismes. Lo sabes todo de todos.

　 趕快告訴我。我最喜歡聽你說八卦了。每個人的事情你都知道。

詞彙

chisme 閒話、八卦；estreno 首映

Me alegro por ti. 我為你感到高興。

▶ 筆記

　　這句話是用在恭喜對方有所獲得或是有美好的事情發生在他身上時。說話的人透過這句話，也表現出某種程度的羨慕，但是這是所謂「好的羨慕」（"envidia de la buena"）。

❶ A: Me acaban de ascender a director comercial. Era mi sueño.

我剛才被升為商業部主任。我的夢想實現了。

B: Me alegro por ti, pero a mí me daría miedo tanta responsabilidad.

我為你感到高興，不過換作是我的話，這麼大的責任我會害怕。

❷ A: ¿Sabes? Felicia se ha quedado embarazada.

你知道嗎？菲利西雅懷孕了。

B: Me alegro por ella, es algo que deseaba hace mucho tiempo.

我為她感到高興，她一直都想要有小孩。

詞彙

alegrarse 感到高興；sueño 夢、夢想；miedo 害怕、恐懼；embarazada 懷孕

130

No, Dios me libre.
才不要呢，上帝饒了我吧。

▶ **筆記**

　　這句話是用在強調對某件事沒興趣、很不想做某件事。因此我們祈求上帝將我們帶離開這個情況，這情況可能是會帶來危險的。

例句

❶ A: ¿Por qué no te presentas como candidato en la elección de director del departamento?

你為什麼不參加部門主任的競選？

B: No, Dios me libre. Cualquiera puede hacerlo mejor que yo.

才不要呢，上帝饒了我吧。任何人都會做得比我好。

② A: Ahora con la crisis dicen que se van a bajar las pensiones de los funcionarios.

現在景氣蕭條，但是聽說公務人員的年金又要被刪減了。

B: ¿Otra bajada? Dios nos libre.

又刪減了？上帝饒了我們吧。

詞彙

librar 放其自由；candidato 候選人；director 主任；cualquiera 任何一個；
crisis 危機、景氣蕭條；pensiones 年金；funcionarios 公務人員

131

Ojalá
希望如此

▶筆記

Ojalá 可以單獨使用，回應對方的話，意思是「希望如此」或「但願如此」。
如以下兩個例句，Ojalá 也可以放在句首。第一個例句的情況，所希望的是現在
所無法達到的、與實情相左的。第二個例句的情況，則是指未來發生的重要事
件，希望能一切順利。Ojalá 後面所接的動詞都是使用假設語氣的動詞變化。

例句

❶ Ojalá estuvieras aquí.
多希望你現在在這裡。

❷ Ojalá todo salga bien mañana.
希望明天結果一切都順利。

詞彙

ojalá 多希望……；mañana 明天

No sé. / No lo sé. / Ni idea.

我不知道。

▶ **筆記**

　　某件事情我們不知道，有許多不同的說法，最常說的是 "no sé"，來自 "no lo sé." 其中代名詞 lo 是指我們不知道的這件事情。如果說 "ni idea." 就是指我們對這件事情完全一無所知。

例句

❶ A: ¿Sabes si ha vuelto Julio del viaje?
你知道胡立歐旅行回來了嗎？

B: No, no sé. Pero creo que no.
我不知道，但我想是還沒。

❷ A: ¿Sabes utilizar el lenguaje de programación Java?
你知道怎麼使用 Java 程式語言嗎？

B: No, no lo sé, pero me gustaría.
我不知道，可是我想學。

❸ A: ¿Sabes quién es ahora el primer ministro de Tailandia?
你知道現在的泰國首相是誰嗎？

B: Pues no tengo ni idea. Es más, me cuesta situar Tailandia en el mapa.
我完全沒概念。要我在地圖上指出泰國都有困難。

詞彙

lenguaje 語言；programación 程式設計；ministro 首相、部會首長；costar [esfuerzo] 花費 [力氣]

133

No, que yo sepa. / Que yo sepa, no.
據我所知是沒有的。

▶ 筆記

這句話和前一句 "No sé." 很類似，不同的是，前一句是直接表達對問題的答案一無所知（ignorancia），同時意指（insinuar）沒有理由或是管道知道問題的答案，因為不在其責任或認知的範圍。這一句 "No, que yo sepa." 同樣表達不知道答案，但是暗示其實應該是會知道答案的，只是可能因為疏忽（inadvertencia），或是分心（despiste），或是其他原因而不知道答案。

例句

❶ A: ¿Ha salido el jefe ya de la oficina?
老闆離開辦公室了嗎？
B: No, que yo sepa.　據我所知，沒有吧。

❷ A: A Margarita y Julián se les ve mucho juntos últimamente. ¿Sabes si son novios?
最近常常看到瑪格麗特和胡立安在一起，你知道他們是男女朋友嗎？
B: Que yo sepa, no. Creo que Margarita tiene novio, pero cualquier cosa podría ser.
據我所知，不是吧。瑪格麗特應該已經有男朋友了，不過，什麼事都有可能的。

❸ A: ¿Se sabe ya el resultado de las oposiciones?
國家考試的結果已經出來了嗎？（Oposiciones 指的是公務人員資格考試。）
B: Que yo sepa, todavía no. Pero dijeron que saldría hoy.
據我所知，是還沒有。可是聽說今天會公布。

詞彙

ignorancia 無知、一無所知；insinuar 意指、暗示；inadvertencia 疏忽；despiste 分心、忘記；oposiciones 公務人員資格考試

MP3

¡Tierra, trágame! 土地啊，把我吞下去吧！

▶ 筆記

　　這個成語用在發生尷尬的情況時，恨不得立刻從現場消失（恨不得鑽到洞裡去），即使是神奇地被土地吞下去也不在乎。因此對土地下了個命令（動詞 tragar 的祈使句變化為 traga）：「土地啊，把我吞下去吧！」其實這句話是對自己說的，希望這尷尬情況就此打住。

/ 例句 \

Le dije a mi novio que su madre me parecía muy joven y él me contestó que aquella chica no era su madre sino su hermana. No sabía dónde meterme. ¡Tierra, trágame!

我告訴我男朋友，他的媽媽看起來好年輕，結果他告訴我，那是他姐姐（hermana 也可能是妹妹），不是媽媽。我當時不知道該躲到哪裡去，土地啊，把我吞下去吧！

詞彙

tragar 吞；tragar comida 吞下食物；tragarse una espina 吞下了一根刺；
tragarse una humillación 吞下屈辱

¿Quién lo diría? 誰想得到呢？

▶ 筆記

　　這句話是用來表達驚訝，意思是「這怎麼可能？」（¿Cómo es posible?）。並不是真的不相信發生了這件事情。用條件式動詞 diría 以表達情況的特殊性。另外類似的用語有："No puedo creerlo."（我不相信發生了這種事）、"Es la primera vez que lo oigo."（我第一次聽到這種事）、"No salgo de mi asombro."（我太驚訝了）、"¡Qué barbaridad!"（太誇張了）。

例句

A: Perdón, ¿sabe si está por aquí la iglesia de la Santa Cruz?

對不起，請問聖十字教堂是在這附近嗎？

B: ¿¡Cómo!? ¿Un chino preguntando por una iglesia católica? No salgo de mi asombro.

什麼？一個中國人居然找天主教堂？我太驚訝了。

A: Verá usted, en China los católicos somos más de diez millones.

你要知道，在中國有超過一千萬名天主教徒。

B: ¿Quién lo diría? Pues no, no lo sabía. ¿Ve aquel edificio rojo, con una cruz encima? Allí es.

誰想得到呢？我真的不知道。你看那裡那棟紅色建築，上面有十字架的，那就是了。

詞彙

asombro 驚訝；barbaridad 野蠻（意指誇張）；cruz 十字架；católico 天主教的、天主教徒

136

Y yo qué sé. 我怎麼知道。

▶ 筆記

　　這句回答的意思是「不要問我這個問題，我沒有興趣知道。」表示對於對方問的問題覺得不高興，可能是問題不恰當或是問的時機不對，也可能是對於這個話題沒有興趣，或是手邊在忙別的事情。這句話的意思接近於 "¡Déjame en paz!"（不要煩我！），但是語氣沒有那麼重。70 到 80 年代著名的西班牙搖滾樂團 Tequila（龍舌蘭）有一首歌就是以 Y yo qué sé 為歌名。

❶ A: ¿Sabes a quién expulsaron del "reality show" del pasado sábado? Todo el mundo habla de ello.

你知道上星期六實境秀節目誰被淘汰了嗎？大家都在談這個事情。

B: Y yo qué sé.

我怎麼知道。

❷ A: ¿Cómo quedó el clásico de ayer? ¿Ganó el Barça o el Madrid?

昨天經典賽 ❶ 結果如何？巴塞隆納還是馬德里贏？

B: Y yo qué sé. Sabes que no me interesa el fútbol.

我怎麼知道。你知道我對足球沒興趣。

詞彙

expulsar 趕出去、淘汰；clásico 經典

137

Paso de todo.
我什麼都不在乎了。

▶筆記

　　直譯是「我什麼都跳過」，意思是我什麼都不在乎了。這裡 pasar 指的是不多想、不評斷一件事，也不做什麼。Pasar de [一件事或一個人] 指的是忽略這件事或這個人、不去管他。

例句

A: ¿Por qué no haces nada?
你為什麼什麼都不做？

---

❶　這裡的「經典賽」指的是皇家馬德里和巴塞隆納球隊之間的比賽，巴塞隆納隊也可以叫做 Barça。

B: Es que no hay nada interesante para hacer. La sociedad no tiene remedio.
因為沒有什麼有趣的事情可以做。這個社會沒救了。

A: ¿Qué quieres decir?　你的意思是什麼呢？

B: Lo que quiero decir es que paso de todo.
我的意思是說，我什麼都不在乎了。

A: Hombre, algo tendrás que hacer, ¿no? Es muy fácil echar la culpa a los demás.
老兄，你還是得做些什麼，不是嗎？把錯怪在他人身上很容易的。

詞彙

sociedad 社會；remedio 療法、補救；echar la culpa 怪罪

138

¿Y eso?　怎麼這樣？／為什麼這麼說？

▶ **筆記**

這句話直譯為「那這個呢？」意思是「你為什麼這麼說？」（¿Por qué dices eso?）。這句用語是用來要求對方解釋的，通常是負面的事情，用語很短，可以說是從以下的句子簡化的："Y eso que dices, ¿cómo lo sabes?"（你剛才講的事情，你是怎麼知道的？）、"Y eso que has dicho, ¿por qué lo dices?"（你剛才說的話，你為什麼這麼說？）、"Y eso que acabas de decir, ¿a cuento de qué viene?"（你剛才講的事情，是從哪裡聽來的？）。因此，要透過上下文才能判斷這句用語的意思。在說這句話時，臉上的表情可能表達生氣或是覺得奇怪，也就是質問的口吻及態度。

／ **例句**

❶ A: ¿Me ha llamado tu amiga Margarita para invitarme a ir al cine?
你的朋友瑪格麗特剛才居然打電話邀我去看電影？

B: ¿Y eso? (¿Cómo es que mi amiga te invita a ti? ¿Hay algo entre vosotros?)

怎麼這樣？（他是我的朋友卻邀請你？你們之間是有什麼嗎？）

❷ A: Tendrás que hacer la presentación tú solo. He decidido no ir mañana al trabajo.

你要自己一個人做簡報。我決定明天不去上班。

B: ¿Y eso? (¿Cómo es que de repente haces este cambio de planes?)

怎麼這樣？（你怎麼這麼突然改變計劃？）

詞彙

invitar 邀請；cine 電影；presentación 簡報

139

En absoluto.　絕對不可能。／絕對不行。

▶ 筆記

　　意思是：我的答案是「不」，而且是「絕對」不行的。這句話有其他類似的用語："Ni hablar"（免談）、"Bajo ningún concepto"、"De ningún modo"、"De ninguna manera"（後面三句都可以翻譯為「任何情況都不行」）。如果要加強語氣，以上列出的幾句話都可以在前面加上 No，例如 "No, ni hablar"。相反的，如果要表達「絕對可以」可以說 Absolutamente，意思是百分之百可以。

例句

❶ A: Este verano podemos ir de vacaciones a la playa.

這個夏天我們可以到海灘渡假。

B: En absoluto. Ya te he dicho que no puedo tomar el sol, mi piel es muy fina.

絕對不行。我已經告訴過你我不能曬太陽，我的皮膚很脆弱。

❷ A: Mira, están fumando droga. ¿Qué tal si probamos, a ver qué es eso?

你看，他們在吸毒耶。我們也來試試看，怎麼樣？

B: Ni hablar, conmigo no cuentes. Se empieza por ahí y se acaba mal.

免談，我絕對不可能的。一旦開始，結果就會很慘。

詞彙

piel 皮膚；fumar 抽菸、吸[毒]；droga 毒品；contar con alguien para hacer algo 把某人算在內一起做某件事情

140

Te lo dije. 我早就告訴過你。

▶ **筆記**

　　意即「我之前的預測是正確的」。這句話很直接，可以用在親近的人之間，如果用在對其他人，就可能冒犯了。這句話是在知道事情結果時說的，這件事情之前就討論過了。

例句

❶ A: ¿Lo ves? Te lo dije. (Hay que decirlo mostrando enfado y la primera frase de modo rápido).

你看吧，我早就告訴過你了。（說這句話的時候態度是生氣的，前半句 ¿Lo ves? 可以講快一點。）

B: Sí, tú eres muy listo. (Hay cierta ironía en esta respuesta).

是啊，你很聰明。（這句回答是語帶諷刺的。）

❷ A: Perdona, no lo sabía. (Dicho con talante humilde, pidiendo perdón).

對不起，我之前不曉得。（這句話是謙虛的態度，請求原諒。）

B: Pues te lo dije bien claro. (Dicho de modo que no se acepta el perdón y humillando un poco a la otra persona).

我之前就很清楚告訴過你了。（這句話的態度是不接受道歉，甚至有點羞辱對方。）

詞彙

enfado 生氣；ironía 諷刺；humilde 謙遜的；humillar 羞辱

特殊狀況 Situaciones especiales

No me encuentro bien.
我覺得不舒服。

▶ 筆記

這裡的「我覺得」是使用反身動詞 encontrarse。

例句

A: ¿Qué tal estás? No tienes buena cara.
你好嗎？你的臉色看起來不太好。

B: No me encuentro bien. 我覺得不舒服。

A: ¿Qué tienes? 你怎麼了？

B: No sé que me pasa, pero estoy fatal.
我也不知道怎麼了，就覺得很不舒服。

詞彙

encontrarse bien 覺得舒服；encontrarse mal 覺得不舒服；estar fatal 很不舒服、很糟

Necesito ir al médico.
我需要看醫生。

▶ 筆記

在情況緊急時，需要到醫院急診室，可以立刻得到醫療照顧。

例句

A: ¿Qué te pasa?

你怎麼了？

B: He vomitado esta noche y apenas he dormido. Necesito ir al médico. Por favor, llévame al hospital más cercano.

我晚上一直吐，幾乎沒睡覺。我需要看醫生。拜託帶我到最近的醫院。

A: Voy a llamar a un taxi y vamos a urgencias. Coge la documentación.

我來叫計程車，我們去急診室。你把身分證明文件帶好。

B: Gracias. Me pongo el albornoz y me arreglo un poco.

謝謝。我披件袍子，整理一下儀容。

詞彙

urgencias 急診室；vomitar 嘔吐；apenas 幾乎不；albornoz 袍子

143

Ya hemos llegado al hospital.
我們已經到醫院了。

▶ **筆記**

　　在前往醫院的路上，你可能會想，等一下要告訴醫師什麼。如果是初診，護理師會問一些例行常規的問題，你可能會需要填表格（rellenar un impreso）回答這些問題，例如：年齡（edad）、地址（dirección）、慢性病史（enfermedades crónicas）、是否抽煙（fumar）、是否接受過手術（operación）、用藥（drogas）、是否飲酒（alcohol）、是否有過敏（alérgico/a）、是否有糖尿病（diabético/a）等。

例句

❶ A: Ya hemos llegado al hospital. ¿Estás mejor?

我們已經到醫院了。你有覺得比較好嗎？

MP3

PARTE 1 基本對話

B: No, cada vez estoy peor. Vamos a urgencias.

沒有，我覺得越來越糟。我們去急診室吧。

❷ A: ¿Toma alguna medicación?

你有服用任何藥物嗎？

B: Tomo medicinas diariamente porque tengo la presión [sanguínea] alta.

我每天都有服藥，因為有我高血壓。

詞彙

protocolo 例行常規；impreso 表格；edad 年齡；dirección 地址；
enfermedades crónicas 慢性疾病；fumar 抽菸；operación 手術；drogas 藥、
毒品；alcohol 酒精；alergia 過敏；diabetes 糖尿病；recepción 接待處、櫃台；
medicación 藥品；presión de la sangre 血壓

144

¿Qué síntomas tiene?

你有什麼症狀？

▶ **筆記**

有時候要向醫師說明自己的症狀並不容易，特別是要用外語表達更難。以下
的例句或許可以幫助你說明症狀。

例句

❶ Aquí tengo un dolor agudo, es insoportable.

我現在感到劇烈的疼痛，覺得受不了了。

❷ Creo que tengo fiebre. Además tengo mareos cuando me levanto de la
cama.

我覺得我有發燒。而且從床上起來的時候會頭暈。

❸ Tengo problemas para evacuar. Estoy estreñido.

我排便有困難。我便祕。

❹ No tengo apetito y a veces me dan náuseas y tengo escalofríos.

我沒有胃口，而且有時候覺得噁心反胃，還覺得忽冷忽熱。

❺ Me pica toda la pierna. (Tengo picor en la pierna).

我的腿整個很癢。

❻ Me duele la cabeza (tengo dolor de cabeza), pero no tengo fiebre.

我頭痛，可是沒有發燒。

❼ Me duele la garganta (tengo dolor de garganta). Trago con dificultad.

我喉嚨痛，吞嚥困難。

❽ Toso mucho y tengo la nariz tapada [con mocos].

我一直咳嗽，而且鼻塞 [流鼻涕]。

詞彙

síntomas 症狀；describir 形容、描述；insoportable 令人無法忍受的；
pinchazo 刺痛；vientre 腹部；apendicitis 盲腸；mareo 暈眩；evacuar 排便；
estreñido 便祕；apetito 胃口；náuseas 噁心、反胃；escalofríos 忽冷忽熱；
picor 癢；fiebre 發燒；garganta 喉嚨；tragar 吞嚥；toser 咳嗽；moco 鼻涕

145

Voy a auscultarle.　我來幫你聽診。

▶ 筆記

　　通常醫師會用聽診器（fonendoscopio）來為病人聽診，同時會口頭指示或是
詢問問題。

例句

❶ Aspire.　吸氣。

❷ Contenga la respiración.　憋氣。

❸ Expire.　吐氣。

❹ Abra la boca, diga agggh.　張開嘴巴，說「啊」。

❺ ¿Dónde le duele? ¿Cuánto tiempo hace que le duele?

你哪裡痛？痛多久了？

詞彙

fonendoscopio 聽診器；orden 指示；aspirar 吸氣；expirar 呼氣；contener
憋住、抑制；respiración 呼吸；doler 痛（動詞）；dolor 痛（名詞）

146

Consejos del médico 醫囑／醫師的建議或診斷

▶ **筆記**

你必須了解醫師所說的話，或是有母語人士陪伴幫忙解說。以下例句是列出
一些常會聽到的醫師的建議或診斷。

例句

❶ No se preocupe, es un simple resfriado.　你不用擔心，只是普通的感冒。

❷ Le prescribo estas pastillas para que las tome tres veces al día, después de
las comidas.
我幫你開這些藥，每天三次，三餐飯後服用。

❸ Tome esta pastilla antes de ir a dormir y solo si tiene dolor de cabeza.
睡前服用這個藥，如果頭痛才服用。

❹ Tome arroz cocido y beba agua para evitar la deshidratación.
可以吃稀飯，多喝水避免脫水。

❺ Esta pastilla le aliviará el dolor. Pero no la tome si no es necesario.
這個藥可以減輕疼痛。可是只有需要時才服用。

❻ Descanse durante tres días y vuelva a llamar al médico si no se recupera.
這三天多休息，如果沒有比較好再請醫師來 ❶ 。

詞彙

resfriado 感冒；prescribir 開處方；pastilla 藥片；deshidratación 脫水；
aliviar el dolor 減輕疼痛；recuperarse 恢復、復原

---

❶ 在西班牙，家庭醫師通常會到病人家裡看病。

Tengo como un pinchazo en el abdomen.
我的腹部有刺痛的感覺。

▶ 筆記

　　這裡所說的 "tengo como…" 是指，我有像是……的症狀。使用這樣的句型是因為不確定自己該如何形容症狀。

例句

A: Tengo como un pinchazo en el abdomen. Quizás sea apendicitis.
我的腹部有刺痛的感覺。可能是盲腸炎。

B: ¿Le duele cuando le aprieto el abdomen o al dejar de apretar?
我壓你腹部的時候會痛嗎？還是我壓了放手之後會痛？

A: Cuando aprieta. Es un dolor intenso e insoportable.
你壓的時候會痛。覺得是受不了的劇痛。

B: ¿Dónde le duele más, aquí arriba o aquí abajo?
你哪裡比較痛，是上面這裡還是下面這裡？

A: Sí, ahí, en la parte inferior de la tripa. Es un dolor corto, agudo y progresivo.
是，是這裡，在肚子下面這裡。痛的感覺是短暫的刺痛，但是越來越痛。

B: Está claro, es una apendicitis.
顯然是盲腸炎。

詞彙

pinchazo 穿刺、刺痛；abdomen 腹部；tripa 肚子；apretar 壓；intenso 劇烈的；apendicitis 盲腸炎

Tendremos que operarle ahora mismo.

我們必須馬上為你開刀。

▶ **筆記**

有些手術是不能等的，例如盲腸炎。

例句

❶ A: ¿Van a hacerla con anestesia local o general?

手術會是局部麻醉或是全身麻醉呢？

B: Las dos son posibles, pero lo haremos con anestesia general.

兩種都可以，但是我們會以全身麻醉的方式進行。

A: ¿Cubre esta operación el seguro que tengo?

我的保險會負擔手術費用嗎？

B: No lo sé. Supongo que sí, pero eso se lo dirán en Administración.

我不知道。我覺得應該會，但是要行政部門來告訴您才會知道。

❷ Póngase este batín y a continuación pase al quirófano.

請穿上這件手術服，然後到手術室。

詞彙

anestesia local 局部麻醉；anestesia general 全身麻醉；seguro 保險；batín 病人服、手術服、袍子；quirófano 手術室

Creo que me he roto la pierna.

我覺得我的腿骨折了。

▶ **筆記**

自己為自己診斷的話，很容易出錯。

A: Creo que me he roto la pierna. 我覺得我的腿骨折了。

B: ¿Dónde le duele? Voy a hacerle una radiografía.
你哪裡痛？我來幫你照 X 光。

B: No, solo es un serio esguince de ligamentos de rodilla. Los huesos están bien.
不是骨折，只是膝蓋的韌帶有嚴重的拉傷。骨頭都正常。

A: Hace años me operaron y quitaron el menisco de esta rodilla, pero ahora estoy bien.
很多年前我動過這個膝蓋的半月板切除手術，但是現在已經好了。

B: Parece que no hay relación. Se la vendaremos bien, para inmovilizarla. No la fuerce durante unas semanas.
看起來這兩者沒有關聯。我們幫你包紮固定好，讓受傷的部位不要動。這幾週不要太用力。

詞彙

pierna 腿；radiografía X 光；ligamentos 韌帶；rodilla 膝蓋；menisco 半月板；vendar 包紮；inmovilizar 固定、使其不動；forzar 用力、施力

150

Lo han dado de alta. / Lo han dado de baja.

他們讓他上班了。／他們將他解僱了。

▶ **筆記**

　　"Dar de alta a alguien" 指的是將某人納入名單裡，也就是讓他工作的意思；相反的，"dar de baja a alguien" 指的是將某人排除於名單之外，也就是讓某人休假或請假的意思。這一用語和下一句（151）有關聯，下一句是用在住院的情況下。這兩組用語的差別在於，這裡的 "de alta" 是副詞片語的用法，「某人」是直接受詞（lo、la、los、las）；而在 151 的用語中，"el alta" 是名詞，「某人」則是間接受詞（le、les）。

❶ Me he dado de alta en Facebook.

Facebook 僱用我開始上班了。

❷ A los nuevos empleados ya los han dado de alta en la Seguridad Social.

公司將新進員工都納入社會保險的名單裡。

❸ Como tuvo un accidente, lo dieron de baja en el servicio militar.

他發生了意外,因此免於服兵役。

❹ La empresa cerró y dio de baja a sus empleados en la Seguridad Social (los dio de baja).

公司關門了,因此所有員工也就從社會保險名單上被排除了。

❺ A: ¿Por qué no ha venido hoy López al trabajo?

今天羅貝茲怎麼沒來上班?

B: Porque está de baja. Creo que ayer se rompió una pierna.

他請假中。昨天他的腿斷了。

詞彙

dar de alta 納入名單中、讓其上班;dar de baja 排除於名單外、讓其休假或請假;
estar de baja 休假中、請假中

151

Ya le han dado el alta.

你已經痊癒 [可以上工了]。

▶ **筆記**

　　如果某人生病了,可以向服務的單位或公司請病假(pedir la baja)。這通常需要出示醫師的請假診斷書(certificado de baja),由醫師判斷應該「給予病假」(el médico lo da de baja),依病情程度可能請或長或短的病假(la bajada)。如果病情嚴重,可能會住院。在痊癒之後,醫師就會「准許上工」(el médico le da el alta),也就是說,應該出院、可以回到職場上班了。

❶ A: Estás fatal. Voy a llamar al médico y que te dé la baja. A lo mejor te
ingresa en el hospital.
你的情況很不好。我要打電話給醫師讓你可以請病假。說不定你還必須住院。
B: Espero que no. Recuerda que hace dos meses, ya estuve en el hospital
entubado y tardaron en darme el alta. Mi jefe va a ponerme mala cara.
希望不會。你還記得吧，兩個月前，我住院還插管，過了好久醫師才准我出
院。我的老闆這次一定會給我臉色看。

❷ A: ¿Qué tal tu padre, sigue en el hospital?
你的父親好嗎？是否還在醫院？
B: No, el viernes le dieron el alta. Y hoy se ha reincorporado al trabajo.
沒有，他星期五就被准許出院。今天他已經恢復上班了。

詞彙

fatal 糟透了；ingresar 住院；entubado 插管；reincorporar 重新加入、恢復
上班

¿Dónde hay una farmacia de guardia?
這裡哪裡有值班的藥房？

▶ 筆記

　　藥房就像其他的店家一樣，週末會休息。但是每個城市都會有「值班的藥
房」（farmacia de guardia），也就是說，會有幾家藥房輪流在週末時開店。如
果你去的藥房沒有開店，通常會在門上公告最近的值班藥房在哪裡。現在也可
以從網路上找到相關的資訊。

例句

A: Por favor, ¿sabe dónde hay una farmacia de guardia? Esta está cerrada.
不好意思，你知道哪裡有值班的藥房嗎？這一家沒有開。

B: Aquí dice que la más próxima está en la calle Delicias, número 25. Sí, la conozco, está a cinco minutos. Siga todo recto por aquí y gire a la derecha en la segunda calle. Camine cien metros y la verá.

這裡有公告最近的值班藥房是在德莉西亞街 25 號。我知道那一家，離這裡大概五分鐘。您從這條路直走，到第二個路口右轉。大概再走 100 公尺就會看到了。

詞彙

farmacia 藥房；guardia 守衛、值班；girar 轉

153

¿Quién es el siguiente?
誰是下一位？

▶ 筆記

　　相當於「下一位輪到誰？」的意思。這句話是一群人在排隊等候某項服務時，提供服務的人員所說的，也就是呼叫下一位可以上前。也可以直接說 "El siguiente." 或是 "Siguiente."，就是「下一位」的意思。在銀行、醫院等地方，現在通常都是抽號碼牌，不需要呼叫下一位。但是在小店裡，還是常會使用到，例如：肉鋪、水果店、藥房等地方，特別是在這些店裡，顧客通常不會排成一直線的隊伍，所以在進入這樣的小店時，顧客會先 "pedir la vez"（問排隊的順序），問句可以使用 ¿Quién es la última?（視在場顧客的性別，也可能是問 ¿Quién es el último?），也就是「誰是最後一位？」，這樣就知道自己是排在哪一位的後面了。

例句

❶ A: ¡El siguiente!…¿Quién es el siguiente?
　　下一位！……誰是下一位？
　　B: Perdón, soy yo.
　　對不起，是我。

❷ A: Buenos días. ¿Quién es la última, por favor?　早安。請問誰是最後一位？

B: Soy yo. Voy detrás de esa señora.　是我。我排在那位女士後面。

154
¿Tiene tarjeta de la Seguridad Social?
你有社會保險卡嗎？

▶ 筆記

　　在西班牙，到醫院看診之後，不是在醫院裡領藥，而是要去藥局。通常醫院
外面就會有藥局。病人需要支付的藥費比實際上的標價少很多，但是需要出示
社會保險卡。必須是在西班牙有登記戶籍的居民才會有社會保險卡。

例句

A: ¿La tarjeta de la Seguridad Social?　你有社會保險卡嗎？

B: No, no tengo tarjeta de la seguridad social. Estoy de viaje en España.
我沒有社會保險卡。我是來西班牙旅遊的。

A: Entonces tendrá que pagar el importe completo.
這樣的話你需要付全額。

詞彙

tarjeta 卡片；Seguridad Social 社會保險；importe 帳單、應付金額

155
Esta es la receta que me ha dado el médico.
這是醫師開給我的處方箋。

▶ 筆記

　　在西班牙，大部分的藥品必須有醫師處方才能購買。

❶ A: ¿Tienen medicinas para la presión alta y el colesterol?

請問有高血壓和降膽固醇的藥嗎？

B: Sí, claro. ¿Trae receta del médico?　當然有的。你有醫師處方箋嗎？

A: No, pero siempre tomo Lipitor.　沒有，可是我通常服用「立普妥」。

B: Sí, es una medicina adecuada. Pero sin receta no se la podemos dar.

這是對症的藥沒錯。但是沒有處方箋我不能給你藥品。

❷ A: Hola, buenas. Esta es la medicina que me ha recetado el médico.

你好。這是醫師開給我的處方箋。

B: Muy bien, enseguida se la traigo.

很好，我馬上拿藥給你。

詞彙

medicina 藥；colesterol 膽固醇；receta 處方箋、食譜

156

¿Me podría dar pastillas para dormir?
可以給我幫助睡眠的藥嗎？

▶ **筆記**

　　有些藥品不需要處方箋就可以購買，例如某些幫助睡眠的藥，雖然這一類的藥品多半需要精神科醫師（psiquiatra）的處方箋。

例句

❶ A: Hola, buena tardes. ¿Me podría dar pastillas para dormir?

你好，午安。可以給我幫助睡眠的藥嗎？

B: Aquí tiene estas. No necesitan prescripción médica, pero son eficaces para insomnios ocasionales.

這個就是。這不需要醫師處方，但是只對於偶爾失眠有效。

❷ A: ¿Qué remedios naturales me recomienda para poder dormir?

有哪些天然療法您會建議我服用來幫助睡眠？

B: Puede probar infusión de valeriana, o de hojas de naranjo, o té de hierbabuena.

您可以試試看花草茶，纈草、柳橙葉、薄荷等，都可以試試。

詞彙

prescripción 處方；insomnio 失眠；ocasional 偶爾；remedio 療法；infusión 花草茶（無咖啡因）；valeriana 纈草；naranjo 柳橙樹；hierbabuena 薄荷

157

¿Tienen crema para quemaduras?

請問有燙傷／曬傷藥膏嗎？

▶ **筆記**

　如果曬太陽幾個小時，皮膚可能會曬傷，特別是夏天第一次到海灘曬太陽，或是沒有擦防曬油，一定會曬傷。曬傷的話，必須擦藥膏。

例句

A: ¿Tienen crema para quemaduras? Tengo la piel quemada.

你們有曬傷藥膏嗎？我的皮膚曬傷了。

B: Aquí tiene esta. Le irá muy bien.

這個就是，效果很好。

A: ¿Y crema solar para proteger la piel?

那有防曬乳液嗎？

B: Para protección solar tenemos esta que protege muy bien de los rayos ultravioleta.

防曬的話，我們有這一款防紫外線的效果很好。

quemadura 曬傷、燙傷；crema solar 防曬油、防曬乳液；rayos ultravioleta
紫外線

158

No me des palmadas en el hombro.

你不要拍我的肩膀。

▶ **筆記**

　　在西班牙，「拍肩膀」（dar una palmada en el hombro）是表達友情的意思，
特別是男士之間。

例句

A: ¡Hola!, ¿qué tal? Te veo muy moreno. (Le da una palmada a su amigo en el
hombro).

你好嗎？你看起來曬得很黑。（在朋友的肩膀拍一下。）

B: ¡Aghh! No me des palmadas en el hombro, que lo tengo con quemaduras.

啊！你不要拍我的肩膀，我肩膀曬傷了。

A: Eso te pasa por tomar el sol sin crema de protección solar.

你沒有擦防曬油就會這樣。

B: Sí, claro, eres muy listo.

是啊，你很聰明。

詞彙

moreno 棕色、黝黑；palmada 拍（名詞）；hombro 肩膀

¿Dónde puedo comprar manzanilla?
我在哪裡可以買到洋甘菊？

▶ **筆記**

　　藥妝店（parafarmacia）類似於藥房。另外，其他的商店可能也買得到天然的產品，像是藥草店（herboristeria）。

例句

❶ No puedo conciliar el sueño. ¿Dónde puedo comprar manzanilla para tranquilizarme antes de ir a dormir?
我睡覺一直做夢。我在哪裡可以買到洋甘菊，讓我在睡前有鎮靜的效果？

❷ ¿Conoce una herboristería por aquí cerca?
你知道這附近有藥草店嗎？

❸ A: ¿Qué es mejor para dormir la camomila o la mazanilla?
請問哪一種藥草比較能夠幫助睡眠？ Camomila 或是 manzanilla❷ ？
B: Creo que básicamente es lo mismo.
這兩種基本上是一樣的。

詞彙

parafarmacia 藥妝店；herboristería 藥草店；camomila 洋甘菊；manzanilla 洋甘菊

---

❷　這兩種都是洋甘菊。

¿Qué dentista me recomiendas?

你推薦我看哪位牙醫師？

▶ 筆記

　　西班牙過去並沒有很多牙醫診所，現在可能比較多了。但是基本上來說，仍然比在台灣看牙醫貴很多。

例句

A: ¿Qué dentista me recomiendas?

你推薦我看哪位牙醫師？

B: El dentista al que voy yo no está mal. Me gusta su modo de trabajar. Si quieres te lo presento.

我平常看的牙醫師不錯。我喜歡他看診的方式。我可以介紹你去看他。

A: Pues sí, no conozco a ninguno.

好喔，我誰都不認識。

B: Vamos a llamarle para pedir hora.

我們來打電話預約時間。

詞彙

dentista 牙醫師；recomendar 推薦；pedir hora 預約時間

常用片語
Frases hechas

年輕人用語及談論運動
Expresiones juveniles y sobre deportes

161

Me muero de ganas.
我超想這麼做。

▶ **筆記**

　　意即「對於這件事情，我很有動力」，"me muero de..." 直譯就是「我……得要死」，例如 Me muero de miedo 是「我怕得要死」、Me muero de dolor 是「我痛得要死」、Me muero de amor 是「我愛得要死」。「我想見你想得要死」則是 Me muero por verte。很多學生會直接從英文的 I can't wait to see you. 翻譯為西班牙文的 No puedo esperar a verte. 雖然這句西班牙文的文法沒錯，但是聽起來很奇怪。比較好的說法是 Tengo muchas ganas de verte.（我很想見到你）或是 Deseo verte cuanto antes.（我想儘快見到你）。

／ **例句** ＼

❶ Me muero de ganas por hacer el Camino de Santiago.
我超想走一趟「聖地牙哥朝聖之路」。

❷ En el parque de atracciones me subí a la noria y me entró vértigo. Te juro que me moría de miedo.
在遊樂園裡我坐上摩天輪，一升高我就開始暈眩了。我發誓當時我嚇死了。
（這裡 Te juro que「我發誓」是加強語氣用的，增加戲劇化的效果。）

❸ Tuve un choque lateral con el coche. No me pasó nada grave, pero me moría de dolor.
我開車的時候從旁邊被撞。我受傷不嚴重，但是痛得要死。

MP3

❹ A: Me muero de amor.

我愛得要死。

B: ¿Qué quieres decir?, ¿qué te pasa?, ¿en quién estás pensando?

你的意思是什麼？發生什麼事了？你是在想誰呢？

A: Quiero decir lo mismo que la copla: "No puedo vivir sin ella, pero con ella tampoco".

我的意思就和那首民歌唱的一樣：「沒有她我活不下去，但是有她也活不下去。」

B: Lo que tú tienes es mal de amores.

你的症頭是為愛情而生病。

詞彙

noria 摩天輪；vértigo 暈眩；jurar 發誓；choque 撞擊；grave 嚴重；copla 西班牙民歌

162

No me vaciles.
你不要耍我 / 笑我 / 撩我 / 拐彎抹角。

▶ **筆記**

　　動詞 vacilar 的意思有幾種，包括懷疑、搖擺、不穩定的狀態，例如：En el terremoto el edificio empezó a vacilar y al final se desplomó. 是指「在地震中，大樓開始搖晃，最後就倒塌了。」但是在這句用語裡，vacilar 用在一個人對另一個人（una persona vacila a otra），意思就有所不同而且比較複雜。有幾種較常見的意思：一個人不直接回應或回答問題（如例句 1、例句 2）；一個人引起另一個人注意以得到某種好處，特別是用在男子故意說誇張或挑逗的話、變化音調等以搭訕女子（如例句 3）。或許是因為男子在和女子說這些話的時候，身體會搖擺，vacilar 這個字才會衍生如此的意思，就是搭訕或調戲的意思。如果女子不喜歡這樣的行為，就可以說："Oye, tío, no me vaciles."（「聽著，老兄，你不要調戲我」）。另外，這個字也可以用在責備對方（如例句 4），例如："¿Me estás vacilando?（「你是在耍我／取笑我嗎？」也可以說 "¿Te estás riendo de mí?"）。

例句

❶ A: Bueno, no sabría qué decirte, porque hablaba medio en broma. Además, no estoy seguro de si...
我不知道要怎麼告訴你，因為他是半開玩笑的。而且，我也不確定是不是⋯⋯
B: Oye, no me vaciles y dime de una vez que te dijo.
聽著，你不要再拐彎抹角了，你就直接告訴我他到底對你說了什麼。

❷ No, [te lo digo] de verdad, en serio. Créeme, no te estoy vacilando.
不是的，[我告訴你]真的，我是認真的。相信我，我不是在耍你。

❸ A: Oye, tía, qué reloj más chulo que llevas. ¡Jo, qué guay! Además, te hace juego con los pendientes. Tú sí que sabes (vestir, elegir, comprar, etc.).
你戴的手錶好酷啊，吼，真的太酷了，和你的耳環很配。你真的很懂[打扮、挑選東西、買東西等等]。
B: ¿Qué pasa, tío? ¿Me estás vacilando?
你是怎麼了？你是在撩我嗎？

❹ A: Lo siento, pero no podré pasarte los apuntes de clase.
對不起，可是我沒辦法給你上課的筆記。
B: ¿¡Me estás vacilando!? Dijiste que me los pasarías.
你是在耍我嗎？你說過要借我的。

詞彙

vacilar a alguien 耍某人；reloj 時鐘、手錶；[cosa] chula [某件物品] 很酷；apuntes 筆記

163

Ya queda poco.
快了。／就快到了。

▶ **筆記**

這句話的意思是我們很快就要到目的地了，通常是用來鼓舞對方，只剩下很短的時間就會到達了，只要再多一點點的努力就會達到目標。

例句

A: ¿Queda mucho?
還要很久嗎？
B: ¡Venga, ánimo, que ya queda poco!
加油！就快到了。
A: Este camino no acaba nunca.
這條路永遠走不完。
B: Estoy seguro de que ya queda poco.
我確定我們很快就會到了。

詞彙

¡ánimo! 加油！：camino 路

164

Estoy en camino.
我在路上了。

▶ **筆記**

對方等我們等得沒耐性了，這時可以用這句會來安撫對方，意思是快到了，但是其實沒有明講到底什麼時候會到。

❶ A:¿Dónde estás? Ya llevo un rato esperando.

你在哪裡？我已經等了好一陣子了。

B: Estoy en camino. Perdona, llegaré en unos minutos.

我已經在路上了。對不起，我幾分鐘後就到。

❷ Dijo que estaba en camino, pero aún no ha llegado.

他說他在路上，可是到現在還沒到。

詞彙

un rato 一陣子；esperar 等待；llegar 到達

165

Lo encontré en la calle por casualidad.
我正巧在街上遇見他。

▶ **筆記**

　　這句話是用在我們與某人在沒有準備的情況下巧遇。相反的，如果我們想要與某人在街上相遇，卻想表現得像是巧遇，則可以說 "hacerse el encontradizo"。如果的確是巧遇，但是對方是我們並不想遇見的人，則可以說 "Me topé con él / ella."（我和他不期而遇 [但我並不想遇見他]）。

例句

❶ Hacía mucho tiempo que no la veía y cuando iba por la calle pensando en ella, me la encontré por casualidad. ¡Qué raro! ¿Crees en la telepatía?

我已經很久沒見到她，而我走在街上時正好想到她，居然就和她巧遇了。真奇怪！你相信心電感應嗎？

❷ Quería hablar con Yolanda, pero no encontraba el momento. Por eso, decidí hacerme el encontradizo con ella a su salida del trabajo

我想和尤蘭達講話，可是總是找不到恰當的時機。因此，我決定下班時在辦公室門外製造和她巧遇的機會。

❸ Me despideron del trabajo y pasó que al día siguiente me topé por casualidad con mi exjefe en el metro. Qué situación más embarazosa.

我被資遣了，沒想到第二天就在地鐵遇到前老闆。真的是超尷尬的。

詞彙

casualidad 巧合；telepatía 心電感應；encontradizo 製造出來的巧遇；despedir [del trabajo] 離開 [工作被解僱]；toparse 不期而遇

166

Estoy sin trabajo. 我現在待業中。

▶ **筆記**

　　這句話是說我現在沒有工作，句子中 "sin trabajo" 是沒有工作的意思。另外也可以說 "No tengo trabajo."（我沒有工作）、"Estoy buscando trabajo."（我現在正在找工作）、"No trabajo."（我現在沒在工作）。這句話表達的方式，不單只是描述目前的情況，而是暗示希望對方提供幫助。

例句

❶ A: ¡Hola!, ¿Qué haces? ¿A qué te dedicas?　你好！你從事什麼工作呢？
　B: Bueno, estoy sin trabajo. La cosa está muy mal ahora.
　嗯，我現在待業中。目前景氣很不好。

❷ Estoy sin trabajo, pero llevo tres meses buscándolo y no encuentro nada adecuado.
　我現在待業中，可是我已經找了三個月，還是找不到適合的工作。

詞彙

dedicarse a 做……工作；buscar 尋找；encontrar 找到

¿Tienes tiempo?
你有空嗎？

▶ 筆記

　　想問對方「你有空嗎？」可以說 ¿Tienes tiempo? 或是 ¿Estás libre?。問這個
問題是因為接著要向對方提出的事情會花一些時間，或是可能會造成某種不便。

〔例句〕

❶ ¿Tienes tiempo este fin de semana? Podríamos ir al cine.
你這個週末有空嗎？我們可以一起去看電影。

❷ ¿Estás libre? ¿Puedes echarme una mano?
你現在有空嗎？可不可以幫我一個忙？

❸ ¿Estás libre estos días? Necesito a alguien que me ayude en la Feria de
Electrónica.
你這幾天有空嗎？我參加「電子商展」需要人手幫忙。

〔詞彙〕

fin de semana 週末；estar libre 有空；echar una mano 幫忙；feria 商展、
園遊會

Esto es una lata.　這真是很麻煩。

▶ 筆記

　　這句用語代表「這件事情要做好或是要解決都相當複雜。」本句實際上使用
的意義範圍可以很廣，可以描述各種讓人覺得困擾的情況、複雜難以解決的問
題，或是問題總是不斷出現的情況。其他類似的用語還有："Esto es un rollo."、
"Esto es enojoso."、"Esto es molesto." 等等。

A: ¿Cómo va la moto que compraste de segunda mano?

你之前買的二手機車如何？

B: Es una lata, cada dos por tres tengo que ir al mecánico.

真的很麻煩，三天兩頭我就要去找修車師傅。

詞彙

lata 鐵罐或鋁罐（在這裡指令人麻煩的事物）；mecánico 修車師傅；segunda mano 二手；cada dos por tres 三天兩頭的

169

¡Estoy que flipo!
我太激動了！

▶ **筆記**

這句話代表「我現在處於情緒亢奮的狀態」，動詞 flipar 是從英文的 flip（翻轉）這個字來的，英文片語 flip out 有非常生氣或是「抓狂」的意思。在西班牙文口語中（而且只有在西班牙）的 flipar 則有幾種不同的意思，例如：吸毒後的狀態（在西班牙文裡的原意）、感受很奇妙（例如聽到好聽的音樂）、讚嘆或是驚訝，也可以表達喜歡的意思（例如：「我很喜歡機車」可以說 Me flipan las motos.）。另外，類似用法的句子還有 "Estoy que alucino."（這句話原是指吸毒的狀態）。動詞 flipar 如果以名詞型態來使用，就是 flipe，類似的用句例如：¡Jo, qué flipe!、¡Menudo alucine!，都可以用來表達「好有趣！」（¡Qué superinteresante!）或是「好瘋狂！」（¡Qué locura!）的意思。

例句

❶ ¡Estoy que flipo! / ¡Estoy que alucino!

我真的太激動了！

❷ ¡Ayer Manuel estaba flipa*(d)*o! / ¡Ayer Manuel estaba alucina*(d)*o!
昨天馬努維太過於激動了！（這裡 flipado 和 alucinado 的 d 通常不發音。）

❸ ¡Yo flipo cada vez que me mira! / ¡Yo alucino cada vez que me mira!
每次他看我，我就覺得心臟快跳出來了！

❹ ¡Oye, tío, me flipa tu moto! / ¡Oye, tío, alucino con tu moto!
嘿，老兄，我太愛你的機車了！／看到你的機車，我眼睛都發亮了！

❺ ¡Qué flipe ver bailar a Shakira! / ¡Qué alucine ver bailar a Shakira!
看到夏奇拉跳舞真的很讓人情緒高昂！

詞彙

flipar 激動

170

Pues nada.
就這樣了。／沒別的事了。

▶ **筆記**

　　這句話表達的是「我的部分已經說完了。」通常用在結束一段對話、一封信，或是一封很長的 e-mail。完整的意思是「我已經沒有別的事情要說了」（"Pues [ya no tengo que decir] nada [más]."）。

／ **例句**

❶ Bueno, pues nada, me tengo que marchar ya. Tenemos que vernos más veces.
好了，就這樣了，我現在必須離開。我們應該再多見幾次面。

❷ Pues nada, espero no haberte aburrido con mi carta tan larga.
沒別的事了，希望我的長信沒有讓你覺得很無趣。

❸ Pues nada, no se me ocurren más cosas. Quedo a la espera de tu respuesta.
就這樣了，我想不起來還有什麼其他的事。我靜待你的回覆。

nada 沒事、沒有任何東西；aburrir a alguien 讓某人覺得無聊；ocurrírsele una idea a alguien 突然想到某個點子

171

¿Qué deportes practicas?

你平常從事什麼運動？

▶ 筆記

　　這裡的「運動」，用 deporte (s) 這個字，意思是指一項特定的運動，下面的例句裡有其他方式來問同樣的問題。另外一個字 ejercicio，中文也是翻譯成「運動」，但是 hacer ejercicio 的意思和 hacer deporte 是不一樣的。Hacer ejercicio 的意思是運動（例如快走、慢跑、做體操等）以保持身體的健康。例如醫生會問年長的病人平常是否有運動，會用 hacer ejercicio，而不是 hacer deporte。

例句

❶ ¿Qué deportes haces?　你平常從事什麼運動？

❷ ¿Haces algún deporte?　你有從事什麼運動嗎？

❸ ¿Te gusta la natación?　你喜歡游泳嗎？

❹ ¿Te gusta nadar?　你喜歡游泳嗎？

❺ A: Le conviene a usted hacer ejercicio. ¿Hace ejercicio?
運動對您很好。您平常有運動嗎？

B: La verdad, muy poco. Algún día paseo una hora por el parque.
事實上是很少。偶爾我會在公園散步個一小時。

詞彙

natación 游泳；hacer ejercicio 做運動；pasear por... 在……散步

¡Pásamela! 傳球給我！

▶ **筆記**

　　句子裡代名詞 "la" 指的是 "la pelota" 也就是「球」。通常這句話會用在足球賽的時候，向隊友要求把球傳過來。另外也可以說 "¡Estoy aquí!"（我在這裡！）或是 "¡Aquí, aquí!"。在踢足球的時候，如果有人不喜歡傳球給他人，總是自己守著球，這個人就被稱為 "chupón"。

例句

❶ ¡Estoy aquí, pásamela!　我在這裡，傳球給我！

❷ ¡Pásamela y no seas chupón!　傳球給我，不要老守著球！

❸ Es un chupón, no la pasa nunca.　他總是守著球，從來不傳給別人。

詞彙

　　Pasar la pelota 傳球；ser un chupón 做一個不傳球給別人的人（踢足球的時候）

173

¿Cómo habéis quedado?
你們結果怎麼樣？

▶ **筆記**

　　這句話意即「你們結果是輸是贏？」（¿Habéis ganado o perdido?）通常是在運動賽事裡，用來詢問某場比賽的結果。西班牙文裡的運動賽事，也就是一連串的比賽，是 competición，而一場比賽則是 partido，但是在中文都可以翻譯為「比賽」。比賽的結果可能是贏（ganar）、是輸（perder），或是平手（empatar）。

MP3

❶ A: ¿Cómo habéis quedado?

你們結果怎麼樣？

B: Hemos ganado, pero tuvimos suerte porque el otro equipo era muy bueno.

我們贏了，不過是運氣好，因為對手很強。

❷ A: ¿Cuál ha sido el resultado?

比賽的結果如何？

B: Hemos empatado a 2, pero hemos merecido ganar.

我們二比二平手，但是應該是我們贏才對。

❸ A: ¿Qué pasó al final, cómo quedasteis?

最後結果怎麼樣？

B: Perdimos por culpa de árbitro, que pitó un penalti inexistente a favor del otro equipo.

我們輸了，都是因為裁判的錯，他吹哨說我們犯規，其實我們沒有，他偏袒對方。

詞彙

ganar 贏；perder 輸；resultado 結果；merecer 值得、應得；árbitro 裁判；penalti 犯規

174

¡Ánimo! 加油！

▶ **筆記**

意思是「你可以的（Eres capaz）」。西班牙文的「加油」用 ánimo 這個字，來自 alma（靈魂）這個字源，是「精神」的意思，所以就是「提振你的精神」，和中文的「加油」意象有所不同。在西班牙盛行的足球比賽裡，觀眾就是第十二位球員，會持續不間斷地為自己支持的隊伍加油。觀眾呼喊 ¡Ánimo!，通常

是對其中一位球員說的，而且是這位球員可以聽到的情況下。但在台灣的球賽裡，呼喊「加油！」的情況，通常是眾多觀眾一起喊，喊給整個支持的球隊聽的。在西班牙，如果觀眾要一起對整個隊伍加油，通常會呼喊球隊的名稱，例如對「巴塞隆納足球俱樂部」（Fútbol Club Barcelona）加油，觀眾會喊 ¡Barça!（「巴薩」是這個球隊的簡稱）：¡Bar-ça! ¡Bar-ça!；如果是對西班牙國家隊加油，觀眾會喊 ¡España!：¡Es-pa-ña! ¡Es-pa-ña! 另外，如同中文的「加油」，¡Ánimo! 這句鼓舞他人的話也可以用在運動賽事以外的其他情況。

例句

❶ Tenemos que animar al equipo, porque está ahora encerrado en su área.
我們應該替我們的隊伍加油，他們現在困在自己那一區無法進攻。

❷ ¡Ánimo!, un poco más y lo consigues.
加油！再多一點努力你就達到目標了。

❸ A: Estoy nerviosa. Es la primera vez que voy a cantar en público.
我很緊張。這是第一次我公開唱歌。

B: ¡Ánimo, que tú puedes!　加油，你可以的！

詞彙

ánimo 精神、加油；animar 為…加油、提振精神

175

¿A quién le toca?　現在輪到誰了？

▶ 筆記

這句話意思是「下一位是誰？」（¿Quién es el siguiente?）用在輪流上陣的場合。例如，在足球比賽中罰球的情況，或是在語言課堂上按照某個順序每位同學輪流朗讀課文等。

MP3

❶ A: ¿A quién le toca [ahora lanzar el penalti]?
現在輪到誰 [踢罰球]？

B: Me toca a mí.
輪到我了。

❷ A: ¿A quién le toca leer ahora? ¿A ti, María?
現在輪到誰朗讀了？瑪麗亞，是你嗎？

B: No, a mí, no. Acabo de leer. Le toca a Ricardo.
不是我。我剛才讀過了。現在是輪到里卡多。

詞彙

tocarle a uno 輪到某人；ser el turno de uno 輪到某人；acabar de hacer algo 剛才做了某件事

176

Ha salido fuera. 出界了。

▶ **筆記**

　　這裡指的是球出界了，這一球不算。舉例來說，在正式的網球比賽裡，裁判負責判斷決定某個球或舉動是否合於規則。但是如果只是兩個朋友自己非正式的打球比賽，就得自行判斷。通常離球比較遠的人必須接受離球比較近的人的判斷。

例句

A (Jugador lejos de la pelota): ¿Ha entrado [la pelota dentro del área]?
（離球比較遠的人）：[球] 落在界線內嗎？

B (Jugador cerca de la pelota): No, lo siento, ha salido fuera.
（離球比較近的人）：沒有耶，對不起，出界了。

詞彙

jugador 球員；pelota de tenis 網球；dentro 在……之內；fuera 在……之外

Ya no puedo más.

我已經受不了了。／我不能再進一步了。

▶ 筆記

　這句話可以在很多不同的情況使用，例如運動的時候，需要休息喘口氣（例如爬山）、剛打完一場激烈的球賽，或要求下場休息請隊友代替上場。也可能使用在談論與他人的關係，用法類似下一句 Ya no aguanto más。

／ 例句 ＼

❶ A: Ya no puedo más. Necesito descansar.

　我已經受不了了。我需要休息。

　B: ¡Venga, hombre!, que ya queda poco. Aguanta un poco más.

　加油，老兄！剩下一點而已了。再撐一下。

❷ A: Tienes que hablar con tu novio, escuchar su punto de vista y darle otra oportunidad.

　你必須和你的男朋友好好談，聽他的說法，再給他一次機會。

　B: Lo siento, ya no puedo más. No puedo soportarlo.

　對不起，我已經受不了了。我沒辦法忍受他。

詞彙

aguantar 忍受、撐著；soportar 忍受

Ya no aguanto más.　我沒辦法再忍受了。

▶ 筆記

　這裡的忍受用 aguantar 這個動詞，和 soportar 意思相近，可以指忍受某個人，或是某件事情或情況。

❶ Ya no aguanto más a mi jefe. Es difícil saber lo que quiere y además es muy exigente.

我已經忍受不了我的老闆了。很難知道他到底要什麼，而他要求又非常嚴格。

❷ Ya no aguanto más vivir en esta casa, con tanta humedad. Me mudo mañana mismo.

我已經沒辦法繼續住在這間房子裡了，實在太潮濕。明天我就要搬家。

❸ Ya no te soporto. La próxima vez que me hagas algo así, me voy de casa.

我已經受不了你了。你下次再做這種事情，我就離家出走。

❹ Esta clase es insoportable. De hecho, casi nadie viene a clase.

這門課真令人受不了。事實上幾乎沒有人來上課。

詞彙

exigente 嚴格、要求多；humedad 潮濕；mudarse de casa 搬家；mudarse de ropa 換衣服（衣服髒了，換乾淨的衣服穿）；insoportable 令人受不了的

179

No tires la toalla. / No te rindas.

不要放棄。／不要投降。

▶ 筆記

"No tires la toalla." 直譯是「不要丟毛巾」的意思。這句話來自拳擊（boxeo）。拳擊手的教練如果看到他已經沒辦法再打下去了，就會丟毛巾到場內，讓裁判知道這場比賽可以結束，而選手已經輸了。也就是說，教練（entrenador）替選手（púgil）做決定。

例句

❶ A: Estoy cansada. Me vuelvo a casa para dormir una siesta.

我很累了。我要回家睡午覺。

B: No te rindas tan fácilmente, que ya queda poco.

你不要這麼容易投降，就快結束了。

❷ A: El cálculo es insuperable para mí. Abandono está asignatura y me cambio de carrera.

微積分對我來說是完全不可能克服的。我放棄這門課而且我要換主修。

B: No tires la toalla, que ya solo te queda un año para graduarte. Busca alguna solución.

你不要放棄，只剩下一年你就可以畢業了。再找找其他解決方法。

詞彙

entrenador 教練；púgil 選手；toalla 毛巾；boxeo 拳擊；combate 競技、比賽；siesta 午睡；carrera 主修、公路；graduarse 畢業

180

¿Cómo vamos? / ¿Cuánto vamos?
我們現在怎麼樣？／我們現在比數如何？

▶筆記

這個問題用在問對方，某場運動賽事目前的比數如何。如果問 "¿Cómo vamos?"（「我們」現在怎麼樣？），表示問話的人支持這個球隊。如果問 "¿Cómo van?"（「他們」現在怎麼樣？），那表示結果如何你並不那麼在乎，因為你支持的球隊沒有在這場比賽裡。

例句

❶ A: ¿Entró? (En la pista, jugando a tenis).

進場了嗎？（進入球場開始打網球。）

B: Sí, entró.

進場了。

A: ¿Cómo vamos?

我們現在怎麼樣？

B: Treinta iguales. / Iguales a treinta.

三十分平手。

❷ A: ¿Cuánto van? / ¿Quién gana? (Viendo el partido de fútbol por la televisión).

他們現在怎麼樣？／誰佔上風？（看電視轉播足球賽。）

B: Van 1-1 (uno-uno). Acaba de empatar el Madrid. Queda un minuto. Esto va a acabar en empate.

現在一比一。剛才馬德里隊進一球平手。只剩下一分鐘。看來結果會是平手。

A: ¡Caray!, qué suerte tiene el Madrid.

哇！馬德里隊太幸運了。

詞彙

pista 球場；empatar 打成平手；empate 平手

學習 Estudios

181

Quiero apuntarme a cursos de español.
我想要報名西班牙文課程。

▶ **筆記**

「報名」通常使用 apuntarse 這個動詞，例如用在某個語言學校（escuela de idiomas）註冊（registrarse）的情況。如果還有名額（plazas）的話，通常報名就會被接受。

例句

❶ A: Quiero apuntarme a un curso de español.
我想要報名西班牙文課程。

B: Muy bien, rellene este impreso.
好的，請填寫這份表格。

❷ A: ¿Tienen servicio de alojamiento de estudiantes?
請問有學生住宿的服務嗎？

B: No tenemos residencia, pero aquí tenemos una lista de familias con las que puede vivir. Pero nosotros no somos responsables, solo le ponemos en contacto con ellos.
我們沒有宿舍，可是有寄宿家庭的名單。然而我們並不負責安排，我們只協助可以聯繫上寄宿家庭。

詞彙

apuntarse 報名；rellenar 填寫；impreso 表格；alojamiento 住宿；
residencia 宿舍；contacto 聯絡、接觸

MP3

Quiero solicitar la admisión para este máster.

我想要申請這個碩士班。

▶ **筆記**

　　申請入學（solicitar la admisión）比起報名（apuntarse）來得複雜，而且申請不一定會通過，可能因為有太多人申請，或是語言能力沒有達到門檻、對於申請的科系了解不夠、推薦信不夠有力等等各種原因。有時候，西班牙文學生因為受到英文的影響，會將「我想申請這個碩士班」說成 "Quiero aplicar a este máster."，這其實是誤用動詞，應該要避免。

／ **例句** ＼

A: Deseo ser admitido en este programa de máster.
我想要申請進入這個碩士班。

B: Muy bien. Tiene que presentar el título de licenciatura de su universidad, traducido y debidamente legalizado. Además una copia de su cuenta bancaria que pruebe que puede costearse los estudios. Una vez que le notifiquemos que ha sido aceptado, puede pedir el visado de estudiante.
好的。您需要提供大學學士學位證書，必須翻譯並依規定認證。另外，還需要銀行存款證明影本，表示您可以負擔就學的開銷。在我們通知您准許入學之後，您就可以申請學生簽證。

詞彙

admisión 入學許可；licenciatura 學士學位；debidamente 依照程序、依規定；legalizado 認證的；cuenta bancaria 銀行帳戶；costear 負擔［金錢］；notificar 通知；visado 簽證

¿Cuándo acaba el plazo?
截止日期是什麼時候？

▶筆記

　　如果我們想知道還有多少時間能完成某件事情，就會問這個問題，例如註冊（registrarse）、繳費（pagar）、通知某件事情（notificar algo）、繳交文件（entregar documentos）等等。

例句

❶ A: ¿Cuándo acaba el plazo para matricularse?
註冊的截止日期是什麼時候？

B: El plazo es a finales de junio. Aún queda bastante tiempo.
截止日期是在六月底。還有很多時間。

❷ Los grupos de este nivel tienen un máximo de ocho estudiantes. Si un grupo no llega a los cuatro estudiantes, se cancelará.
這個程度的班級一班最多八位學生。如果一班沒有四位以上學生，就會取消。

❸ Tiene que presentar una fotografía, tamaño carnet, para la tarjeta de estudiante que le daremos. Con ella podrá entrar en la biblioteca y beneficiarse de otros servicios de la escuela.
您要繳交一張照片，證件用的大小，是用在我們給您的學生證上。使用學生證可以進入圖書館，並可以使用學校其他的服務或設施。

詞彙

plazo 截止日期；matricularse 註冊；a finales de... [某個月] 底、[某個季節] 末；máximo 至多、上限；cancelar 取消；tamaño 尺寸、大小；carnet 證件 [卡]；beneficiarse 享有、得到福利或利益

MP3

Curso de nivel inicial / intermedio / avanzado

初級 / 中級 / 高級課程

▶ 筆記

　　報名課程時，必須參加符合自己程度的課程，雖然有時候不容易判斷。對於西班牙人來說，如果和韓國以及日本同學一起上中文課，會覺得比較困難；同樣的，對台灣人來說，如果和義大利、法國、巴西等國的同學一起上西班牙文課，也可能會覺得比較困難，因為語言的相似程度有所不同。

例句

❶ A: ¿Cuánto español ha estudiado usted?

您學西班牙文多久了？

B: Dos años, pero solo dos horas por semana. Hablo muy poco.

兩年，可是一週只上兩小時課。我只會講一點點。

A: Le apunto en el nivel intermedio y si lo ve muy difícil el primer día de clase, solicite cambiarse al nivel elemental-II.

我把您安排到中級班，如果上課第一天您覺得太難，再提出申請轉到初級第二班。

❷ A: Veo que habla usted bien español. Su nivel es el avanzado.

我看您的西班牙文講得很好。您的程度是高級的。

B: Es posible. ¿Cuál es el contenido del curso?

有可能是。課程的內容是什麼呢？

詞彙

nivel 程度；solicitar 申請；apuntar 安排、指定

¿Cuánto dura el curso?
課程共多久時間？

▶ **筆記**

語言學校通常會提供各種不同時段的課程，以配合學生不同的興趣及能夠參與的時間。現在透過網路，註冊課程相對容易，但有時還是會問到這個問題。以下例句是可能聽到的回答。

例句

❶ Hay cursos trimestrales.
有三個月的課程。

❷ En verano hay cursos intensivos de cuatro horas diarias.
夏天有密集課程，每天四小時。

❸ También tenemos cursos intensivos los fines de semana de ocho horas diarias.
我們也有週末密集課程，一天八小時。

❹ Otra posibilidad son las clases individuales, pero el precio es alto.
另外還有一對一課程，但是價格較高。

詞彙

trimestre 三個月的學期；intensivo 密集的；individual 個別的、一對一

186

¿Cuánto cuesta la matrícula?　學費多少？

▶ **筆記**

這裡 matrícula 指的是學費。動詞 matricularse 指的是註冊（registrarse）並且繳費（pagar el importe）。以下例句是可能用到的對話。

❶ A: Si al final no puedo incorporarme, ¿me devuelven el dinero de la matrícula?

萬一結果我沒辦法參加課程，學費可以退還嗎？

B: Si lo comunica antes de tres semanas del inicio del curso, se lo devolveremos íntegro. Si no, le devolvemos solo la mitad. Pero, si nos lo dice tres días antes, ya no se lo devolvemos.

如果是在課程開始前的三週以前通知我們的話，學費可以全數退還。如果在課程開始前的三週內，只能退回一半。可是如果是課程開始前的三天內才告知的話，就沒辦法退費。

❷ A: ¿Incluye la matrícula el coste de los libros y las excursiones?

學費包含書籍以及校外教學嗎？

B: No, los libros puede comprarlos en la librería de la escuela. Y las excursiones son opcionales y, por lo tanto, se pagan por separado.

沒有的，課本你要到學校的書店購買。校外教學是額外的選項，因此要另外付費。

詞彙

matrícula 學費；incorporarse 參加；inicio 開始；íntegro 完整的；mitad 一半；excursiones 校外教學、郊遊；librería 書店；opcional 可以選擇的；por separado 分開、另外

187

Perdón, no lo sabía.
對不起，我之前不曉得。

▶ 筆記

　　這句話常用來解釋自己的不小心、錯誤、沒有出現在某個場合等等的情況。有幾種不同的用語來表達相近的意思，例如："No estaba al corriente."（我沒有得到最新的資訊）、"No sabía nada de esto."（這件事情我完全不曉得）、"Nunca lo había oído."（我完全沒有聽說這件事情）、"No me ha llegado la noticia."（消息沒有傳到我這邊來）、"Ahora me entero."（我現在才曉得）。以上列舉的幾種說法，前面都可以加上 "Lo siento"（對不起）。另外，道歉也可以從這句 "Yo pensaba que ..."（我以為……）開始。

❶ Perdone, no lo sabía. Yo pensaba que la clase de hoy era en el mismo sitio de siempre.
對不起，我之前不曉得。我以為今天的課和往常的地點是一樣的。

❷ Lo siento, no sabía que estabas en el hospital. (Yo pensaba que tenías una salud de hierro).
對不起，我之前不曉得你在醫院。（我一直以為你的身體狀況相當好。）
（"Una salud de hierro" 指的是身體狀況很好，像「鐵打的」一樣。）

❸ ¿Que mañana hay examen? ¡Ah!, pues no lo sabía. ¿Cuándo se anunció? (Yo pensaba que esta clase no tenía exámenes).
明天要考試？啊！我之前不曉得。是什麼時候宣布的？（我一直以為這門課沒有考試。）

詞彙

corriente 最新的；hierro 鐵；anunciar 宣布、公告

188

Tengo que preparar mi curriculum / curriculum vitae (CV).
我必須準備履歷。

▶ 筆記

　　學生沒辦法在履歷（curriculum vitae）上寫出太多的經歷，因此可以寫參加過的活動、與教授的合作，或是擔任過課程助理或研究助理等經驗，都會有所幫助。

❶ A: Tengo que preparar mi curriculum y no sé qué más poner.

我必須準備履歷，但是我不知道還能寫什麼。

B: Bueno, durante un año fuiste la presidenta del club de flamenco. Añádelo. Algo es algo.

嗯，你擔任過佛朗明哥舞社團的社長一年。把這個經歷寫上去，總是有用的。

（Algo es algo 在這裡指有寫總比沒寫好。）

❷ A: Voy a poner en mi CV que un verano trabajé en McDonalds de cajera.

我想在履歷上寫我曾經在暑假期間擔任過麥當勞的收銀員。

B: Muy bien, pero dilo de otro modo, por ejemplo, que colaborabas en la contabilidad en una empresa de alimentación.

很好，但是你可以用另外一個方式寫，舉例來說，可以寫你曾經在某家食品公司協助會計相關工作。

詞彙

curriculum 履歷；presidente 主席、社長、總裁；flamenco 佛朗明哥；añadir 增加；caja 收銀；contabilidad 會計；alimentación 食品、營養

189

Con este dinero no podrás vivir en España.
這些錢不夠你在西班牙生活。

▶ 筆記

　　在西班牙或歐洲其他國家讀書通常比在台灣來得貴，特別是因為宿舍（residencia 或是 colegio mayor）並不便宜，如果和其他人分租公寓則會比較便宜一些。另一方面，飲食會比台灣貴，而且沒有像便當這樣平價的餐點。

A: Este dinero no es suficiente para mantenerse.
這些錢是不夠維持生活的。

B: Entonces tendré que seguir trabajando más tiempo y ahorrar más dinero.
那我就必須繼續工作，再多存一點錢。

詞彙

suficiente 足夠的；mantenerse 維持 [生活]；ahorrar 存錢

190

... en dos semanas.　兩週後……。

▶ **筆記**

　　這裡以 en 加上時間的用法是表達大約某段時間之後，類似於 "más o menos después de dos semanas"（大約兩週後）。

例句

❶ A: ¿Cuándo sabrá si le han aceptado?　什麼時候可以知道他是否被錄取？
　 B: Dijo que le dirían el resultado en dos semanas.
　 他說他們告訴他大概兩週後會告知結果。

❷ A: ¿Cuánto tiempo necesitas estudiar español para comunicarte bien?
　 學西班牙文要學多久才能夠順利與他人溝通？
　 B: Si eres regular y sabes aprovechar bien las oportunidades, puedes manejarte bien en dos años. Pero depende mucho de la persona.
　 如果你是一般的程度，並且能夠把握機會溝通，大概兩年後就可以掌握得好。
　 不過還是有個別差異。

詞彙

aceptar 接受；aprovechar 利用 [機會]；manejarse 掌握、應用

¿Serán clases en línea o presenciales?

會是實體課程或線上課程？

▶ 筆記

因為新冠肺炎疫情的緣故，線上課程（clases en línea）越趨盛行，相對於線上課，實體課（clases presenciales）也變成常用詞了。

／ 例句

❶ A: ¿Cómo serán las clases, en línea o presenciales?

課程會是線上還是實體的？

B: Serán en línea, pero los exámenes serán presenciales.

會是線上課，但是考試是實體考試。

❷ Hay clases que fácilmente pueden darse en línea, pero las de lengua es mejor si son presenciales.

有些課程是很容易可以線上授課的，但是語言課最好還是實體上課。

詞彙

en línea 線上的；presencial 實體的、出席的

¿Se oye bien?

聽得清楚嗎？

▶ 筆記

這句話是在線上授課時，老師為了確認（verificando）連線（conexión）正常所說的。有時候老師問這句話卻沒有人回答是因為使用了「非人稱（impersonal）動詞」（例如 se oye 就是非人稱的動詞用法），除非老師直接問某位同學，同學才會回答。以下例句是老師與學生聯繫（tomar contacto）可能用到的。

❶ ¿Se oye? (impersonal)

聽得到嗎？（非人稱動詞用法）

❷ ¿Me oís?

你們聽得到我的聲音嗎？

❸ ¿Me oyes, María?

瑪麗亞，聽得到我聲音嗎？

詞彙

verificar 確認；conexión 連線；impersonal 非人稱

193

Tienes que activar el micrófono.
你必須開啓麥克風。

▶ **筆記**

通常提到關閉或開啓電器、電子設備，會用動詞 apagar（關閉）和 encender（開啓）。但是如果提到電腦的功能，通常用 activar（開啓）以及 desactivar（關閉）。

例句

A: María, mueves los labios, pero no te oigo. Tienes que activar el micrófono.
瑪麗亞，你的嘴唇在動，可是我聽不到你的聲音。你必須開啓麥克風。

B: ¡Ah!, es verdad, lo tenía apagado. Lo siento.
啊，對喔，我麥克風剛才是關起來的。對不起。

詞彙

apagar 關閉；encender 開啓；labios 嘴脣；activar 開啓、啓動；desactivar 關閉

Tenéis que activar la cámara.

你們必須打開鏡頭／攝影機。

▶ **筆記**

通常線上授課時，老師會希望看到學生的臉，而不是只看到學生的名字或名字的第一個字母（inicial）。因此老師可能會說這句話。

例句

❶ No os veo. ¿Tenéis activada la cámara?
我看不到你們。你們鏡頭有開嗎？

❷ Solo veo a algunos. Por favor, activad la cámara.
我只有看到幾個人。請你們打開鏡頭。

詞彙

inicial 字首、一個字的第一個字母；activar 開啓、啓動；cámara 攝影機、鏡頭；
alguno 某個

Vamos a empezar.

我們現在開始。

▶ **筆記**

這句話是上課開始（inicio）的一種說法（manera），但是不是唯一的（única）的說法。還有以下其他幾種形式（formas）。

例句

❶ Como ya estamos todos, vamos a empezar.
既然大家都在，我們就開始吧。

❷ ¡Ah, no! Todavía falta alguien.
啊，不對！還少一個人。

❸ Ya es la hora. Empezamos.
時間到了。我們開始吧。

❹ Abrid el libro en la página 40.
請你們打開課本第 40 頁。

詞彙

manera 方式；inicio 開始、開端；único 唯一的；forma 方式、形式；página 頁

196

¿Estáis grabando?
你們在錄影嗎？

▶ **筆記**

　　線上會議（videoconferencia）或上課的時候，通常如果主持會議者（hospedador）准許的話，與會者可以錄影。有時候對話必須錄影，之後需要謄錄稿，但是有時候學生因為緊張（con los nervios）會忘記可以錄影。

例句

❶ ¿Estás grabando? No olvides que luego has de darme la transcripción.
你們在錄影嗎？不要忘記之後要給我謄錄稿。

❷ Tenéis que grabar la conversación. Ya os he dado permiso.
你們必須把對話錄影。我已經給你們許可了。

❸ Grabad la clase y así podéis volver a oírla con más calma, si queréis.
請將課程錄影，這樣之後你們如果想要的話可以再慢慢聽一次。

詞彙

grabar 錄影、錄音；videoconferencia 線上會議、視訊會議；nervios 緊張；transcripción 謄錄稿；permiso 許可

197

Mirad abajo a la derecha, en el chat.
請你們看右下角,在訊息對話裡。

▶ **筆記**

　　線上通訊往往可以同時多管道平行(paralelo)進行(尤其是學生問問題的時候),其中一個管道就是訊息對話框。老師通常會用口頭方式回答。

例句

❶ Si alguien quiere hacer una pregunta mientras hablo, puede usar el chat.
　我在講話的時候,如果任何人有問題,可以利用訊息對話提問。

❷ Las palabras difíciles las escribiré en el chat o en la pizarra [del programa].
　困難的字彙我會寫在訊息對話裡,或是在 [系統上的] 白板上。

詞彙

chat 聊天、訊息對話;paralelo 平行的;pizarra 黑板、白板;mientras 當……的時候;oral 口頭

198

Voy a subir un fichero.
我要上傳一個檔案。

▶ **筆記**

　　老師想要和學生分享一個檔案或文件時,可能說這句話。

例句

A: Un momento, voy a subir un fichero... Ya lo he subido, ¿veis las imágenes?
請等一下,我來上傳一個檔案……我已經上傳了。你們看到圖片了嗎?

B: Sí, pero se ven muy pequeñas.
看到了,但是看起來很小。

A: Un momento, voy a ajustarlas.

等一下，我來調整。

B: Sí, ahora se ven mejor.

好了，現在看起來比較清楚了。

詞彙

fichero 檔案；imágenes 圖片；ajustar 調整

199

Si se corta la conexión enviaré una nueva invitación.

如果斷線的話，我再寄一次邀請。

▶筆記

有時候，因為不小心或是不注意（negligencia），連線可能困難、甚至中斷。老師必須要有另一種備用的聯繫方式，例如 e-mail、Line 或是 WhatsApp，才能夠即時給學生進一步的指示以重新連線。

例句

❶ Si se corta la conexión enviaré enseguida una nueva invitación. (Dicho al inicio de la clase).

如果連線中斷的話，我會立刻發新的邀請。（在課程開始時先說。）

❷ Lo siento he pulsado un botón que no debía y perdí la comunicación. Seguimos con la clase. (Dicho tras recuperar la comunicación).

對不起，我剛才按了不該按的按鍵，連線就中斷了。我們現在繼續上課。（在重新恢復連線時說的。）

詞彙

negligencia 不注意、不小心；comunicación 通訊、聯繫；instrucciones 指示；botón 按鈕、按鍵

No me aclaro con esto.
我不懂這是怎麼了。／我不懂這個。

▶ 筆記

除非對於視訊系統很熟悉，不然是很容易出錯的，而且這些錯誤在參與視訊的觀眾眼中很明顯。

例句

❶ Lo siento, pero es que no me aclaro bien con esto.
對不起，我不清楚這個怎麼操作。

❷ Voy a desconectar todo y empezar de nuevo, porque no me aclaro.
我要先下線，再重新開始，因為我不知道這是怎麼了。

❸ Ayer probé y funcionaba correctamente. No sé qué ha pasado, que no me aclaro.
昨天我試過，一切都很正常。我不知道現在是怎麼了。

❹ ¿Se me oye bien? ¿Se me escucha? ¿Me oís? ¡Jolines!, con esto no hay quien se aclare.
我的聲音聽得清楚嗎？聽到了嗎？我的天啊！這個系統沒人可以搞懂。

詞彙

videoconferencia 視訊會議；cometer 犯 [錯]；patente 明顯的；audiencia 聽眾、觀眾；desconectar 中斷連線；aclararse 弄清楚；jolines 我的天啊

溝通禮節 Comunicación y maneras

201

Dígame. 喂？

▶ 筆記

　　接電話時，傳統的用語會說 "Dígame" 或是 "Diga"（祈使句，意思是「請說」），但是不同的國家會有不同的常用語，例如在西班牙可以說 "¿Hola?" 或是 "¿Sí?"，在拉丁美洲的許多國家則可以說 "¿Aló?" 或是 "¿Bueno?"，都是相當於接電話時的「喂？」。在說話的語氣上，通常會將母音（vocal）拉長（alarga），類似於問句（interrogación）的語調。如果打電話到某人家裡，記得要先報自己的名字。在電話上詢問 "¿Quién eres?"（你是誰？）是沒有教養的（mala educación），可以使用的問句是 "¿Con quién hablo?"（請問是哪位？／我在和誰說話？）。

╱ 例句 ╲

❶ A: Diga.
喂？

B: Hola. Soy Juan, un amigo de Antonio. ¿Está Antonio en casa?
你好，我是胡安，是安東尼歐的朋友。安東尼歐在家嗎？

A: Un momento, ahora se pone [al teléfono].
請等一下，我請他接 [電話]。

❷ A: Dígame.
喂？

B: Hola, buenos días. ¿Puedo hablar con Margarita?
你好，早安。我可以和瑪格麗特講話嗎？

A: Perdón, ¿con quién hablo?

對不起，請問是哪位？

B: Perdón, soy Roberto, un compañero de clase.

不好意思，我是羅貝多，是她的同學。

A: Lo siento, no es aquí. Se ha equivocado.

對不起，不是這裡。你打錯電話了。

詞彙

fórmulas 方式；alargar 拉長；vocal 母音；interrogación 詢問；educación 教育

202

Podría hablar con...　我可以和……說話嗎？

▶ 筆記

　　如果是打電話到公司，通常公司這一方會先報自己的名字或公司名，才開始對話。

例句

❶ A: Buenos días, [aquí somos los] Talleres Mecánicos García. ¿Qué desea?

早安，[我們這裡是]加爾西亞修車廠，您需要什麼協助？

B: ¿Podría hablar con Manolo?

我可以和馬諾羅講話嗎？

A: ¿Qué Manolo? Aquí hay tres manolos.

哪一位馬諾羅？我們這裡有三位。

B: Manolo, el jefe.

馬諾羅，老闆。

A: ¡Ah, sí! Un momento, ¿de parte de quién?

啊，好的。請等一下。請問是哪裡找？

B: De Juan López, quiero saber si ya tienen a punto mi coche.

我是胡安·羅培茲，我想知道我的車子好了嗎？

❷ A: Dígame.

喂？

B: Hola, soy Yolanda. ¿Está María?

你好，我是尤蘭達。瑪麗亞在嗎？

A: Hola, Yolanda, No, ahora no está. Soy su madre, ¿quieres dejarle algún recado?

你好，尤蘭達，她現在不在。我是她的媽媽。你想要留言給她嗎？

B: Sí, por favor, dígale que cuando vuelva me llame.

好的，麻煩您告訴她，請她回來後回我電話。

詞彙

taller 車廠、工作室；mecánico 修車技師；jefe 老闆、負責人；tener a punto 整理好了、修好了

203

Es verdad, tienes razón.

的確是，你說的有道理。

▶ 筆記

這是一句簡短、謙虛又文雅的話，承認自己錯了，而對方才是正確的。另外，表達同意的詞彙還包括：estoy de acuerdo 我同意（你的看法）、efectivamente 正是如此、exactamente 正是如此。

例句

❶ A: Yo creo que es mejor hacerlo de esta otra manera, porque acabaremos antes y el resultado será el mismo.

我覺得以另一種方式來進行比較好，我們可以更快完成，而且結果是一樣的。

B: Es verdad, tienes razón.

的確是，你說的有道理。

❷ A: Nos hemos equivocado desde el principio. Tenemos que volver a empezar.

我們從一開始就做錯了。現在我們必須重新開始。

B: Desgraciadamente para nosotros, tienes razón.

我們太丟臉了。你說的沒錯。

詞彙

tener razón 有道理、說得對；equivocarse 弄錯了；desgraciadamente 很丟臉地、很遺憾地；acuerdo 同意

204

Da igual. 都可以。/ 都一樣。

▶ **筆記**

　　並非所有事情都是一樣的，但是在說這句話時，往往是為了實際的目的，例如為了避免爭吵。相同意思的用語還有："Me da igual."（我都可以）、"Es lo mismo."（都是一樣的），以及 "No veo la diferencia."（我看不出有什麼不同）等。

例句

❶ A: ¿A dónde quieres ir a comer, a un restaurante coreano o a uno italiano?

你想到哪裡吃飯，韓國餐廳還是義大利餐廳？

B: Me da igual, yo lo que quiero es comer cuanto antes. Tengo mucha hambre.

我都可以，我想要越早吃越好。我好餓。

❷ A: ¿Qué número de lotería quieres comprar?

你想要買哪個號碼的樂透彩券？

B: Da igual, coge cualquiera. De todos modos, no nos va a tocar.

都可以，隨便你選哪一個。不管怎麼樣，我們都不會中獎。

詞彙

coreano 韓國的；italiano 義大利的；lotería 樂透；tocar 中 [獎]、碰觸

Siempre te sales con la tuya.

每件事情結果總是按照你的意思。

▶ 筆記

　　這裡 "la tuya" 是所有格代名詞，指你的意見或建議。動詞 "salirse con" 的意思是 "conseguir"（得到、達到）。因此，這句話的意思是 "Siempre acabamos haciendo lo que dices tú (por tanto es mejor que no me preguntes)"（每次最後我們做的事都是你說了算 [所以最好也不用問我的意見了]）。換句話說，發生爭執的時候最後總是要順從你的意思才會罷休，也就是說，你總是得到你想要的。

／ 例句 ＼

❶ A: ¿Dónde vamos a cenar esta Navidad, a casa de tus padres o a la de los míos?

今年聖誕節我們要到哪裡晚餐，你的父母家還是我的父母家呢？

B: Da igual, elige tú. No vamos a discutir ahora por eso. Siempre te sales con la tuya.

都可以，你決定就好。我們不要因為這個吵架。每次結果都是按照你的意思。

❷ A: Margarita es capaz de discutir un asunto el tiempo que haga falta.

瑪格麗特在爭執某件事情的時候，總會用盡所有時間據理力爭。

B: Por eso, siempre se sale con la suya.

也因此，事情總會按照她的意思進行。

（詞彙）

discutir 爭吵、爭執；ser capaz de 有能力做 [某件事]

MP3

¡A mí que me registren!
不是我的關係啊！／和我有什麼關係！

▶ **筆記**

　　這句話就相當於「不是我啊！」的意思，是指我沒有嫌疑，也不怕被別人說和某件事情有關聯。甚至有時候我和這件事情的關聯性，只是別人開玩笑說的話。在說這句話的時候，前面的 "a mí" 會說得比較快，可以稍微停頓後說 "que me registren"，並且帶著有點不以為然的語氣。

例句

❶ A: Dicen en las noticias que la policía está buscando a unos pasajeros que vinieron el pasado miércoles desde Guam con un cargamento de droga.
新聞報導說警察在尋找上週三從關島回來的旅客，因為有人帶毒品進來。

B: ¡Ahí va! Pues, ese día volví a Taiwán en un vuelo desde Guam.
什麼！（¡Ahí va! 的發音類似 "aibaaá" 是表示驚訝的語氣。）我就是那天從關島飛回來的耶。

A: Seguro que te llama la policía. Ja, ja.
我相信警察會打電話給你。哈哈！

B: Ja, ja. ¡A mí, que me registren!
哈哈！這和我有什麼關係！

❷ A: Antonio está enfadado porque no encuentra su merienda. Además, está preguntando por ti.
安東尼歐很生氣，因為他找不到他的點心。然後，他在找你耶。

B: Pues, ¡a mí, que me registre!
找我？又不是我的關係！

詞彙

pasajero 乘客；cargamento 貨物、載貨；merienda 下午的點心

¿Cómo lo sabes? 你怎麼會知道？

▶ 筆記

　　在說這句話的時候，通常帶著覺得奇怪（extrañeza）或是好奇（curiosidad）的語氣。以下例句是類似及相關的語句。

例句

❶ ¿Quién te lo ha dicho?　是誰告訴你的？

❷ ¿Cómo te has enterado?　你怎麼會知道的？

❸ ¿Desde cuándo lo sabes?　你是從什麼時候知道這件事的？

❹ Pues yo ahora me entero.　我現在才知道。

❺ Pues no sabía nada.　我之前完全不知道。

詞彙

extrañeza 奇怪；curiosidad 好奇；enterarse 知道、得知 [某件事情]

¿Ah, sí? Cuenta, cuenta. 啊，是嗎？快告訴我。

▶ 筆記

　　這句話是在打探八卦的時候使用，也就是說話的人想知道別人的八卦。這裡的動詞 "contar" 不是「數」的意思，而是「述說」。

例句

❶ A: Y Leocadia no quiso ir a la reunión convocada por el jefe. Se comenta que ya no se hablan.

雷歐卡蒂亞不想參加老闆召集的會議。聽說他們兩個人已經不講話了。

B: ¿Ah, sí? Cuenta, cuenta.

啊！真的嗎？快告訴我 [到底發生了什麼事]。

❷ A: En el *reality show* de ayer coincidieron Belén Esteban y Jesulín de Ubrique y se dijeron de todo. No te puedes ni imaginar. El programa tuvo un índice de audiencia muy alto.

昨天的實境秀裡，貝蕾‧艾斯特班和黑蘇林‧德‧烏伯利格 **❶** 兩人巧遇，他們對彼此醜話都說盡了。你絕對沒辦法想像。昨天節目的收視率超高的。

B: No sabía nada. ¿Lo viste? Cuéntamelo todo.

我都不知道。你有看嗎？告訴我所有細節。

詞彙

contar 數、述說；convocar 召集 [會議]；imaginar 想像；índice 指數、收視率

209

Me lo dijo fulanito.　路人甲告訴我的。

▶ 筆記

　　有時候我們會把別人告訴我們的事情又告訴別人，但是不想透露是誰告訴我們的，甚至不知道消息的來源為何，這時候就可以說是 fulanito 或 fulanita 告訴我們的，近似於「某人」的意思。

例句

❶ A: ¿Cómo lo sabes?　你是怎麼知道的？

B: Me lo dijo fulanito.　路人甲告訴我的。

❷ A: ¿Quién te lo ha dicho?　是誰告訴你的？

B: Fulanito. Es un secreto. Lo siento, no puedo decirlo.

某某人。這是祕密。對不起，我不能告訴你是誰。

詞彙

fulanito/a 某 [人]；secreto 祕密

---

❶ 貝蕾和黑蘇林是西班牙的名人，兩人結婚後又離婚，在節目裡巧遇時，互說對方的壞話。

No puede ser. 這不可能吧。

▶ **筆記**

這句話是用來表達聽到的事情令人不可置信，但是仍然有一點可能性。以下例句是類似意思的用語。

例句

❶ Seguro que no.
我相信不是這樣的。

❷ ¿En qué cabeza cabe?
哪種頭腦可以接受這樣的 [訊息] ？

❸ No me digas.　不會吧。

❹ ¿Estás seguro/a?　你確定嗎？

❺ ¿Es verdad eso que dices?
你說的是真的嗎？

❻ No lo puedo creer.
我無法相信。

詞彙

cabeza 頭；verdad 事實

Perdone si me equivoco, pero...
如果我弄錯的話，請原諒我……

▶ **筆記**

這句用語通常是對不熟的人說的，或是在較正式的場合使用，例如在辦公室開會的時候。

❶ Perdone si me equivoco, pero ¿no es usted el padre de Juan Antonio?

如果我弄錯的話，請原諒我。請問您是胡安‧安東尼歐的父親嗎？

❷ Corregidme si me equivoco, pero yo creo que las acciones de la empresa las adquirimos en 2010, no en 2012.

如果我弄錯的話，請糾正我，這家公司的股份我們是 2010 年購入的，不是 2012 年。

❸ Si mi información es correcta, a Juan aún le quedan tres meses para salir de la cárcel.

如果我的資訊正確的話，胡安再三個月就可以出獄了。

詞彙

equivocarse 弄錯；corregir 糾正、改正；acciones 股份（acción 通常是「行動、動作」的意思）；empresa 公司；cárcel 監獄

212

Me han hablado muy bien de usted.

大家對您的評價很好。／大家都告訴我您很好。

▶ **筆記**

這句話是用來稱讚剛認識的人，也可以用在給對方某份工作的時候。

例句

❶ Además de probada experiencia para este trabajo, sus cartas de recomendación hablan muy bien de usted.

您不但有這份工作相關的經歷，而且您的推薦信內容都十分稱讚您。

❷ Me han hablado de usted de forma muy favorable.

我聽過關於您的評價都是非常正面的。

❸ Me han hablado muy bien de usted, de sus publicaciones y de su responsabilidad.

我聽過關於您的許多讚美，包括您的出版作品以及責任感。

詞彙

recomendación 推薦；favorable 正面的、讚美的；publicaciones 出版品；responsabilidad 責任 [感]

213

Lo siento, tengo que marcharme ya.
對不起，我必須要離開了。

▶筆記

　　這句用語是在聚會尚未結束前，準備離席或道別的時候使用的，例如：餐敘、拜訪、開會等場合。例句中還有其他類似的用語。

例句

❶ Lo siento, tengo otras cosas que reclaman mi presencia.
對不起，我還有其他事情需要我親自處理。

❷ Tengo que salir ya para recoger a los niños de la guardería.
我必須離開了，要到幼兒園接小孩。

❸ Lo siento, no puedo quedarme más tiempo y esto se está alargando mucho.
對不起，我沒辦法再多待了，這個 [會議的] 時間拖得很長。

❹ Tengo que irme ya, pero leeré con atención las conclusiones.
我必須要離開了，但是之後我會仔細閱讀會議的結論。

詞彙

reclamar 需要、要求；presencia 出席、在場；guardería 幼兒園；alargar 拖長；conclusiones 結論

Les ruego que me disculpen.

請容許我暫時離席。

▶ **筆記**

這句話是用來請求准許暫時離席，而不解釋原因；當然也可以附加解釋離席的原因。

例句

❶ Les ruego que me disculpen, tengo que ausentarme un momento.
請容許我暫時離席，我必須離開一下。

❷ Disculpen un momento. Tengo una llamada urgente. Vuelvo enseguida.
對不起，請等一下。我有一通緊急電話要接。我馬上回來。

詞彙

disculpar 容許、原諒；llamada 一通電話；urgente 緊急的；enseguida 馬上、立刻

Ha sido una velada inolvidable.

這真是令人難忘的聚會。

▶ **筆記**

這句話通常是受邀參加較為正式的晚餐，在餐會結束時，對餐會主辦人說的話。以下例句為其他類似的用語。

例句

❶ Gracias por la invitación. Ha sido una velada inolvidable.
謝謝邀請。這真是令人難忘的聚會。

❷ Lo he pasado fenomenal. La próxima vez venid a mi casa.

我玩得很開心。下次請你們來我家。

❸ Gracias por la cena, estaba excelente. Y la compañía inmejorable.

謝謝招待的晚餐,非常棒。一起聚餐的人更是無比美好。

詞彙

invitación 邀請;velada 聚會、聚餐;inolvidable 令人難忘的;fenomenal 非常棒;vez 次;compañía 同伴、相聚的人;inmejorable 無法超越的好

216

Puede contactar conmigo para lo que necesite.

有任何需要的地方可以聯絡我。

▶ **筆記**

這句話可能是用在正式場合認識人的時候,或是工作上的往來給對方名片時,例如由老闆的祕書對老闆所邀請的客人說這句話。

例句

❶ A: Estoy gratamente sorprendido. Hasta ahora todo el mundo se ha mostrado muy hospitalario conmigo.

我很受寵若驚。所有人都一直非常熱忱地接待我。

B: En Taiwán somos así. Esta es mi tarjera, puede contactar conmigo cuando lo necesite.

我們台灣人就是這樣子。這是我的名片,有任何需要的地方可以聯絡我。

❷ A: Pues, ha sido un placer conocer al futuro marido de mi hija.

我很高興認識我女兒未來的丈夫。

B: Igualmente y si en algo puedo servirle, hágamelo saber. Por favor.

我也是很高興,如果有什麼我可以幫忙的地方,請讓我知道。

詞彙

contactar 聯絡；tarjeta 卡片、名片；marido 丈夫；...conmigo 與我……

217

Ha sido una noticia muy dolorosa.

這真是很令人痛心的消息。

▶ **筆記**

令人痛心的消息通常指的是有人往生，但是有時候也可能是指有人陷入昏迷（estado de coma）、癌症末期（metástasis），或是無預警的、無法理解的離婚等不幸的消息。

例句

❶ Siento lo que ha pasado. Ha sido una noticia muy dolorosa.
對於發生的事情我很遺憾。這是很令人痛心的消息。

❷ Lo que ha pasado nos ha llenado de estupor. No lo comprendemos.
發生的事情讓我們太震驚了。我們無法理解。

❸ Realmente lo siento mucho. Si en algo puedo ayudar, me lo dices.
我真的覺得非常難過。如果有什麼我可以幫上忙的，請告訴我。

詞彙

doloroso 令人痛心的、令人痛苦的；estupor 震驚、失去知覺；estado de coma 昏迷狀態；metástasis 癌症末期；divorcio 離婚

Le acompaño en el sentimiento.
我與您感同身受。

▶ **筆記**

　　這句話經常用在表達哀悼之意，特別是對於認識但是關係並不是很親近的人。如果對方是親近的人，就會再多加上如以下例句的話語。

例句

❶ Ha sido una gran pérdida.　這真是巨大的損失。

❷ Lo tendré presente en mis oraciones.　我會在禱告時惦記著他。

❸ Ha sido una pérdida irreparable.　這是永遠無法彌補的損失。

❹ Su fallecimiento ha conmocionado a todos los colegas de la oficina.
　他的逝世，讓所有辦公室的同事都非常難過。

❺ Rezaremos por él.　我們會為他禱告。

詞彙

pérdida 損失、失去；oraciones 禱告詞；irreparable 無法彌補的；
conmocionar 激動、難過；colegas 同事；rezar 禱告

Te echo de menos.　我想你。

▶ **筆記**

　　這句話和 "Me acuerdo mucho de ti." 一樣，都是表達「我想你、我常想起你」的意思，而且是說了會讓對方感到歡喜的話。這兩句用語都是口語常用的。另外也可以說 Te extraño mucho.、Te echo en falta.（特別是感受到「你不在這裡差很多」）、Te añoro.。後面這三句比較有文藝腔的感覺。

❶ A ver si volvéis más por el pueblo. Os echamos de menos.
希望你們會再回鄉下來。我們都很想念你們。

❷ Me acuerdo mucho de ti y de cómo trabajabas. Ahora es difícil encontrar alumnos aplicados.
我常想起你以及你過去的努力。現在很難遇到這樣用功的學生了。

❸ Nuestra abuela, q.e.p.d.❷, siempre estaba alegre. La extrañamos mucho.
我們的祖母 [願她安息]，生前總是很快樂。我們非常想念她。

❹ Desde que os fuisteis a Argentina ya no tenemos quién nos acompañe al médico. Os echamos mucho en falta.
自從你們到阿根廷之後，就沒有人陪我們看醫生了。我們很想念你們。

❺ El niño lloraba cada día por la noche en las colonias de verano, porque añoraba a sus padres.
小男孩參加夏令營時，每晚都哭泣，因為他很想念父母。

❻ Cuando me pongo nostálgico añoro mis años de juventud, especialmente cuando estaba en la universidad.
我懷舊的情緒上來時，常想念年少的歲月，特別是在大學裡的那段時光。

詞彙

descansar 休息、安息；colonias de verano 夏令營；nostálgico 懷舊的

220

Estoy a su disposición. 我聽您的吩咐。

▶ 筆記

　　片語 "disponer de [某人]" 指的是有某人在身旁聽候差遣。通常指的是老闆、上司或是貴賓的身旁有人接待或幫忙處理事情。

❷ 這裡的 q.e.p.d. 是 "que en paz descanse" 的簡寫，也就是「願亡者在平靜中安息」的意思。

❶ Señor Vicepresidente, buenos días. Me envía el Ministerio de Asuntos Exteriores (MOFA, por sus siglas en inglés usadas en Taiwán) para ayudarle en lo que necesite estos días.

副總統早安。我是外交部派來的，這幾天您有任何需要，都請讓我協助。

❷ Profesor, yo sé hacer posters y carteles. Si me necesita para esta actividad estoy a su disposición.

教授，我知道如何做海報。如果這項活動有我可以協助的地方，我隨時都能幫忙。

❸ A: Señorita, si necesita algo, cualquier cosa, dígamelo. Estoy a su entera disposición.

小姐，如果您有任何需要幫忙的地方，請告訴我。我完全聽候您差遣。

B: No me sea machista, que sé arreglármelas sola.

你不要大男人主義了，我自己就可以處理所有事情。

詞彙

disposición [為某人] 待命；MOFA (Ministry of Foreign Affairs) 外交部；
cartel 海報；machista 大男人主義的；arreglárselas 處理好事情

Tema 12

爭論、道謝和道歉
Discusiones, agradecimientos y disculpas

221

Echó más leña al fuego.
火上添柴。

▶ **筆記**

　　意思是火上加油，在別人爭吵時，不但不勸和，還讓其吵得更厲害。字面上的意思指在燃燒的火上添加木柴，讓火不要熄滅。這句話用來比喻在爭吵時，某人又說了一些話，可能是有意或是無意，而讓爭吵的雙方更增加彼此的敵意。

例句

❶ Y entonces te recordó que tú también habías actuado de modo egoista con ella, con lo cual echó más leña al fuego. Y tú, claro, le respondiste con palabras gruesas.
那時候她又提到，你以前對她的態度也很自私，因為這句話火上添柴，你當然就以更不好聽的話回覆她了。

❷ Cállate y no eches más leña al fuego.
你不要說了，不要火上添柴。

❸ No quiero echar más leña al fuego, pero mientras este asunto no esté claro no avanzaremos.
我不想火上添柴，但是如果這件事不弄清楚的話，我們沒辦法進到下一步。

詞彙

egoista 自私的；leña 柴；fuego 火；palabras gruesas 難聽的話

Se fueron a las manos.

結果動手 [打起來了]。

▶ **筆記**

這句話的意思是，爭吵越演越烈，最後變成上演全武行（golpes y empujones）。

例句

❶ No pudieron controlarse y acabaron yéndose a las manos.
他們無法控制自己，最後動手打起來了。

❷ Discutían con tanta pasión que casi se fueron a las manos.
他們吵得很激烈，幾乎要動手打起來了。

❸ Si no es por Carlos y Juan que los separaron, habrían acabado yéndose a las manos.
要不是因為卡洛斯和胡安把他們分開，他們最後真的會動手打起來。

詞彙

golpes 用力打、撞擊；empujones 用力推；controlarse 控制自己；pasión 激動、熱情

No está el horno para bollos.

烤箱沒有準備好可以烤甜麵包。

▶ **筆記**

意即「情況對於這件事來說並不有利」。字面上的意思是指麵包師傅（panadero）的烤箱準備好要烤法式長棍麵包（pan），但沒辦法烤出軟式麵包（bollo，通常是甜麵包）。如果有人要麵包師傅趕快烤出軟式甜麵包，他可能會生氣。

MP3

A: Pues voy a decirle al jefe lo que pienso, porque esto hay que aclararlo cuanto antes.

我要告訴老闆我的意見，因為這件事情越早弄清楚越好。

B: Mejor espera unos días. Ahora "no está el horno para bollos".

你最好再等幾天。現在烤箱沒有準備好要烤甜麵包。

詞彙

bollo 軟式麵包（通常是甜的，就是在台灣一般通稱的麵包）；pan 法式麵包（外脆內軟的法式長棍麵包）；panadero 麵包師傅；aclarar 澄清、弄清楚；horno 烤箱

224

Me hicieron pagar los platos rotos.
他們叫我賠償打破的盤子。

▶ **筆記**

　　這句話讓人想到的畫面是在餐廳裡打架，打破了很多盤子，最後有一個人必須賠償餐廳，而這個人就是被認定要為打架負責的。因此，延伸的意思是，某人因為其他人所做的決定或行為承受後果、付出代價，即使某人幾乎沒有參與這件事情。

例句

❶ Los hoteleros, hartos de pagar los platos rotos del coronavirus, piden ayudas directas al gobierno.

旅館業者承受不了因為冠狀病毒的關係而必須承擔損失，因此直接向政府求助。

❷ Es una persona muy ingenua, siempre paga los platos rotos de los demás.

他是一個很無辜的人，總是為了其他人的錯而要處理善後。

❸ Con la baja natalidad que hay, los emigrantes son los que van a venir a pagar los platos rotos del envejecimiento de la población.

這裡的出生率很低，移民來此的人未來會因為人口老化而付出代價。

詞彙

hosteleros 旅館業者；harto 受不了；coronavirus 冠狀病毒；ingenuo 無知、無辜的；natalidad 出生；envejecimiento 老化；emigrantes 移民

225

Fue la gota que colmó el vaso.

那是讓杯子滿出來的那一滴水。

▶ 筆記

這句話指的是讓人失去耐心的最後一個因素，類似於「最後一根稻草」的意思。

例句

❶ María estaba ya bastante harta de su novio. El día del cumpleaños de este rompieron, porque María le regaló una buena caja de bombones. Y él, tras darle las gracias, le dijo delante de ella: "¡Qué bien!, se la regalaré a la señora que viene a limpiarme la casa. Seguro que le encantará". Esa fue la gota que colmó el vaso.

瑪麗亞本來已經很受不了她的男朋友了。在他生日那一天，他們就分手了，原因是瑪麗亞送給他一盒很好的巧克力，而他在謝謝她之後，馬上說：「太好了！我可以轉送給來打掃家裡的那位太太。她一定會很喜歡。」那就是讓杯子滿出來的那一滴水。

❷ Hoy tampoco ha venido a trabajar Miguel. Esto es la gota que ha colmado el vaso. Llámalo y dile que no vuelva.

今天米蓋爾又沒來上班了。這是讓杯子滿出來的那一滴水。打電話給他告訴他不用回來上班了。

MP3

gota 一滴 [水]；colmar 滿溢出來；vaso 杯子

226

Me dejó plantado.
他放我鴿子了。

▶ **筆記**

　　這句話直譯是「他讓我像植物一樣種在那裡」。意思是與人相約，其中一個人準時赴約，另外一個人卻沒有出現，打電話也聯絡不到，準時到的人就好像植物一樣在那裡枯等。另一句同樣意思的說法是 "Me dio plantón."。

例句

❶ Quedamos para tomar un café y hablar de cómo preparar la presentación en clase, pero no vino y me dejó plantada. Además, ni siquiera me ha llamado para disculparse.
我們約好一起喝咖啡，同時討論如何準備課堂的口頭報告，結果他沒出現，放了我鴿子。甚至他連打電話來道歉也沒有。

❷ Me citó en la puerta de la universidad a las tres de la tarde y me dio plantón. O sea, que no se presentó. Luego me dijo que se había equivocado de día.
他約我下午三點在大學門口見面，結果他放我鴿子。他沒出現。事後才告訴我他記錯日子了。

詞彙

previsto 預定的；disculparse 道歉；plantón 放鴿子

Me dejaron colgado.

他們放我鴿子。

▶ 筆記

　　這句話和前一句 "Me dejó plantado." 類似，如果是使用第三人稱單數，就是 "Me dejó colgado."（說話的人是女性，則說 "Me dejó plantada. / Me dejó colgada."）。這句話可能用在例如朋友們安排了聚會，結果大家都沒出席，只有自己一個人，又沒辦法反應或做任何補救，就好像是衣服一樣被晾在那裡（colgar 是掛起來的意思，例如把衣服掛起來晾著）。也可以用在計劃產生了變化，在那裡等了很久，卻又沒辦法做什麼。

例句

❶ Tal como habíamos quedado, alquilé una habitación reservada en un pub para ver una película de arte y ensayo con los cinco amigos del club de cine y el día antes uno a uno me dijo que no podía venir. Me dejaron colgado.

本來我和五位電影社的朋友已經約好了，我租借一家酒吧裡的隔間，要一起看一部實驗藝術電影（película de arte y ensayo），結果約好日期的前一天，一個個告訴我他們沒辦法參加。就這樣我被放鴿子了。

❷ El avión salió tres horas tarde, con lo cual no pude empalmar con el vuelo previsto para volver a Taipei y me quedé colgado casi un día en París, hasta que me embarcaron en otro vuelo.

飛機延遲出發三小時，也因此我沒辦法趕上轉機飛回台北的班機，就這樣我在巴黎耽擱了幾乎一整天的時間，直到我搭上下一班飛機。

詞彙

reservado 訂好的；colgado 被晾著、被放鴿子；pub 酒吧；ensayo 預演、實驗性質、論文；club 社團；empalmar 連接、轉機；embarcar 登機

MP3

Se lavó las manos.

他洗手 [不負責、不管] 了。

▶ 筆記

　　意思是逃避責任（eludir responsabilidades）。這句話字面上的意思是手髒了，所以洗了手。延伸的意思是來自聖經裡的典故，彼拉多（Pilatos）是耶穌（Jesucristo）遭到猶太人審判時的羅馬巡撫，他明知道耶穌是無辜的，但沒有勇氣承擔，而在旁洗手，表示自己是清白的。

／例句

A: Le dije a mi supervisor que mi colega posiblemente utilizaba la empresa en beneficio propio.
我告訴上司，我的同事可能利用公司為自己牟利。
B: ¿Y qué te dijo?
那上司怎麼說？
A: Que no quería saber nada.
他說他並不想知道。
B: ¡Vamos!, que se lavó las manos.
哎呀！看來他是洗手不想管了。

詞彙

eludir 逃避、避免；supervisor 上司；colega 同事；beneficio 利益

Tienes que mojarte.

你必須把身體弄濕。／你必須勇敢參與。

▶ 筆記

　　這句話用在告訴某人，請他不要這樣模稜兩可的態度（actitud ambigua），而應該明確地發表意見。因此 mojarse（弄濕自己）這裡延伸的意思是涉入（implicarse）、參與（comprometerse）某件事情，或是選邊站（tomar partido）。這句話也呼應俗語所說 "El que no se moja, no pesca"（不願意身體弄濕的人，就捕不到魚）。

／ 例句 ＼

❶ Tú siempre igual. Sin decir claramente lo que piensas. ¡Mójate de una vez!
你總是這樣。不清楚說出你的意見，總有一次你該勇敢表達！

❷ Roberto siempre elude mojarse. Cree que eso le da más capacidad de maniobra.
羅貝多總是避免涉入任何事情或選邊站。我覺得他這樣是為了有更大的操作空間。

詞彙

ambiguo 模稜兩可的；mojar 弄濕；mojarse 弄濕自己；maniobra 操作

Como quien no quiere la cosa.

一副好像他不是要那個東西的樣子。

▶ 筆記

　　這句話是用來表達某人以隱藏自己本意（disimuladamente）的方式來做事

MP3

情。也就是說，他明明目的是要「那個東西」（la cosa），但是表現出來卻好像不在乎那個東西，而所做的事情就讓「那個東西」自動到手了。

例句

❶ Y, como quien no quiere la cosa, me dijo que había vendido el coche. Entonces empecé a preguntarle y me enteré que había perdido el trabajo y que lo que realmente quería de mí era que le prestara dinero.
他好像不是要「那個東西」的樣子，告訴我他把車子賣掉了。接著我問他問題，才知道他丟了工作，而他真正的目的是要我借他錢。

❷ Y, como quien no quiere la cosa, le pregunté por su marido. Y me dijo lo que ya sospechaba, que hacía meses que no vivían juntos.
我假裝不是要問那件事情，我問她丈夫最近如何。結果如同我之前懷疑的，她告訴我他們已經分居幾個月了。

詞彙

disimulo 假裝；prestar 借；sospechar 懷疑

231

Lo siento.
對不起。

▶ 筆記

道歉的相關用語有很多。以下列舉一些常用的說法。

例句

❶ Lo siento mucho.
非常對不起。

❷ Lo siento, ha sido sin querer. (Por ejemplo, cuando se pisa a alguien en un autobús).
對不起，我不是故意的。（例如在公車上不小心踩到別人時。）

❸ Perdóname (tú). / Perdóneme (ud.).

請你原諒我（若以 tú 稱呼對方）。／ 請您原諒我（若以 usted 稱呼對方）。

❹ Disculpa (tú). / Disculpe (ud.).　對不起。

❺ Perdón, no sé en qué estaba pensando.

請原諒我，我不知道之前是在想什麼。（因為之前分神而製造麻煩，向對方道歉。）

詞彙

perdonar 原諒；disculpar 原諒

232

Lo que quiero decir es que...

我想要說的是⋯⋯ / 我的意思是⋯⋯

▶ 筆記

這句話是用在澄清之前的誤會（malentendido）。

/ 例句 \

❶ No, no. No me has entendido bien, lo que quiero decir es que es mejor dejar todo preparado antes de marcharnos.

不是這樣的。你誤會我的意思了，我想說的是，我們最好在出發前把所有一切準備好。

❷ No. Veo que me he explicado mal. Lo que quiero decir es que solo si apruebas todo el curso te regalaremos la moto.

不是的。我剛才沒有解釋清楚。我的意思是說，如果你這學年課程全部通過的話，我們就送你這台機車。

❸ No, no. Eso no es lo que quería decir. Lo que yo pienso es que, en este caso, es mejor cambiar el dinero en el aeropuerto, no en el banco.

不是的。我的意思不是那樣。我所想的是，在這種情況下，最好在機場換錢，不要在銀行換。

malentendido 誤會；marcharse 出發、離開；aprobar 通過

233

No volverá a ocurrir. 不會再發生了。

▶ 筆記

這句話是用來安撫對方，例如我們對於客戶提供的服務不好，讓客戶覺得被欺騙（defraudado），我們就對客戶說，這種事情再也不會發生了。

例句

❶ Lo siento. No sé cómo ha pasado esto. Le aseguro que no volverá a ocurrir.
對不起。我不知道怎麼會發生這種事。我保證以後不會再發生了。

❷ No me lo explico. Tomaremos precauciones para que no vuelva a pasar.
我沒辦法解釋自己的行為。以後我們會更加小心，不會再發生這種事情。

❸ Lo siento, no volverá a ocurrir. No había mala intención. En cualquier caso, investigaremos lo sucedido.
對不起，以後不會再發生了，這並不是有人惡意造成的。不管怎麼樣，我們會調查這件事情。

詞彙

defraudar 欺騙；asegurar 保證；ocurrir 發生；explicar 解釋；precaución 謹慎、小心

234

Lo hice de buena fe. 我那麼做是出於好意。

▶ 筆記

這句話同樣意思的另一種說法是 "Lo hice con buena intención."。可能是因為

我們的關係，事情的結果並不好，為了道歉（disculparse）而說這句話。我們聲稱（alegar）因為當時的無知，或是因為發生了無可預見（imprevisible）的情況，事情才變得不好。

 例句

❶ Lo siento. Lo hice de buena fe.
對不起。我那麼做是出自好意。

❷ No te lo tomes mal, él actuó así de buena fe.
你不要怪罪他，他會那麼做是出自好意。

詞彙

buena fe 好意；intención 意圖；culpa 錯；alegar 聲稱；ignorancia 無知；imprevisible 無可預見的

235

Estaba bromeando.
我是開玩笑的。

▶ 筆記

這句話近似於英文的 "Just kidding."，也可以說 "Es una broma."（這只是玩笑），為了避免對方生氣。但是如果說 "Estaba bromeando."（使用過去式），表示對方已經生氣了，可能是對方不懂這個玩笑，也因此用這句話來安撫對方。

例句

❶ Perdona, no te lo tomes así. Solo estaba bromeando.
對不起，你不要這樣。我只是在開玩笑。

❷ Ha sido una broma, perdona. Pero ya veo que me he pasado. Lo siento.
那只是玩笑話，對不起。可是我知道自己太超過了。很抱歉。

❸ Se disculpó diciendo que estaba bromeando. Pero lo cierto es que su bromas suelen ser pesadas.

他道歉說自己只是在開玩笑。可是事實上他的玩笑通常都很討人厭。

詞彙

bromear 開玩笑；broma 玩笑；pasarse 超過、越界；sentirlo 覺得抱歉

236

Muchas gracias.
非常感謝。

▶ 筆記

這是學習語言最早學的用語之一。以下是表達感謝的幾種常用說法。

例句

❶ Mil gracias. / Un millón de gracias.
萬分感謝。（直譯為「千分感謝」、「百萬分感謝」。）

❷ Gracias mil.
感謝萬分。（直譯為「感謝千分」。）

❸ Gracias por todo.
謝謝你所做的一切。

❹ Gracias de todo corazón.
我由衷感謝。

❺ No sé cómo pagártelo / agradecértelo.
我不知道要如何回報你／感謝你。

❻ Que Dios se lo pague. (Dando las gracias por un hecho caritativo).
願上帝報答 [保佑] 您。（感謝對方的善行。）

詞彙

mil 一千；millón 一百萬；pagar 付 [錢]、付出 [代價]；agradecer 感謝；caritativo 慈善的

De nada. 不客氣。

▶筆記

字面上的意思是「沒什麼」，意思很明顯（obvio）指的是自己所做的事情，不管大或小，都客氣地說「沒什麼」。以下是其他同樣表達「不客氣」的用語。

例句

❶ No es nada. 這沒什麼。

❷ No hay de qué. 別這麼客氣。

❸ A ti, gracias a ti. 應該要謝謝你才是。

❹ Nada, hombre / mujer, ha sido un placer.
沒什麼的，老兄 / 老姐，這是我的榮幸。

❺ Por favor, que no es para tanto.
拜託，沒那麼誇張。（這是當對方的道謝過於客氣的時候所說的。）

❻ Nada, nada, he hecho lo que he podido. Llámame siempre que lo necesites.
哪裡哪裡，我只是做我做得到的而已。需要什麼隨時打電話給我。

詞彙

nada 沒有、無；obvio 明顯

Te agradezco todo lo que has hecho por mí.
我很感謝你為我所做的一切。

▶筆記

有的時候，表達謝意必須使用較長的語句，以顯示較大的誠意，如以下例句。

MP3

❶ Realmente, fue muy amable al llevarme a casa en coche el día que mi padre tuvo el ictus.

您真的很好，在我父親中風的那一天您開車載我回家。

❷ Me hiciste un enorme favor cuando me sustituiste durante mi baja por maternidad.

你幫了我很大的忙，在我請育嬰假期間幫我代課。

❸ Gracias por escucharme cuando me siento deprimida.

謝謝你在我沮喪的時候聽我說話。

❹ Valoré mucho sus consejos sobre cómo controlar mi frustración.

我很感謝您的建議，教我如何控制挫折的情緒。

❺ Gracias por venir a visitarme cuando estuve ese año en prisión. No lo olvidaré nunca.

謝謝你在我坐牢的這一年中來探望我。我永遠不會忘記。

❻ De verdad, fue de gran ayuda para mí cuando me aconsejó que retrasara un año la graduación.

您建議我延後一年畢業，真的幫了我很大的忙。

詞彙

amable 親切、善良；ictus 中風；posparto 產後；frustración 挫折；
prisión 監獄；retrasar 延遲

239

Le estoy muy agradecido por...

我很感謝你為了我……

▶ **筆記**

　　另外一種道謝的方式是寫卡片，並且送禮物，這是讓對方感到你特別真心而有誠意的方式。謝卡的用語包括以下例句。

❶ Con este pequeño obsequio quiero mostrarle mi agradecimiento por la impagable ayuda que he recibido estos años trabajando bajo su tutela y beneficiándome de su experiencia.

我希望以這個小禮物來感謝您，這些年來在您的庇護之下工作，從您的經驗裡得到許多收穫，您的幫助是我無法報答的。

❷ Por favor, acepte este regalo como reconocimiento por su ayuda.

請您收下這份禮物，感謝您的幫助。

❸ Mamá, a la vuelta de los años es cuando me doy cuenta de los sacrificios que hiciste por mí.

媽媽，回想這些年來，我體會到你一直以來所做的犧牲。

❹ Te queremos dar las gracias por la desinteresada ayuda que nos ofreciste mientras estuvimos en tu ciudad.

我們想感謝你，在我們拜訪你的城市時，你給我們的無私的幫助。

❺ No tengo palabras para expresar mi agradecimiento hacia tu persona, en esos años tan difíciles para mí.

沒有任何言語可以表達我對你的感謝，在我特別困難的這幾年。

詞彙

retribuir 回報；obsequio 禮物；tutela 保護、庇護；sacrificios 犧牲

240

Es un ingrato.
他不知感恩。

▶ **筆記**

一個人若該表達謝意而不表達，就會被稱為 "ingrato"，意思是不知感恩的人。

❶ Julio es un ingrato, te pide un favor, se lo haces y luego no te da las gracias.
胡立歐是個不知感恩的人，他會要求你幫忙，你幫了之後，他不會道謝。

❷ Los estudiantes siempre están compitiendo. No se ayudan entre ellos y si a veces les haces un favor no te lo reconocen sinceramente. Se creen con derecho a recibirlo. ¡Cuánta ingratitud!
這些學生總是彼此競爭。他們互不幫忙，而且有的時候你幫他們一個忙，他們也不會心存感激。他們以為自己有權利得到別人的幫助。真是不知感恩！

❸ Me partí la cara por ella en la reunión y luego no me dijo ni mu (no dijo nada). Ya ves lo agradecida que es la gente. (Sentido irónico).
我為了他在會議上爭得面紅耳赤，結果他什麼也沒說。我真是見識到世人多麼「懂得感恩」。（反諷的說法。）

詞彙

ingrato 不知感恩 [的人]；ingratitud 不知感恩；competitivo 競爭的

搭訕、交朋友
Ligando, haciendo amigos

241

No te he visto antes por aquí.

我從沒在這裡見過你。

▶ **筆記**

這句話表示常去一個地方,例如某個舞廳(discoteca),但是沒有見過對方。
以下是可能用來回應的對話。

例句

❶ Sí, claro, es que es la primera vez que vengo.
當然囉,這是我第一次來這裡。

❷ Bueno es que no me gusta mucho ir a discotecas.
對啊,因為我並不那麼喜歡到舞廳。

❸ Sí, es mi primera vez, pero creo que volveré. Me gusta este sitio.
對啊,我是第一次來,可是以後應該會再來。我喜歡這個地方。

❹ Es que me pilla un poco lejos de casa. He venido porque me ha invitado Sol.
因為這裡離我家比較遠。是索爾邀請我,我才來的。

詞彙

discoteca 舞廳;sitio 地方、地點;pillar lejos 離……遠

MP3

¿Estudias o trabajas?

你是學生還是在工作呢？

▶ 筆記

這句話是在聚會場合常會問到的，以下是可能的對話。

例句

A: Estudio. Soy estudiante de ingeniería civil de tercer año.

我是學生。現在讀土木工程系三年級。

B: ¡Guau! La ingeniería es difícil, ¿no?

哇，讀工程很難吧，是嗎？

A: Sí, lo es. Especialmente la asignatura de cálculo. ¿Y tú qué haces?

的確是的，特別是微積分。你呢？

B: Yo trabajo en un banco y los fines de semana estudio español.

我在銀行上班，週末的時候學西班牙文。

詞彙

ingeniería 工程（學科）；cálculo 微積分；banco 銀行

¿A qué te dedicas?

你從事什麼行業？

▶ 筆記

如果知道對方是在工作，可以問這個問題，以下是可能的回答。

例句

❶ Me dedico a la medicina.

我在醫學界工作。

❷ Me dedico a la enseñanza y a la investigación.
我從事研究和教學工作。

❸ Trabajo en un supermercado / una empresa de informática / un hospital / una universidad.
我在超市／資訊公司／醫院／大學工作。

❹ Soy dependiente / empleado / médico / profesor.
我是店員／上班族／醫師／老師。

詞彙

medicina 醫學、藥；médico 醫師；enseñanza 教學；investigación 研究；
dependiente 店員；empleado 僱員、職員、上班族；empresa 公司；
informática 資訊；hospital 醫院

244

¿Qué deporte practicas?
你從事什麼運動？

▶ **筆記**

這個問題適合在剛認識某人時提問，以下為可能的回答。

例句

❶ Me gusta la natación. Nado cada jueves una hora en la piscina de la universidad.
我喜歡游泳。我每個星期四在大學的游泳池游一小時。

❷ Me gusta el senderismo. Cada fin de semana salgo con un grupo a caminar por el monte.
我喜歡登山健行。每個週末我和一群同好一起爬山。（健行 senderismo 來自於 sender 這個字，sendero 指的是窄小的山路。）

❸ Antes practicaba baloncesto, pero desde que salí de la universidad casi no tengo tiempo.
以前我打籃球，但是自從大學畢業後我就幾乎沒有時間打了。

❹ La verdad es que lo único que hago es pasear y correr un poco por el parque.
其實我唯一做的運動就是到公園散步或是跑步一下。

詞彙

natación 游泳（名詞）；nadar 游泳（動詞）；piscina 游泳池；senderismo
登山健行；montaña 山、山脈（較大的山）；monte 山、山丘（較小的山）；
baloncesto 籃球

245

¿Qué tipo de películas te gusta?
你喜歡哪一種電影？

▶ 筆記

回答的內容往往反映人的個性。以下例句是一般以看電影作為娛樂的人可能
的回答。

例句

❶ Me gustan las películas románticas, especialmente si acaban bien.
我喜歡浪漫電影，特別是結局美滿的。

❷ Me gustan las películas del oeste, pero ahora ya no hacen este tipo de
cine.　我喜歡西部電影，可是現在都沒有拍這類的電影了。

❸ Me gustan las comedias y odio las películas de tesis, pues no me gusta
pensar.　我喜歡喜劇，我討厭思辨推理的電影，因為我不喜歡思考。

❹ Pues a mí me gustan las películas históricas, sobre todo si reviven bien el
pasado.　我喜歡歷史電影，特別是將過去場景重現得很好的。

詞彙

películas 電影、影片；oeste 西部、西方；tesis 思辨、推理、論述；revivir 重現、
重生

¿Qué tipo de cine prefieres?
你比較喜歡哪一種電影？

▶ 筆記

　　這是和前一句意思一樣的問句。以下例句是熱愛電影的影迷（friki del cine）可能的回答。

／ 例句 ＼

❶ Me gustan las películas de terror y entre ellas prefiero las de humor negro.
我喜歡恐怖片，其中我比較喜歡的是黑色幽默電影。

❷ Yo trabajo en una compañía que hace películas de animación. Este cine tiene un gran futuro.
我在動畫電影公司工作。這一類的電影很有未來發展潛力。

❸ Mis favoritas son las comedias musicales.
我最喜歡的是音樂喜劇。

❹ A: Pues a mí me gusta todo tipo de cine, pero las películas distópicas me encantan, ya que soy muy pesimista sobre el futuro de la humanidad.
我喜歡各種電影，不過我最喜歡的是反烏托邦電影，因為我對於人性的未來抱持著悲觀的態度。

B: ¿Pesimista? Por cierto, ja, ja,...¿sabes lo que es un pesimista?
悲觀？是啦，哈哈……你知道什麼是悲觀嗎？

A: Hombre, claro que lo sé, pero... ilústrame.
老兄，我當然知道啊，不過……你解釋給我聽。

B: Un pesimista es un optimista con mucha experiencia. Ja, ja.
所謂悲觀的人就是一個有豐富經驗的樂觀的人。哈哈。

詞彙

friki 著迷於某種事物的人；cine 電影（統稱）；distopia 反烏托邦；
humor negro 黑色幽默；pesimista 悲觀 [的人]；comedia 喜劇

MP3

¿Cuánto tiempo hace que llevas gafas?

你戴眼鏡多久了？

▶ 筆記

這個問題聽起來是沒話找話才問的，不過有時候對方的回答會讓人驚訝。

例句

❶ Desde la escuela primaria, pero me voy a poner lentillas. ¿Por qué me lo preguntas?
自從小學開始，不過我要戴隱形眼鏡了。你為什麼問我這個？

❷ Desde que era niña. Entonces llevaba una gafas muy grandes y me llamaban gafotas.
自從小時候。那時候我戴很大的眼鏡，大家叫我眼鏡妹。

❸ ¿Cómo sabes que llevo gafas? Sí, las necesito y las uso, pero nunca me las pongo en público.
你怎麼知道我戴眼鏡？是的，我需要眼鏡也有眼鏡，可是我從來不戴的。

詞彙

gafotas 戴大眼鏡的小孩；lentillas 隱形眼鏡

248

¿Eres más de gatos o de perros?

你比較喜歡貓還是狗？

▶ 筆記

透過這個問題可以進一步了解對方的喜好和個性。

❶ Ni de gatos, ni de perros. Están muy bien las mascotas, pero dan muchos problemas.
我不喜歡貓，也不喜歡狗。貓或狗都是很好的寵物，但是也會製造很多問題。

❷ De perros. Son más cariñosos y fieles. Los gatos son muy desconfiados.
我喜歡狗。狗比較喜歡親近人也很忠心。貓很不容易信任人。

❸ Yo prefiero los perros, porque, aunque algunos son agresivos y peligrosos, otros son cariñosos, inquietos y lindos. En casa tenemos uno. Como bien sabes, "el perro es el mejor amigo del hombre".
我比較喜歡狗，雖然有的狗有攻擊性也很危險，但是有的狗很親近人、很活潑可愛。我們家有一隻狗。正如大家所知的，「狗是人類最好的朋友」。

❹ Prefiero los gatos porque son más inteligentes, limpios, territoriales, curiosos, celosos, tiernos, independienes y juguetones. Ja, ja. No sé si me dejo algo.
我比較喜歡貓，因為貓比較聰明、愛乾淨、具有領域性、好奇、嫉妒、溫柔、獨立、喜歡玩。哈哈，我不知道還有哪一點我沒提到。

詞彙

cariñoso 喜歡親近人；fiel 忠心；desconfiado 易於懷疑他人的；agresivo 具侵略性；lindo 漂亮、可愛；inquieto 好動、活潑；territorial 具有領域性的；curioso 好奇的；celoso 好嫉妒的；tierno 溫柔的；independiente 獨立的；juguetón 愛玩的

249

Esta música me mola un montón.
這個音樂我超愛的。

▶ **筆記**

　　"Me mola" 是年輕人常用語，意思是「我很喜歡」。另外，"un montón" 也是年輕人常用語，意思是很 [多]（mucho）。以下是可能回應的例句：

❶ Sí, es de un grupo independiente. Pronto será famoso. ¿Lo conoces?

　的確是，這是一個獨立樂團。很快就會成名。你知道這個團嗎？

❷ Cuando estaba en el bachillerato, tocaba en un grupo musical. Nuestra música era parecida a esta.

　我在高中的時候，曾在一個樂團演奏過。我們當時的音樂和這個很像。

詞彙

independiente 獨立的；famoso 有名的；bachillerato 高中；grupo 團體

250

¿Quieres bailar?
你想跳舞嗎？

▶ 筆記

　　提出建議（proposición）請對方一起跳舞，還有其他說法，例如：¿Bailamos?（我們跳舞好嗎？）/ ¡Venga, vamos a bailar!（來吧，我們來跳舞！）/ ¿Por qué no bailamos?（我們何不跳舞呢？）。

例句

A: ¿Te gustaría bailar conmigo?　你想要和我跳舞嗎？

B: Sí, pero bailo muy mal.　想啊，可是我跳得很爛。

A: No te preocupes, yo te enseño.　不必擔心，我來教你。

B: Bueno, pero no te rías de mí.　好的，可是你不能笑我。

詞彙

proposición 建議（名詞）；¡venga! 來吧！（如英文的 come on!）；bailar 跳舞；enseñar 教；reírse de 嘲笑

Eres un chico fenomenal. 你是很棒的男生。

▶筆記

　　表達友善或親切的形容詞還有：geniail, guay, majo/a, simpàtico/a，都可以形容某人很「棒」，其中 guay 是年輕人說話常使用的形容詞，可以指人，也可以用來形容事情或活動。

例句

❶ A: Eres un chico genial. Me caes muy bien.
你是很棒的男生。我很喜歡你。

B: No me digas eso que me pongo colorado.
你別這麼說，我要臉紅了。

❷ A: Es una chica muy maja, fenomenal.
你是超棒的女生。

B: Es lo que otros me dicen, pero yo me considero una persona muy normal.
大家都這麼說，可是我覺得自己只是個平凡的人。

詞彙

genial 很棒的；colorado 有顏色的（這裡指臉紅）；maja 親切可愛的

¿Cuántos años tienes? 你幾歲？

▶筆記

　　問對方幾歲，還有另外的問法，例如："¿Cuál es tu edad?" 或是 "¿Qué edad tienes?"。這個問題通常不適合直接問對方的，除非是比較熟的人，或是提問的情況允許這樣的問題。

❶ A: ¿Cuántos años tienes?

你幾歲？

B: ¿Cuántos piensas? ¿Soy más joven que tú o no?

你覺得我幾歲呢？我比你年輕吧，是嗎？

❷ A: ¿Cuántos años tienes?

你幾歲？

B: Eso no se pregunta, es un secreto.

這個問題不能問的，是祕密。

❸ A: ¿Qué edad tienes?

你幾歲？

B: Nací en abril de 2002. O sea, que tú mismo puedes calcularlo.

我是 2002 年 4 月出生的，你可以算得出來我幾歲。

詞彙

joven 年輕；secreto 祕密；edad 年齡；calcular 計算

253

¿Tienes novio/a?　你有男 / 女朋友嗎？

▶ **筆記**

　　問這個問題的人，大概想知道是否有與對方交往的可能。以下為可能的回答。

例句

❶ Sí, llevamos dos años juntos.

有的，我們在一起兩年了。

❷ Sí, ahora está estudiando en los Estados Unidos.

有的，他現在在美國讀書。

③ No, conozco a muchos chicos, pero nunca he tenido un novio formal.

沒有，我認識很多男孩子，可是從來沒有正式的男朋友。

④ Me parece que eso de casarse no es para mí.

我覺得結婚這件事情不適合我。

詞彙

novio/a 男朋友、女朋友；formal 正式；casarse 結婚

254

Te refieres a aquel chico alto.
你指的是那個高高的男生。

▶ 筆記

片語 "te refieres a..." 常使用在確認對方所說的意思時，例如以下例句：

例句

① ¡Ah! Te refieres a aquel chico alto y fuerte.

啊！你指的是那個高高壯壯的男生。

② ¿Te refieres a la profesora de español que tuvimos el curso pasado?

你指的是我們去年的西班牙文老師嗎？

③ No sé si le he entendido bien. ¿Se refiere a aquel edificio alto de color verde, a la derecha de los árboles?

我不知道有沒有理解正確。您指的是那一棟在那些樹右邊的綠色建築嗎？

詞彙

referirse a... 指的是……；curso 學年

¿Qué haces este sábado?

你這個星期六打算做什麼？

▶ **筆記**

這個問題是在提出建議之前所問的，以下是類似例句，包含建議。

例句

❶ ¿Tienes algún plan para este fin de semana?
這個週末你有什麼計劃嗎？

❷ ¿Te apetece salir a dar una vuelta el domingo?
這個星期天你想出去走一走嗎？

❸ ¿Por qué no vamos el domingo por la mañana en bici por el río?
這個星期天早上我們一起到河邊騎單車，好嗎？

❹ ¿Has visto "Vivir a lo loco"? La ponen en el cine Maravillas. ¿Vamos a verla el sábado por la noche?
你看過「狂野人生」這部電影嗎？美好戲院正在放映，我們星期六晚上一起去看，好嗎？

詞彙

fin de semana 週末；apetecer 想要；dar una vuelta 走走、兜一圈；
bicicleta (bici) 單車；loco 瘋狂的；maravilla 美好

¿A qué hora quieres que te recoja?

你想要我幾點來接你？

▶ **筆記**

動詞 recoger 通常是指「拿」或「領」某件物品，例如 "ir a correos a recoger un paquete"（到郵局領包裹）。但是這個動詞也可以指「接」某人，通常是開車到某人所在的位置，載他到另一個地方。以下是可能的回答。

❶ A las cinco me va bien.

五點對我來說比較好。

❷ A eso de las ocho. Al salir del trabajo.

八點的時候，正好下班之後。

❸ No hace falta que vengas, porque es difícil aparcar. Iré en taxi y nos encontramos en el restaurante a las nueve [de la noche].

你不用來沒關係，不好停車。我坐計程車就好，我們［晚上］九點在餐廳見面。

詞彙

paquete 包裹；aparcar 停車

257

¿Me acompañas a tomar un café?
你可以陪我喝杯咖啡嗎？

▶ **筆記**

　　這樣的問法，意思是需要對方的陪伴以訴說某件事情，可能是遇到困難，需要找人說、抒發情緒（desahogarse）。以下例句是類似的其他說法。

例句

❶ Necesito charlar con alguien, ¿tienes tiempo?

我需要找人聊聊，你有空嗎？

❷ Necesito contarte algo que me ha pasado. ¿Puedes hablar ahora?

我需要告訴你一件我最近發生的事情。你現在有空講話嗎？

❸ No sé que le pasa a Ramiro, pero se ve que necesita contar algo que lleva dentro, para desahogarse.

我不知道拉密羅發生了什麼事情，可是他好像需要講講心裡的話，發洩一下情緒。

acompañar 陪伴；desahogarse 抒發情緒、抱怨

258

Lo pasamos muy bien. 我們玩得很愉快／很開心。

▶ 筆記

　　片語 "pasarlo bien" 意思是聚會或是活動玩得很愉快。特別注意，pasamos 是動詞 pasar 的變化，可以是現在式，也可以是簡單過去式。

例句

❶ Gracias por invitarnos ayer a cenar a tu casa. Estuvimos muy contentos.
謝謝你邀請我們到家裡吃晚餐。我們都很開心。

❷ Gracias por la cena de ayer, preparaste unos platos exquisitos y lo pasamos muy bien.
謝謝你昨晚邀請的晚餐，你準備的餐點相當精緻，而且我們都很開心。

❸ Ayer en el partido del fútbol, bajo la lluvia, me lo pase "de miedo"(es decir, muy bien).
昨天足球賽在雨中進行，我很開心。（這裡片語 "de miedo" 不是害怕的意思，而是很愉快、開心的意思）

❹ En la comida semestral con la tutora siempre lo pasamos bien, pues nos hace pensar y todo se hace en un clima de confianza.
每學期和導師的聚餐我們都很愉快，因為不但導師讓我們學習思考，而且氣氛都是充滿信任感的。

詞彙

invitar 邀請；contento 愉快；exquisito 精緻

Había muy buen ambiente.

那時的氣氛很好。

▶ 筆記

　　這裡 "ambiente" 指的不是 "medio ambiente"（環境），而是指聚會的氣氛，所以 "buen ambiente" 就是氣氛好、很愉快的意思，在場所有人都很輕鬆自在。以下例句是類似相關用語。

／ 例句 ＼

❶ La fiesta estuvo muy bien. Alicia logró crear un ambiente muy agradable.
派對很成功。阿莉西亞營造出非常輕鬆愉快的氣氛。

❷ Me gusta ese club porque siempre hay buen ambiente. Te encuentras como en casa.
我很喜歡這個社團，因為氣氛總是很好，感覺就像在家裡一樣。

❸ Hacía tiempo que no se veían y compartieron sus experiencias recientes en un clima muy cordial.
他們很久沒見面了，彼此相聚分享生活近況，氣氛很親切融洽。

❹ A veces para estudiar me pongo música ambiental porque me ayuda a concentrarme.
有時我讀書的時候會播放情境音樂，比較能夠專心。

❺ Las reuniones de trabajo son pacíficas y eficaces, pero cuando viene ese que tú sabes se crea mal ambiente.
辦公室開會的時候總是很平和也很有效率，可是每次那個你知道是誰的人來的時候，就會把氣氛搞得很糟糕。

（詞彙）

ambiente 氣氛；compartir 分享；clima cordial 親切真誠的氛圍；música ambiental 情境音樂、背景音樂；concentrarse 專心；pacífico 平靜的、平和的

MP3

Me apunto. 我要參加。

▶ **筆記**

這是「我要報名」或是「我要參加」的意思。這裡動詞 apuntarse 的意思是報名，可能是正式報名或是口頭報名，表達參加某個活動的意願。

例句

❶ Mañana voy a visitar el Museo del Agua. ¿Quién se apunta? (Es decir, ¿quién quiere venir conmigo?)

明天我要去參觀「水博物館」，誰要參加？（意思就是：誰要和我一起去？）

❷ A: ¿Vais de excursión? ¿A dónde?

你們要出去郊遊嗎？去哪裡？

B: Vamos a subir al Monte Perdido, en los Pirineos.

我們要去爬「貝爾地多山」，在庇里牛斯山脈。

A: ¿Puedo ir? Si tenéis sitio en el coche, ¡me apunto!

我可以一起去嗎？車子還有座位嗎？我想參加！

詞彙

apuntarse 報名 / 參加；sitio 位置

表達個性 Mostrando el carácter

261

¡Cuánta imaginación tienes! 你真的太有想像力了！

▶ 筆記

很有想像力可以是正面的，也可能是負面的。這句話比較屬於負面的意義，指有些人過度解讀事情，或是對於某個問題提出另類，但不切實際的解決方法。以下為類似的例句。

例句

❶ Creo que piensas demasiado. 我覺得你想太多了。

❷ Cuanto más vueltas le das, más lo complicas. 你越想，事情就變得越複雜。

❸ Juan tiene una imaginación desbordante. Habla con una persona diez minutos y ya cree que la conoce.
胡安的想像力破表。他和一個人講話十分鐘，就自以為了解對方了。

詞彙

imaginación 想像力；demasiado 過度、太；desbordante 滿溢出來、超越極限

262

Es muy creativo. 他很有創意。

▶ 筆記

這句話有雙重的意義，字面上的意思是指某人很有創意，特別是用來形容藝術家、行銷專家等人；另一方面也可以有諷刺的意思，指某人做的事情很奇怪、令人不解。

MP3

❶ Este pintor nos trae un estilo diferente cada vez que inaugura una exposición. Es muy creativo.

這位畫家每次開畫展都會為我們帶來不同的風格。他很有創意。

❷ A: Mi hijo siempre me viene con ideas originales, pero poco prácticas. No sé si es tonto o ingenuo.

我的兒子每次都會告訴我一些新奇的想法，但是都不切實際。我不知道他是笨，還是天真。

B: Mujer, no digas eso. Yo diría que es... creativo.

唉，你別這麼說。我會說他是……有創意。

詞彙

creativo 有創意；pintor 畫家；inaugurar 開幕、開啓；exposición 展覽；
original 創新的；práctico 實際的；tonto 笨；ingenuo 天真

263

Me cae muy bien. 我對他印象很好。

▶ **筆記**

如果說一個人 caer bien，意思是他給人的印象很好。

例句

❶ Es muy simpático. Me cae muy bien.

他很親切。我對他印象很好。

❷ A: ¿Qué os pareció el discurso del nuevo jefe?

你們覺得新老闆的致詞怎麼樣？

B: Dijo cosas muy sensatas. La verdad es que me cayó muy bien.

他說的事情都很有道理。老實說我對他印象非常好。

C: A mí también me cayó bien. Se le ve dialogante y preparado.

我也是對他印象很好。他看起來很善於溝通，也很有準備。

❸ A: ¿Qué tal la chica que te presenté? ¿Cómo fue la cena con ella?

你覺得我介紹你認識的那位女孩怎麼樣？你們的晚餐如何？

B: Me cayó muy bien. Mejor dicho, me pareció una chica genial.

我對她印象很好。應該是說，我覺得她非常棒。

詞彙

simpático 親切；caer bien 令人覺得印象很好；jefe 老闆；sensato 有道理的；dialogante 善於溝通對話的；preparado 準備好的；presentar 介紹

264

Se enfada fácilmente.
他很容易生氣。

▶ 筆記

每個人都會生氣，但是有些人比別人容易生氣。以下為類似的例句。

例句

❶ Se enfada por nada.

他沒事就生氣。

❷ Hay que medir las palabras con ella, porque fácilmente se enfada sin motivo.

和她講話時要小心用詞，因為她常常沒有原因就生氣。

❸ Cualquier contrariedad le enfada.

任何反對意見都會使他生氣。

❹ Cuando se enfada levanta la voz.

他生氣的時候就會提高音量。

詞彙

enfadarse 生氣；nada 沒什麼、無事；sin motivo 沒有原因、沒有動機；contrariedad 反對；levantar 提高；voz 聲音

Está en las nubes.

他在雲裡面。／他在神遊。

▶ 筆記

這句話是指他分神、分心了，常會被老師用來指出學生在課堂上分心（distraído），人雖然在教室（aula），但是心智（mente）卻在其他的地方，好像在雲裡面。

/ 例句

❶ ¡Antonio, que estamos en clase! A ver si te bajas de las nubes.
安東尼歐，我們現在在上課！你是不是可以從雲端下來了。

❷ Hijo mío, ¿qué te pasa? Siempre estás en las nubes.
我的孩子，你怎麼了？你總是在雲裡面。（你總是在神遊。）

❸ Este nunca se entera de lo que pasa a su alrededor. No sé en qué piensa. Está en las nubes.
這個人總是搞不清楚周遭發生了什麼事情。我不知道他在想什麼。他好像在雲裡面。

詞彙

nube 雲；distraído 分心；aula 教室；mente 心智；alrededor 周遭

No te vayas por los cerros de Úbeda.

你不要跑到烏貝達山區裡。（你不要避重就輕。）

▶ 筆記

Úbeda（烏貝達）是位在西班牙南部海恩省（Jaén）的古城鎮。這句用語近似於 "no divagues"，意思就是你不要逃避回答這個問題，或是嘗試轉移話題、避重就輕。另外，類似的用語還有 "No te salgas por la [línea] tangente."（你不要偏離切線 [偏離主題]），也就是說，故意不正面回答某個問題。

❶ No, no he preguntado eso. Tú siempre te vas por los cerros de Úbeda.
不對，我問的不是這個。你每次都跑到烏貝達的山區裡。（你每次都避重就輕。）

❷ Cuando no te gusta lo que te preguntan, tú siempre te sales por la tangente.
你不喜歡別人問你某個問題時，你就會偏離切線 [偏離主題]。

詞彙

cerro 山嶺；divagar 偏離、漫遊；tangente 切線

267

Es muy capaz.
他很有能力。／他很能幹。

▶ 筆記

這是一句稱讚的話（alabanza），指某位工作者（trabajador）總是準時完成被指派（asignan）的任務。形容詞 "capaz" 指的是一個人有能力（tener capacidad）完成任務。另外，還有兩個形容工作能力的字，分別是 "eficacia" 和 "eficiencia"，以下例句能夠說明其意思及用法的不同。

例句

❶ Es muy eficaz (tiene mucha eficacia), siempre alcanza las metas establecidas en la empresa.
他的工作效能很好（很有效力），總是能夠達成公司設定的目標。

❷ Es muy eficiente [tiene mucha eficiencia], sabe cómo organizar los recursos humanos y materiales con los que cuenta para acabar las cosas a tiempo.

他很有效率，知道如何安排運用人力及其他可掌握的資源，以準時完成任務。

❸ A: No sé a quién encargar esto, porque es un asunto complicado y sensible.

我不知道該請哪一位負責這項工作，這件事情很複雜，也很棘手。

B: Encárgueselo al señor Ruiz, seguro que será capaz de llevarlo a cabo bien.

可以請路易斯先生來做，我相信他有能力把事情處理得很好。

詞彙

alabanza 讚賞；trabajador 工作者、員工；asignar 指派；capacidad 能力；
eficacia 效力、效能；eficiencia 效率；recursos 資源；asunto 事情；
complicado 複雜；sensible 敏感、棘手；encargar 負責；llevar a cabo 完成 [任務]

268

Quizás he dicho algo que te haya ofendido.
我好像說了冒犯你的話。

▶ 筆記

　　Quizás 在句子裡是「大概」、「好像」、「或許」的意思。"Algo" 指的是所說的那句話，後面接假設語氣 haya ofendido。

例句

❶ A: Perdona, quizás he dicho algo que te haya ofendido.
對不起，我好像說了冒犯你的話。

B: Sí, reconozco que soy una persona muy sensible.
是啊，我現在了解到我是一個很敏感的人。

❷ A: Lo siento, creo que te ha ofendido lo que he dicho. No era mi intención.
對不起，我覺得我說的話冒犯了你。我不是故意的。

B: Gracias por decirme esto, es que cualquier cosa me ofende y lo peor es que le doy vueltas mucho tiempo.

謝謝你這麼說，不過我是很容易被任何事情冒犯的，更糟的是，我會一直反覆想很久。

詞彙

ofender 冒犯；reconocer 了解到、意識到；intención 意圖；cualquier 任何（任一）；peor 更糟、更壞；dar vueltas a algo 反覆想某件事情

269

Me da igual.

我都可以。／對我來說都一樣。／我不在乎。

▶ **筆記**

這句用語如果要以完整的句子來表達，就是 "A me da igual que B." （A 和 B 對我來說都一樣）。這句話還有另一種意思，指的是「我不想做這件事情，因為會有很多麻煩，可是我非做不可」，所以無奈地說「隨便、都可以」。

例句

❶ A: ¿Qué prefieres, ir por la montaña o por la costa?
你比較喜歡走山線還是海線？

B: Me da igual, todos los caminos conducen a Roma.
我都可以，條條大路通羅馬。

❷ A: Cuando hables con él no saques este tema que se enfadará.
你和他講話的時候，不要談到這個話題，他會生氣的。

B: Me da igual. Ese asunto hay que aclararlo. Que diga lo que quiera.
我不在乎。這件事情一定要澄清。我想說什麼就說什麼。

❸ A: La quimioterapia te va a hacer perder el pelo.
化療會使你掉頭髮。

MP3

B: Me da igual... lo importante es curar el cáncer.
我不在乎……重要的是可以治療癌症。

詞彙

costa 海岸線；conducir 開車、通往；sacar 拿出來；aclarar 澄清；
quimioterapia 化療；pelo 頭髮

270

Tener una doble vara de medir
有雙重標準（有一把包含兩種標準的量尺）

▶ 筆記

　　這句話是指對待不同的人，會有不同的標準及態度。有些人，特別是政客，會批評（criticar）政治對手（adversario político）的行為舉動，但是當自己同一黨派的人做出同樣的事情時，他就會避免（se abstiene）批評當事人，反而還會為其辯護。這樣的用語是源自古代有些不肖布商（vendedores de paño）的技倆（picaresca），會因為顧客的不同而使用正確的量尺（vara），或是動過手腳（trucada）的假量尺，例如布應該有一公尺長，但是使用假的量尺測量，導致布實際上只有 90 公分。另外，相同意思的說法還有 "tener un doble rasero"（有雙重標準）。

例句

❶ En este país te aplican un doble rasero, según el color de tu piel.
在這個國家，會因為膚色的不同而有雙重標準。

❷ Aquí la justicia tiene una doble vara medir. Es más comprensiva con los poderosos que con la gente normal.
這裡的司法有雙重標準，對有權勢的人比對一般人來得寬鬆。

❸ El jefe concede permisos de vacaciones con una doble vara de medir. A mí siempre me permite menos días que a otros.
老闆在給員工休假時有雙重標準。他每次批准我的假都比別人少。

❹ En esta empresa te dicen que todos cobran lo mismo por el mismo trabajo, pero el hecho es que las mujeres cobran menos. Tienen una doble vara de medir.

這家公司雖然有說會同工同酬，但是實際上女性員工的薪水比較少。公司有雙重標準。

詞彙

vara 量尺；medir 測量；criticar 批評；adversario 對手；abstenerse 避免；picaresca 欺騙的技倆；paño 布；trucado 欺騙的、動過手腳的；rasero 標準

271

Es una persona muy responsable.

他是個很有責任感的人。

▶ 筆記

這句稱讚的話可能是在聊天時說到，也可能是被寫在推薦信（carta de recomendación）內。在任用人才（selección de personal）時，責任感（responsabilidad）是很被重視的。

例句

❶ A: ¿Qué te parece promover al Sr. Robledo a jefe de sección?
你覺得將羅布雷多先生晉升為部門主任如何？

B: Yo creo que es una buena opción. Es una persona muy responsable.
我覺得這是很好的選擇。他是很有責任感的人。

❷ No se te ocurra poner al Sr. Martínez a cargo de mantenimiento. Es un irresponsable.
你千萬不要讓馬丁涅茲先生負責維修部門。他很不負責任。

詞彙

responsable 負責的；recomendación 推薦；apreciar 重視、欣賞；
selección 選擇；promover 升官、晉升；sección 部門；opción 選項；
irresponsable 不負責任的 [人]

272

Puedes confiar en ella.

你可以信任她。

▶ **筆記**

　　一個人如果在工作一段時間之後，持續表現出誠信及工作上的價值，就會得
到上司的信任（confianza）。

例句

❶ A: ¿Qué hacemos con los niños? ¿Dónde los dejamos este fin de semana?
我們的小孩怎麼辦？這個週末要把他們托給誰帶呢？

B: ¿Puedes dejarlos con mi hermano y mi cuñada? Son de total confianza.
可以把小孩托給我哥哥嫂嫂帶嗎？他們是完全可以信任的。

❷ A: Necesito a alguien que me lleve en mano estas escrituras de propiedad
a Madrid.
我需要請某人親手幫我把這份產權文件帶到馬德里。

B: Puedes confiar en Estefanía, que es muy leal. Ha demostrado varias
veces lealtad a la empresa. Pero ofrécele ir en clase business.
你可以信任艾絲特凡尼亞，她很忠心。她在公司的表現一直很忠誠。但是就
讓她坐商務艙吧。

詞彙

confianza 信任（名詞）；honradez 誠實；valía 價值；cuñada 嫂嫂、弟妹；
escrituras 文件（所有權狀）；en mano 親手；confiar 信任（動詞）；leal 忠心的；
lealtad 忠心；ofrecer 提供

Con esta persona se puede ir hasta el fin del mundo.

和這個人在一起，走到天涯海角都沒問題。

▶ 筆記

　　這句話是對某人給予很高的評價及稱讚，也就是對某人能夠完全地信任的意思，可以指一起探險、工作，或是指婚姻。

／ 例句 ＼

❶ Los que se embarcaron con Magallanes confiaban en él, pues estaban convencidos de que llegarían hasta el fin del mundo.
那些和麥哲倫一起上船的人非常信任他，他們相信跟著麥哲倫到天涯海角都沒問題。

❷ Me han propuesto varias veces subir al Everest, pero no me he decidido. Pero contigo es diferente. ¿Cuándo salimos?
我有很多次被問到是否一起爬聖母峰，可是我一直無法做決定。但是跟你一起去就不同了。我們什麼時候出發？

❸ Margarita es una persona muy madura, leal y capaz, puedes ir con ella hasta el fin del mundo. ¿Por qué no le propones matrimonio?
瑪格麗特是一個很成熟、忠心、能力又強的人，跟著她走到天涯海角都沒問題。你怎麼不向她求婚？

（ 詞彙 ）

embarcarse 上船、啟程；convencido 被說服的、相信；maduro 成熟；proponer 建議、求婚；decidirse 下決定；matrimonio 婚姻

Es una persona predecible.

他的行為很容易讓人預測得到。（他這個人表裡如一。）

▶ **筆記**

這句話是正面的意思，表示某人言行一致，因此容易預測他的行為。

例句

❶ Me gusta trabajar con él porque es una persona muy predecible.
我喜歡和他一起工作，因為他是個說到做到、表裡如一的人。

❷ Hoy en día, con el móvil es muy fácil predecir el tiempo que hará en los días siguientes.
現今因為有智慧型手機，很容易知道接下來幾天的天氣如何。

❸ A: Qué raro, me dijo que me contestaría en un par de días y después de dos semanas aún no me ha dicho nada.
好奇怪，他告訴我幾天之後會回覆，到現在兩個星期了，還是沒有消息。

B: Es que Ramiro es muy impredecible. A veces contesta rápido y otras no.
那是因為拉密羅是個令人難以預測的人。有時候他會很快回覆，有時候很慢。

詞彙

predecir 預測；predecible 容易預測的；impredecible 不易預測的；
rápido 快速的

No te preocupes, siempre llega puntual.

不必擔心，他一向都很準時到。

▶ **筆記**

在當前科技化的現代社會（la moderna sociedad tecnificada），守時是很重要的。

❶ A: El profesor siempre llega puntual, y no permite que los alumnos lleguen tarde.

教授總是準時到課，而且他不准學生遲到。

B: Sí, pero es un poco exagerado. Una vez llegué tarde cinco minutos y no me dejó entrar.

沒錯，不過他有點太誇張了。有一次我遲到五分鐘，他就不讓我進教室。

❷ A: No te preocupes por Luis, siempre llega puntual.

你不用擔心路易斯，他總是準時到。

B: Por eso me preocupo, porque pasan diez minutos de la hora y aún no ha llegado.

就是因為這樣我才擔心，已經超過十分鐘了，他怎麼還沒到。

詞彙

tecnificado 科技化的；puntual 準時的；puntualidad 準時、守時；llegar tarde 遲到；dejar / permitir 准許

276

No se merece que le hagan eso.
他不應該受到這樣的對待。

▶**筆記**

Merecer 指的是一個人值得、應該受到某種獎勵（premio）或懲罰（castigo）。這句話指的是某人遭受不正義的處罰，或是受到不當的對待（maltratada）。句子中的 eso 是指懲罰的內容。

例句

❶ El Sr. Gómez es serio, trabajador y eficaz, pero la promoción no ha sido para él, como todos esperábamos, sino para el sobrino del Presidente, que solo lleva un año en la empresa. El Sr. Gómez no se merece que le hagan eso.

果美茲先生很認真，勤奮工作又有效率，可是出乎我們的意料之外，他居然沒有被晉升，反而被升官的是總裁的姪兒，那位姪兒只在公司待了一年而已。果美茲先生不應該受到這樣的對待。

❷ El profesor es abnegado en su trabajo y cumplidor. No se merece las bromas y comentarios de algunos alumnos.

這位教授在工作上無私奉獻、成就卓越。他不應該遭受某些學生的嘲笑及評論。

詞彙

merecer 值得、應該 [受到……]；maltratar 不當對待、虐待；serio 認真的、嚴肅的；promoción 升官、晉升；sobrino 姪兒、外甥；abnegado 無私的；cumplidor 很有成就的；bromas 嘲笑、笑話

277

Es una persona muy tolerante.
他是個很有包容心的人。

▶ **筆記**

　　一般來說，在工作場合上，對於同等身分的同事有容忍力或包容心（tolerancia），是一件很正面的事情。但是在重視位階高低的情況下，例如職場的上司對部屬、政府部門、軍隊裡等，通常說一是一、說二是二，並沒有太多的容忍或包容。

例句

❶ A: Es un profesor tolerante con los alumnos, pero muy respetado al mismo tiempo.

這位教授很能夠包容學生，但同時他也很受人尊敬。

B: Si es respetado, quizás no es tolerante, sino comprensivo.

是的，他很受尊敬，也許他不只是能夠容忍，而是很善解人意。

❷ Este profesor me gusta porque no tolera ninguna falta de ortografía.

我很喜歡這位教授，因為他不會容忍任何拼字書寫的錯誤。

❸ Es difícil ser tolerante y al mismo tiempo no ser contradictorio.

要能夠對所有人都展現容忍力，而沒有矛盾或例外，是很困難的。

❹ En el ejército te toleran muy pocas cosas, pues con tolerancia no se ganan las guerras.

在軍隊裡，大家對你是不會太有容忍力的，因為容忍無法贏得戰役。

詞 彙

tolerante 有容忍力、包容心的；tolerancia 容忍；respetado 受尊敬的；falta 錯誤、缺失；ortografía 書寫規則；contradictorio 衝突的、矛盾的；ejército 軍隊；guerras 戰爭、戰役

278

Es una persona que se preocupa por los demás. 他很關心別人。

▶**筆記**

擔心（preocuparse）可能有負面的意思，例如某人總是擔心不重要的事情，但是也有正面的意思，例如指擔心重要的事情，或是對別人的關心、關切。

例句

❶ Recuerdo a mi madre con gran admiración, siempre se preocupaba por todos nosotros.

我以很崇敬的心懷念母親，因為她總是很關心我們。

❷ Da gusto trabajar con Manuela, pues se preocupa por sus subordinados. Conoce los problemas de todos en la oficina y les sugiere soluciones.

和馬努維拉一起工作很愉快，因為她總是很關心部屬。她知道所有同事遭遇到的困難，而且會建議解決之道。

❸ Siempre está concentrado en sus problemas. Yo creo que se preocupa demasiado.

他總是專注在自己的問題上。我覺得他擔心太多了。

❹ Esa persona no se preocupa por nadie. Solo va a lo suyo.

這個人從不關心別人。他只在乎自己的事。

詞彙

los demás 其他人；subordinados 屬下、部屬；solución 解決方法；
demasiado 太、過於

Sabe ir a contracorriente.
他知道如何逆流而上。

▶ 筆記

這句話的典故來自於鮭魚逆流而上，努力游到目的地。這句用語是正面的意思，因為隨波逐流是相對容易的。

例句

❶ El éxito de esta empresa es que va a contracorriente pues sabe descubrir un futuro comercial en productos que otros consideran marginales.

這間公司成功的原因是因為懂得逆流而上，他們能夠在其他人認為是邊緣化的產品中找到商業的未來性。

❷ Este partido político dice las cosas claras, aunque a veces tenga que nadar a contracorriente.

這個政黨將議題說得很清楚，雖然有時候必須對抗潮流。

❸ Mucha gente se deja llevar por lo políticamente correcto, pero Santiago tiene ideas propias y las sigue, aunque eso le suponga ir a contracorriente.

許多人都會隨著政治正確的方向走，但是聖地牙哥有自己的想法，即使他的想法是違反潮流的。

詞彙

corriente 潮流；marginal 邊緣化的；claro 清楚；correcto 正確的

Sabe controlarse.

他懂得控制自己。

▶ **筆記**

　　能夠控制事物、控制時間，或是控制自己，都是生活中正面的事情。然而，如果是控制別人，就是負面的。

/ **例句** \

A: Guadalupe sabe controlarse muy bien, es muy disciplinada.

瓜達露蓓懂得控制自己，她很自律。

B: Pues yo siempre hago lo que el cuerpo me pide. Si [me pide] dormir, duermo. Si comer, como, etc.

我的話，我總是做身體想做的事情。如果 [身體叫我] 想睡，我就睡。如果想吃東西，我就吃東西。

A: Así no irás nunca a ninguna parte. Como no cambies, lo vas a pasar muy mal.

你這樣什麼目標都達不到。如果你不改變，未來會過得不好。

詞彙

controlar 控制；controlarse 控制自己；disciplinado 自律的；dormir 睡覺

合作、談生意
Colaborando, haciendo negocios

281

Hay que arrimar el hombro.

要以肩膀撐住。

▶ **筆記**

同心協力、團隊一起合作的意思。這句用語的典故大概來自「聖週」
（Semana Santa），就是在復活節前一週的宗教活動遊行中，參加的成員（稱
為 cofrades）會一起以肩膀抬聖轎，大家分攤重量一同前進。

例句

❶ Si no arrimamos todos el hombro, no conseguiremos nada.
如果我們不齊心以肩膀撐住，我們什麼都無法達成。

❷ Aquí hay que arrimar el hombro, de lo contrario no te necesitamos.
在這裡必須同心協力以肩膀撐住，如果不是的話，我們就不需要你。

❸ Unos miran y otros arriman el hombro, pero estos son los que sacan las
cosas adelante.
有的人只是旁觀，有的人一起以肩膀撐住；後者才是讓事情有所進展的人。

❹ Nuestro partido político es nuevo. Solo si arrimamos todos el hombro
obtendremos el primer diputado.
我們的政黨是新的。必須齊心協力以肩膀撐住，我們才能得到國會的第一個
席位。

詞彙

arrimar 支撐；hombro 肩膀；diputado 在國會、內閣或立法院的席位

¿Quién se encarga de esto?

這件事誰來負責？

▶ 筆記

　　這句話是用在一個團體或家庭在分配工作時間的。這裡用動詞 encargarse de
... 指的是負責某項工作，有時是自願提出要負責並執行；有時候是服從長上，
被指派工作。接受指派工作可以說 recibir un encargo。

／ 例句 ＼

❶ Como este asunto es difícil y lo he hecho otras veces, pues ya me encargo
yo de eso.　　既然這項工作很困難，而我曾做過很多次，那就讓我來負責吧。

❷ A: ¿Quién se encarga de esto?　誰來負責這件事？

　 B: Pues, por ejemplo, eso lo haces tú y esto lo hago yo.
　 這樣吧，這個部分你來做，另一個部份我來。

❸ A: ¿Quién ha encargado esto?　這項工作是誰指派的？

　 B: El jefe, y lo quiere para mañana.　是老闆，而且他要求明天之前完成。

詞 彙

encargarse de... 負責……；encargo 負責的工作

En mi opinión, convendría...

在我看來，比較好的 [作法] 是……

▶ 筆記

　　在工作場合較為文明的爭執，例如教授之間的辯論，往往會使用文法上條件
式句法（condicionales）或是非人稱句法（formas impersonales），目的是不要
顯得太過武斷，也可以避免衝突（enfrentamientos）。

❶ En mi opinión, convendría retrasar la decisión hasta que conozcamos el nuevo IPC❶.

在我看來，比較好的做法是等到我們知道新的消費者物價指數再做決定。

❷ A mí me parece que sería mejor justificar un poco más el presupuesto, si es que queremos que nos den algo.

在我看來，最好提案再多加強說明，如果我們希望得到任何補助的話。

❸ Yo creo que sería mejor esperar a tener el dinero antes de proceder a los gastos.

我覺得在支出之前，先等進帳會比較好。

詞彙

opinión 意見；enfrentamientos 衝突；discusiones 爭執、辯論；civilizado 文明的；condicional 條件式（指文法）；impersonal 非人稱（指文法）；justificar 說明以對方信服；presupuesto 提案；gastos 花費、支出

284

No te escaquees.
你不要逃避工作。

▶ 筆記

　　動詞 escaquearse 指的是躲起來或是找藉口來逃避工作。這句用語原先是使用在軍隊裡的士兵，但是現在沿用在老百姓的生活中。逃避工作的人是 escaqueador，這樣的人不認真工作，可能還假裝在辦公室外面有事情要忙，其實沒在做什麼。

---

❶ IPC 指的是 Indice de Precios al Consumidor，也就是消費者物價指數。

❶ A: ¿Dónde está Pedro?

貝德羅在哪裡？

B: Hace rato que no lo veo. Debe de estar por ahí fuera escaqueándose, mirando su móvil.

好一會沒看到他了。他大概在外面滑手機，逃避工作吧。

❷ Hay gente muy voluntariosa, pero, a la hora de la verdad, cuando se le necesita, se escaquea.

有的人看起來很會自告奮勇，但是在真的需要他的時候，他就逃避工作。（a la hora de la verdad 在這裡指的是真的需要的時候）

詞彙

escaquearse 躲起來、逃避工作；escaqueador 逃避工作的人；voluntariosa 自告奮勇的、自願的

285

Cuenta conmigo.

你可以算我一份。／你可以把我算進來。

▶ 筆記

　　這句話的意思是「我可以幫助你」。動詞 contar 意思是把一個人「算」在合作者（colaboradores）的行列之中；例如："Además de los cuatro que van a ayudarte, puedes incluirme también, o sea, que puedes contar con cinco."（除了四位會幫助你的人之外，你也可以算我一份，也就是說，你可以算五個人。）

例句

❶ A: Esta es una misión de alto riesgo. ¿Con quién puedo contar? Los voluntarios que den un paso al frente.

這是高危險的任務。誰可以參加？自願的人請往前站一步。

B: ¡Mi capitán, puede contar conmigo!

長官，您可以把我算進來！

❷ A: ¿Puedo contar contigo para esta pequeña traducción?

我可以請你幫忙翻譯這個小文件嗎？

B: Siempre me pregunta a mí. Por favor, busque a otro alumno. Ahora es la época de exámenes y no tengo mucho tiempo.

你每次都問我。拜託找其他學生幫忙。現在考試期間我沒有很多時間。

❸ A: Hola, Juana, no encuentro a nadie que me traduzca esto. ¿Podrías hacerlo tú?

嗨，璜娜，我找不到人幫忙翻譯。你可以幫我嗎？

B: Sí, claro, puede contar conmigo. ¿Para cuándo lo quiere?

當然可以，我可以幫忙。你什麼時候要？

詞彙

colaboradores 合作者；incluir 包括、納入；voluntario 自願；paso 步；frente 前面

286

Ahora la pelota está en tu tejado.
現在球在你的屋頂上。（現在輪到你了。）

▶ 筆記

　　雙方一起合作完成的任務，例如文件的交換（intercambio de documentos），有時候會卡（se atasca）在某個辦公室（在其「屋頂上」），必須等到解決了（resuelva），才能繼續下一步。另外一句類似意思的用語是 "La pelota está en tu cancha / en tu lado."，也可以指兩個單位（dos unidades）合作，好比是在網球（tenis）比賽時，球一來一往的樣子。

❶ A: La pelota está en tu tejado, estoy esperándola.

現在球在你的屋頂上，我在等著。

B: Ten pacencia. Mañana tendré listos los documentos (= "la pelota") y te los devolveré para que los firmes.

請耐心等候。明天我就會把文件（球）準備好，到時候會給你請你簽名。

❷ A: Te envío los materiales (= "la pelota") para que los examines. Ahora es tu turno.

我寄給你資料（球）請你檢視。現在輪到你了。

B: Sí, ahora me toca a mí examinarlos. Espero devolvértelos en dos días.

好的，現在輪到我檢查這些資料了。我應該兩天後可以給你。

詞彙

pelota 球；intercambio 交換；atascar 卡住；resolver 解決；unidad 單位；cancha 場子、球場；tenis 網球；turno 輪 [到某人]；tocar 碰觸、輪 [到某人]；examinar 檢查、審視

287

No me cunde el tiempo.
我沒能好好利用時間 [完成工作]。

▶ 筆記

也可以說 "No logro acabar nada."（我什麼都沒完成）。這句話是在覺得沮喪或無奈的情況下說的。一個人做很多事情，但是卻沒辦法完成其中任何一項工作，可能是因為不專心、缺乏組織力或是懶散（pereza）。也就是說，有工作的感覺（sensación），但是卻沒辦法達成具體的目標（metas）。

❶ No sé qué me pasa, llevo con esto tres horas, pero no me cunde el tiempo.
我不知道我是怎麼了，花了三個小時，還是沒辦法完成該做的事。

❷ No sé cómo organizarme para que me cunda el tiempo.
我不知道該如何規劃，好好利用時間。

❸ Con internet al lado no hay manera de que me cunda el tiempo.
手邊就可以上網，我真的沒辦法好好利用時間。

❹ Se pasa horas en la oficina, pero no sé qué hace, porque no le cunde el tiempo.
他在辦公室好幾個小時了，可是不知道他在做什麼，因為他沒完成什麼工作。

詞彙

cundir 延展（在這裡是利用時間的意思，讓時間延展以發生效用）；lograr 完成、達成；pereza 懶惰、懶散；sensación 感覺；metas 目標

288

Siempre lo dejas todo para el último momento. 你總是拖到最後一刻[才完成]。

▶ **筆記**

　　有時候合作關係會讓人厭惡，因為某位成員總是等到最後一分鐘才完成任務，可能是因為懶散，也可能是攬了太多事情而做不來。以下為相關例句。

例句

❶ Tienes que seguir el refrán de "No dejes para mañana lo que puedas hacer hoy".
你必須遵循俗語所說的：「今天可以做完的事，不要拖到明天。」

❷ No me extraña que dejes todo para el último momento. Haces demasiadas cosas.

你所有事情都等到最後一刻鐘才完成，我並不驚訝。你做太多事情了。

❸ Tú siempre igual. Lo dejas todo para el último momento. Así las cosas no se acaban bien.

你每次都這樣，事情總是留到最後一刻才做。這樣子事情沒辦法好好完成。

❹ Siempre buscas excusas para posponer las cosas.

你總是找藉口拖延事情。

詞彙

refrán 俗語、俚語；excusas 藉口；posponer 拖延

289

Reenvía este mensaje al grupo.

轉寄這個訊息到群組。

▶ **筆記**

轉寄訊息有時候因為動作太快，可能會轉錯人。

例句

❶ A: ¿Reenviaste el mensaje?

你有轉寄訊息了嗎？

❷ B: Sí, lo hice, pero [me equivoqué y] en vez de enviárselo al jefe, se lo envié a los acreedores. Espero que no pase nada serio.

我已經轉了，但是我[搞錯了]沒有轉給老闆，反而是轉給了債權人。希望不會有嚴重的問題。

❸ Discutir algunas cosas por e-mail es peligroso porque falta la gesticulación y el tono de las conversaciones frente a frente, por eso a veces se crean muchos malentendidos serios.

有些事情透過 e-mail 來討論或辯論是危險的，因為不像面對面可以看到手勢以及聽到說話的語氣，也因此容易產生許多嚴重的誤會。

MP3

254   PARTE 2 常用片語

reenviar 轉寄；mensaje 訊息；acreedores 債權人；gesticulación 手勢；tono 語氣、語調；frente a frente 面對面；malentendidos 誤會

290

Nunca responde los mensajes.
他從來不回訊息。

▶ **筆記**

不回覆個人訊息當然是不好的，但是有時候因為各種理由，最好不回覆、或是晚一點回覆。

例句

❶ Nunca responde los mensajes porque recibe demasiados, por eso tiene otra cuenta de e-mail que pocos conocen, para los mensajes verdaderamente importantes.
他因為收到太多訊息，所以從來不回覆。因此他有另一個 e-mail 帳號，很少人知道，只收真正重要的訊息。

❷ Hay gente obsesionada con enviar mensajes, que a veces podrían catalogarse de acoso (bullying), pero por respeto a esas personas, los respondemos.
有的人會瘋狂傳訊息，有時候甚至可能被歸類為近似於霸凌的行為，可是我們為了尊重對方，還是會回覆。

❸ Un modo de evitar ciertos mensajes es bloquear al que lo envía.
一種避免收到某些訊息的方式，就是封鎖寄訊息的人。

詞彙

obsesionado 執著於、瘋狂於 [做某件事情]；catalogar 歸類；acoso 霸凌；bloquear 封鎖

Así no vamos a ninguna parte.

這樣子我們哪裡也去不了。／我們這樣子會一事無成。

▶ **筆記**

這句話表達的是 "Eso no puede funcionar bien."（這樣子行不通的）。意思是承認目前事情進行的方向不對，必須要修正，因為前面所做的都只是浪費時間。

例句

❶ Llevamos tiempo instalados en el error y así no vamos a ninguna parte.
已經好一段時間我們都將精力投注在這個錯誤上，這樣我們會一事無成。

❷ Esto es más de lo mismo y hasta ahora no ha funcionado. Así no vamos a ningún sitio.
到現在為止事情只是和以前一樣，都沒有進展。這樣下去我們什麼都完成不了。

詞彙

Instalado 投注、安裝

¡Me pongo las pilas!

我裝上電池了！（我現在要開始努力了！）

▶ **筆記**

這句話的意思是："Me pongo finalmete a hacer eso que me cuesta."（我終於要開始做這件讓我費力的事情。）這句有趣的用語是將自己形容為需要裝電池的玩具（juguete），好像已經很久沒有裝電池了，一旦裝了電池，就非常有活力（energía）。

❶ Venga, ponte las pilas de una vez y empieza a resolver este problema.

來吧，你這次總得裝上電池，開始解決問題。

❷ Llevo retrasando este informe demasiado tiempo. Venga, me pongo las pilas y lo acabo.

這份報告我已經拖太久時間了。好吧，我裝上電池把它完成。

❸ Nos dice que no hemos hecho nada. Hay que admitir que lleva razón, hay que ponerse las pilas ya.

他說我們什麼都沒做。我們得承認他說得對，我們得裝上電池了。

詞彙

pilas 電池；costar 花費、耗費；juguete 玩具；energía 能量、活力；resolver 解決；retrasar 延遲、拖延；admitir 承認

293

Esto no hay quien lo arregle.

這件事沒有人能處理。

▶**筆記**

　這是一句悲觀的話，意思是這個問題無法解決（insoluble）。以下是表達類似意思的其他例句。

例句

❶ Este dinero es insuficiente. Con eso no podemos hacer nada.

這些錢是不夠的。這樣我們什麼也做不了。

❷ Si seguimos así, acabaremos mal.

如果我們這樣下去，結果不會好的。

❸ Estamos yendo de mal en peor.

我們從「不好」走到「更不好」。

❹ Esto cada vez está peor.

這事情越來越糟。

Insoluble 無法解決的；insuficiente 不足的

El cliente siempre tiene razón.

顧客永遠是對的。

▶ **筆記**

　　這句話的意思是要從消費者（consumidor）的觀點（perspectiva）來分析問題。有時候店家（negocio）的生意做得不好，是因為只有從販售者（vendedor）的角度來看事情，而不是從客戶的角度。或許有時候顧客是沒有道理的（no tiene razón），但還是要禮讓顧客，或是至少要對顧客表達善意（amabilidad），這樣顧客才會回來。

例句

A: Hay clientes muy exigentes. Siempre buscan defectos en las cosas.

有的顧客非常嚴苛，總是找出東西的缺點。

B: El cliente siempre tiene razón. Ponte en su lugar y le comprenderás.

顧客永遠是對的。站在他的立場，你就會了解。

perspectiva 觀點；consumidor 消費者；negocios 店家、生意；vendedor 販售者；cliente 客戶、顧客；exigente 嚴苛；razón 道理；amabilidad 友善、善意；defectos 缺點

No me suena. 我沒印象。/ 我沒聽過。

▶筆記

　　這句話可以指某件事物，但是通常是用在指某個人，也就是我們對某個人覺得不熟悉、沒聽過，如同對我們沒有發出任何聲響、對我們產生不了反應（reacción）。Suena 是來自動詞 sonar，意思是發出聲響，名詞為 sonido（聲音）。

例句

❶ A: ¿Conoces a esta persona?
你認識這個人嗎？
B: Pues la verdad es que no. No me suena de nada.
其實我是不認識。我完全沒聽過他。

❷ A: ¿Has oído hablar de Bienvenido Sanmartín?
你有聽說過畢恩貝尼多‧聖馬爾丁嗎？
B: Ese nombre me suena, pero ahora no lo asocio a ninguna persona en concreto.
我好像聽過這個名字，可是我現在想不起來他到底是誰。

詞彙

reacción 反應；sonar 發出聲響；sonido 聲音；asociar 聯想；concreto 確切

¡Siempre me echa la culpa!
我總是被怪罪是我的錯！

▶筆記

　　這句話是抱怨明明是別人造成（causar）的問題，卻總是背黑鍋。

例句

❶ Si yo no he sido. ¿por qué me echa la culpa?

既然不是我做的，他為什麼怪我？

❷ ¡Ya está otra vez echándome la culpa!　他又再次怪罪我了！

❸ Sí, claro, tú siempre haces todo bien y los demás lo hacemos mal.

是的，沒錯，你總是什麼都做對了，別人都做錯了。

詞彙

echar 丟；culpa 罪過；causar 造成

297

Se va a echar a perder.

這過期的話就要丟掉了。／這壞掉的話就該丟掉了。

▶ 筆記

　　意思是說要趕快使用，不然就來不及了。這句話是指有期限的東西，必須要在期限内使用完畢，不然就要丟掉了（echar a perder「丟掉」等於是 se tiran a la basura「丟到垃圾桶」的意思）。也可以指沒有吃完的食物。

例句

❶ Si estas vacunas no se ponen antes del 31 de agosto, habrán expirado y se echarán a perder.

這些疫苗如果 8 月 31 日前不施打的話就會過期，那就要丟掉了。

❷ Anda, niño, acábate el plato de judías, que si no se van a echar a perder.

孩子，這盤四季豆趕快吃掉，不然的話就要丟掉了。

❸ Este año no hubo suficientes jornaleros para recoger la cosecha y mucha fruta se echó a perder.

今年沒有足夠的人力來協助採收，所以很多水果會壞掉就損失了。

MP3

vacuna 疫苗；expirar 過期；echar a perder 丟掉、損失；judías 四季豆；
jornalero 在農田工作的零工（例如採收工人）；cosecha 收成；fruta 水果；
basura 垃圾、垃圾桶

298

Vamos a intentarlo otra vez. 我們再試一次。

▶ 筆記

這句話是說在實驗（experimento）或是計劃完成某件事情的時候，常需
要持續嘗試。在過程中，必須展現奮鬥（lucha）的精神，以對抗低靡或灰心
（desánimo）的情緒。

例句

❶ No nos desanimemos y vamos a intentarlo otra vez, ajustando algunas
cosas.
我們不要氣餒，讓我們再嘗試一次，再修正一些地方就是了。

❷ Si aquí no hemos tenido éxito, vamos a probar en otro sitio.
如果我們在這裡沒能成功，我們到別的地方再試一次。

❸ Esto no se consigue al primer intento, hace falta equivocarse y aprender
del error.
這件事情不是第一次嘗試就會成功的，必須犯錯並從錯中學習。

詞彙

intentar 嘗試；experimento 實驗；intento 意圖、計劃完成的事情；lucha 奮鬥、
戰鬥；desánimo 灰心、氣餒；equivocarse 犯錯、搞錯；aprender 學習

Lo intentaré.

我會試試看的。

▶ 筆記

　　這句話和上一句的意思不同，這句其實意思是：「我很懶，但是我會盡量試試看的。」（上一句的情況是，說話的人已經持續努力了，但尚未達到目標。）而說這句話的人，透露出（trasluce）的是欠缺承諾（compromiso），或是一種柔和（suave）的方式來說不，而不得罪（ofender）要求他做某件事的對方。

例句

❶ No me va bien, pero lo intentaré.　對我來說不方便，但是我會試試看。
❷ Dijo que lo intentaría, pero, de hecho, no ha venido.
　　他說他會盡量來，但是，事實上他沒來。
❸ A: A ver si mañana llegas puntual.　看看明天你會不會準時到。
　　B: Lo intentaré, pero no prometo nada.　我會盡量，但是我不能保證。

詞彙

traslucir 閃光、透露出；compromiso 承諾；suave 柔和的、溫和的；ofender 得罪、冒犯；puntual 準時；prometer 保證、承諾

Lo haré lo mejor que pueda.

我會盡量做到最好。

▶ 筆記

　　我會盡全力做到。這句話看起來和前一句 "Lo intentaré." 好像類似，但是說這句話的人，是真心會盡所有力量把事情做好。另外，也可以說 "Intentaré hacerlo lo mejor posible."（我會試著把事情做到最好）。

MP3

❶ A: Pues nada, ya te lo he explicado, ya sabes cómo hacerlo.

就這樣，我已經向你解釋過了，你知道怎麼做了。

B: Descuida, lo haré lo mejor que pueda.

別擔心，我會盡全力把事情做好。

❷ A: ¿Cómo ves tu carrera de 100 metros lisos?

你覺得你這場 100 公尺短跑賽事如何？

B: Yo saldré a ganar y, como siempre, intentaré hacerlo lo mejor posible.

我開跑就是要贏，而且，我一向都會盡全力而為的。

詞彙

major 更好、最好；esfuerzo 力氣、力量；descuidar 不在意；carrera 賽跑、公路、職涯；ganar 贏

規劃 / 計劃 Planificando

301

¿Por dónde empezamos?

我們要從哪裡開始？

▶ **筆記**

開始執行某項計劃時，最重要的是有明確的目標，這樣工作的過程才會順利。

例句

❶ A: No sé por dónde empezar. ¿Qué piensas?

我不知道該從哪裡開始。你覺得呢？

B: Empezamos definiendo objetivos y repartiendo encargos.

我們可以從訂定明確目標以及分配工作開始。

❷ A: Ya tenemos una idea clara de lo que queremos. ¿Por dónde empezamos?

我們已經很清楚所要的是什麼。那從哪裡開始呢？

B: Yo empezaría por definir bien la conclusión [aunque luego tengamos que cambiarla], eso nos ayudará a escribir el contenido.

我覺得可以從定義結論開始 [即使之後我們會改變結論]，這樣可以幫助我們撰寫內容。

詞彙

empezar 開始；definir 定義；conclusión 結論；contenido 內容

MP3

Esto tiene muy buena pinta.

這件事看來很有展望。／這看起來很棒。

▶ 筆記

　　這裡 pinta 指的是外表（apariencia），也就是說對於某件事物快速而膚淺（superficial）的評斷，覺得有很正面的感覺（sensaciones positivas）。

例句

❶ A: Parece que lo que hemos hecho funciona y funciona muy bien.
看起來我們所做的行得通，而且很成功。

　　B: Sí, esto tiene buena pinta. Espero que todo siga igual.
是的，這看起來很有展望。希望能持續下去。

❷ ¡Qué buena pinta tiene esta paella! Con el hambre que tengo no va a durar ni cinco minutos.
這海鮮飯看起來好好吃！我這麼餓，不到五分鐘就會吃光光了。

❸ El negocio pinta muy bien. Si seguimos así nos vamos a forrar❶.
這生意很有展望。如果我們持續下去，一定會賺很多錢。

詞彙

superficial 膚淺；sensaciones 感覺；pinta 畫、描繪；durar 持續、維持；forrarse 包覆、裹起來；coloquial 口語

---

❶ Forrar 指的是「包覆」，例如包書。在口語裡，forrar 可以指賺很多錢，好像可以用鈔票把自己包裹起來一樣。

Esto no conduce a nada.

這樣做哪裡也到不了。／什麼也無法完成。

▶ **筆記**

說這句話時，就是承認自己走的路是錯的。

例句

❶ A: Creo que hemos empezado equivocadamente.
我認為我們一開始就做錯了。

B: Sí, eso pienso yo también. Hay que evaluar todo lo hecho hasta ahora.
的確是，我也這麼覺得。我們必須要衡量一下目前所做的一切。

❷ A: Esto no me inspira mucha confianza.
這件事沒辦法讓我覺得有信心。

B: Correcto. Esto no nos lleva a ningún sitio. Mejor lo dejamos.
你說的是。我們這樣哪裡也到不了。最好是放棄吧。

詞彙

conducir 通往、駛往；nada 什麼也沒有；equivocarse 錯了；inspirar 激發〔靈感〕；confianza 信心；sitio 地方；dejarlo 放棄、放下

Ahora no tengo tiempo.

我現在沒有時間。

▶ **筆記**

這句用語是表達沒辦法完成某件事的藉口，可能有道理也可能沒道理。

MP3

❶ A: ¿Quedamos un día para hacer deporte?

我們約一天一起運動嗎？

B: Ahora no tengo tiempo. Quizás más adelante.

我現在沒時間。再過一陣子吧。

❷ A: ¿Cuándo quieres que te visite para intercambiar opiniones?

你希望什麼時候我過來拜訪你交換意見？

B: Estoy muy ocupado. Últimamente no tengo tiempo para nada.

我很忙。最近我什麼事情都沒時間做。

詞彙

adelante 往前 [指空間]、再過一段時間；intercambiar 交換；ocupado 忙

305

¿Progresa la cosa? 事情有進展嗎？

▶ **筆記**

這裡 "cosa" 指的是正在進行中的工作。

例句

❶ A: ¿Has progresado con la lectura del libro?

你最近讀這本書有進度嗎？

B: Solo un poco. Hoy he estado con reuniones, entrevistando a candidatos para el trabajo. 只有一點點。今天整天在開會，還有面試應徵者。

❷ A: ¿Qué tal lo que llevas entre manos? ¿Va progresando?

你手上的事情做得如何？有進展嗎？

B: Es más complicado de lo que pensaba y por eso me lleva mucho tiempo.

這件事比我之前所想的複雜許多，因此要花我很多時間。

詞彙

progresar 進展、進步；lectura 閱讀；candidatos 候選人；complicado 複雜

Olvídalo. 算了吧、忘了這件事吧。

▶ **筆記**

這句話指某件事我們不想再繼續進行了。

例句

❶ No le des más vueltas y olvídalo.
你不要再多想了，這件事就把它忘了吧。

❷ ¿Aún sigues pensando en eso? Mejor, olvídalo ya.
你還在想這件事情？最好忘了它吧。

❸ Y con esto zanjo este asunto.
這件事情的討論就到此為止。（這句話通常是有權力 (autoridad) 者講的話，在提出自己的意見之後，就決定這個問題就這樣，不用再討論或爭辯了。）

詞彙

zanjar 丟棄、解決；autoridad 權力

No lo haré, a no ser que me lo pida personalmente.
除非他親自拜託我，不然我不會做的。

▶ **筆記**

片語 "a no ser que" 是「除非」的意思，類似於英文的 unless。

例句

❶ No pienso ir a la presentación de su proyecto, a no ser que me invite personalmente.
我不想參加他的專案發表會，除非他親自邀請我。

❷ Seguiremos teniendo problemas de fabricación, a no ser que mejoren las redes de abastecimiento.

我們在製造方面持續會有問題，除非供應鏈有所改善。

❸ A no ser que ocurra algo favorable e inesperado, tendremos que cerrar el negocio.

除非有出其不意而有利的情況發生，不然我們就必須結束營業。

詞彙

red 網絡；abastecimiento 供應；ocurrir 發生

308

Lo que habría que hacer es…　現在必須做的是……

▶ **筆記**

　　這句話是用來提出建議（sugerencia），因為使用動詞條件式（condicional，也就是動詞 haber 變化為 habría），語氣比較不會咄咄逼人（contundente），也就是說比較友善。

例句

❶ Lo que habría que hacer es contratar a un consultor con experiencia.

現在必須做的是聘一位有經驗的顧問。

❷ Nuestro negocio ya ha rebasado el ámbito nacional y empezamos a tener pedidos de todo el mundo. Lo que habría que hacer ahora es abrir una representación en Europa y otra en los EEUU.

我們的生意已經掌握了全國市場，並且開始收到全世界來的訂單。現在必須做的是在歐洲以及美國設點。

詞彙

sugerencia 建議；contundente 咄咄逼人、令人受不了的；consultor 顧問；pedidos 訂單；representación 代表處、代理商

No le puedes decir que no. 你沒辦法對他說不。

▶ 筆記

負負得正，也就是說，這句話的意思是「你必須答應他」、接受他提出的提案（propuesta）。

例句

❶ Es una persona que me ha ayudado mucho y ahora me pide que le ayude en los cálculos de la estructura de un puente. Aunque me va mal, no puedo decirle que no.
他過去對我的幫助很多，現在他請我幫他計算一座橋梁的結構。雖然對我來說不方便，但是我沒辦法拒絕他。

❷ El hijo de tu jefe te invita a su boda. Ya sé que no te apetece ir, pero tampoco puedes negarte.
你老闆的兒子邀請你參加他的婚禮。我知道你不想去，但你不能回絕他。

詞彙

propuesta 提案；apetecer 歡喜、想要 [做某件事]；negarse 拒絕、回絕

Esto me da mucha presión. 這給我很大壓力。

▶ 筆記

在有階級上下之分的工作（trabajos jerarquizados）裡，常會感受到壓力；而需要與人群接觸或站在台前的工作，例如歌星、教授、醫師等，也可能會帶來壓力。

❶ El jefe siempre pide acabar las cosas en un corto plazo. Me da mucha presión. Creo que voy a enfermar.

老闆總是要求在很短的期限內完成工作。這給我很大的壓力。我覺得我會生病。

❷ A: Los plazos me dan (=me meten) mucha presión.

截止期限給我很大的壓力。

B: A mí también, pero lo cierto es que ayudan a acabar las cosas.

我也是，不過一但完成工作必然會好很多。

❸ A: Odio trabajar con tanta presión.

我很討厭在壓力下工作。

B: Pues aunque parezca extraño, hay gente del mundo de la empresa a la que le gusta trabajar con presión.

雖然聽起來很怪，但是職場上有些人就是喜歡在壓力下工作。

詞彙

jerarquía 階級；plazo 期限；odiar 討厭；empresa 公司、職場

311

¡La que se nos viene encima!

接下來我們可就慘了！

▶筆記

意即「接下來有麻煩在等著我們」。這句話的意思是某件事情做不好，接下來就會發生麻煩或是被責備，就好像在野外走路的時候，突然看到天空烏雲密布（oscurecer），但是完全沒有地方可以躲雨（resguardarse de la lluvia），眼看著幾分鐘之內就會下大雨了。這「大雨」就是比喻（metáfora）接下來可能受到的責備或爭吵（bronca）。

❶ He suspendido casi todo y mis padres me han dicho que quieren verme. ¡Madre mía, la que se me viene encima!

我幾乎每一科都當掉了，然後我父母說要來看我。我的媽啊，接下來我可慘了！

❷ He estrellado el coche de la empresa por mi culpa. ¡La que se me viene encima!

我把公司的車撞壞了，而且是我的錯。接下來我可慘了！

❸ He roto la puerta de cristal jugando al fútbol en la calle. ¡La que me va a caer!

我在街上踢足球的時候，踢破了一個玻璃門。這下我可慘了！（"La que me va a caer" 是同樣的意思）

詞彙

oscurecer 天色變暗；resguardarse 躲避、遮蔽；lluvia 雨；metáfora 譬喻；bronca 爭吵；encima 除此之外、加上；estrellarse 撞壞；cristal 玻璃

312

No busques tres pies al gato.
不要把貓說成只有三隻腳。

▶ **筆記**

　　這句話的意思是不要把不合理（injustificable）的事情講成合理的，硬把黑的說成白的、指鹿為馬。有時候我們對於某個人或某件事有偏見或是持反對的意見，這時候我們可能為了捍衛自己的立場（postura），而失去了邏輯（lógica），硬要把事情說成自己才是對的。就如同一隻健康的貓（gato sano）明明有四隻腳，沒有畸型（deformación），我們硬要說他只有三隻腳。

❶ Este asunto es más sencillo de lo que piensas. Por favor, no busques tres pies al gato.

這件事情比你想像的單純。拜託你不要把貓說成只有三隻腳。

❷ Si no te ha dado las gracias es porque está cansado o no se ha dado cuenta. No hay conspiraciones, ni explicaciones raras. No busques tres pies al gato.

他沒有向你道謝，可能是他當時累了，或者他疏忽了。沒有陰謀，也沒有奇怪的理由。你不要把貓說成只有三隻腳。

❸ Creo que eres un poco paranoico. En realidad, no te ha hecho nada malo. No busques tres pies al gato.

我覺得你有一點被害妄想。其實他沒有對你做什麼不好的事情。你不要把貓說成只有三隻腳。

詞彙

injustificable 不合理的；postura 立場；lógica 邏輯；sano 健康的；deformación 畸型、扭曲變形；conspiración 陰謀；paranoico 受害妄想的

313

No puede ser. 這不行的。

▶ 筆記

這句話的意思是你所計劃（plantear）做的事情是不能做的，語氣有點重，用於拒絕對方的請求，或是表達對方要做的事情是不合常規（norma）、不合法（ley）的，用非人稱主詞，讓語氣稍微和緩。

例句

❶ A: ¿Qué te parece si dejamos un momento a los niños en casa solos?

你覺得如果我們把小孩子單獨留在家裡一下如何？

B: Pero, ¿qué dices? Estás loco. Lo siento, no puede ser.

你是在說什麼？你瘋了嗎？對不起，絕對不行。

❷ A: Después de dos años juntos, no puedes ahora dejarme e irte con otro chico.

我們在一起兩年了，你不能這樣離開我跟著別的男人走。

B: Lo siento, no puede ser. Me he sentido engañada muchas veces.

對不起，我們之間走不下去了。我已經被欺騙很多次了。

詞彙

plantear 計劃做某件事；norma 常規；ley 法律；loco 瘋狂的；engañar 欺騙

314

Pues, ¿qué quieres que te diga?
你是要我說什麼呢？

▶ 筆記

　這句話的意思是「你一直問我同樣的問題，你已經知道我的想法了」，用來回應一個難以回答的問題。通常是因為說話的人知道對方想聽什麼答案，可是這個答案並不是自己真正的意見。

例句

❶ A: Y ¿qué hacemos con el perro? No podemos llevarlo al viaje.

我們的小狗要怎麼安排呢？這趟旅行沒辦法帶牠啊。

B: Pues, ¿qué quieres que te diga? Ya sabes lo que pienso, yo lo llevaría a un hotel de perros. Allí estará bien atendido. Pero tú dices que es muy caro. Mi hermano ya lo cuidó una vez.

嗯，你是要我說什麼呢？你已經知道我的想法了，我覺得應該把他送到狗旅館。可以得到好的照顧。可是你說太貴。我哥哥上次已經照顧過他了。

❷ A: Esta pintura es mi obra maestra. Voy a pedir por ella dos millones de dólares.

這幅畫是我的傑作。我要賣兩百萬元。

B: Ojalá la vendas por ese precio. Pero, ¿qué quieres que te diga? La verdad, no creo que encuentres comprador a ese precio.

最好是你可以賣到這個價錢。你是要我說什麼呢？說實話，這個價格你找不到買主的。

詞彙

cuidar 照顧；obra maestra 傑作；millón 百萬；ojalá 多希望……、最好是……；comprador 買主、買家

315

Me las arreglaré como pueda.

我來想辦法處理。

▶ **筆記**

這句話的意思是「我會找出解決問題的方法」。這裡用動詞 arreglar 通常是修理的意思，修理壞掉的東西。在這裡則是指處理事情。

例句

❶ A: Lo siento, no puedo ayudarte con tu hipoteca. Ahora también me he quedado sin trabajo.
對不起，我沒辦法幫你付貸款。我現在自己也沒工作。

B: Bueno, no te preocupes y gracias por tu interés. Ya me las arreglaré como pueda.　好的，別擔心，謝謝你的關心。我再來想辦法處理。

❷ A: ¿Y qué harás si en tu viaje a Finlandia te pones enfermo? Tu inglés no es muy bueno.　你到芬蘭旅行如果途中生病怎麼辦？你英文並不是很好。

B: No sé, pero seguro que encontraré la forma de arreglármelas como pueda.　我不知道，但是我相信會想出辦法解決的。

詞彙

arreglárselas 處理、解決；hipoteca 貸款；enfermo 生病的；inglés 英文

Dentro de tres días　三天後

　　這句片語因為 "dentro"（在……裡面）這個字，而會被誤解為「三天內」。其實如果要表達「三天內」（可能是明天、後天或大後天），會說 "dentro de los próximos tres días" 或是 "en los tres próximos días"。

例句

❶ A: ¿Cuándo tendrán acabada la encuadernación de la tesis? (Hoy es lunes).
什麼時候論文可以裝訂好呢？（今天是星期一。）
B: Dentro de tres días.
三天後。（意思是星期四，雖然可能早一點或晚一點。）

❷ A: ¿Cuándo puedo recoger el informe?
我什麼時候可以拿報告？
B: En los tres próximos días, pero después no porque cerramos por vacaciones.
接下來三天內，可是之後就不行了，因為我們休假。

詞彙

próximo 接下來的、最近的；informe 報告；vacaciones 休假、渡假

… a lo tonto, a lo tonto…
……不知不覺中……[時間就過去了]

　　意思是在我們不注意的時候，時間就過去了。字面上 tonto 是「傻」的意思，片語的意思是說，有些事情重複（repetitivo）、持續或慢慢發生，在我們每天

固定例行公事（rutinario）中，像傻子一樣不注意自己在做什麼，直到時間過了，才發現我們有所進展（avance），或是挫敗（fracasar）。也就是說，結果可能是正面的（如例句 1-3），也可能是負面的（如例句 4-6）。

❶ Mira, mira, a lo tonto a lo tonto, ahorrando y ahorrando, ya tengo casi un millón en el banco.
你看，你看，不知不覺中，我慢慢存錢，一轉眼我銀行存款已有將近一百萬了。

❷ Llevamos 15 días en el Camino de Santiago y, a lo tonto a lo tonto, ya hemos hecho la mitad.
我們在聖地牙哥朝聖之路走了十五天，不知不覺中，我們已經走了一半了。

❸ Llevo dos meses con la traducción de este libro y, a lo tonto a lo tonto, ya estoy acabando.
我翻譯這本書已經兩個月了，不知不覺中，我已經快翻完了。

❹ Durante estas vacaciones, a lo tonto a lo tonto, comiendo y durmiendo, he ganado cinco quilos.
在這段假期間，不知不覺中，我不是吃就是睡，已經胖了五公斤了。

❺ Parece que fue ayer cuando estábamos esperando el inicio de curso y, a lo tonto a lo tonto, ya estamos frente a los exámenes parciales. Y aún no he preparado nada.
好像昨天我們才在期待學期開始，不知不覺中，現在已經快期中考了，可是我都還沒準備。

❻ Heredé una buena fortuna y decidí no trabajar más y pasarlo bien. Pero, a lo tonto a lo tonto, después de cinco años me acabo de dar cuenta de que ya no me queda dinero.
我繼承了一大筆財富，因此決定不再工作，只好好享受生活。可是，不知不覺中，五年後我才發現，已經沒剩下錢了。

詞彙

repetitivo 重複的；rutinario 例行公事；tonto 傻、傻子；avance 進展；
fracasar 挫敗；ahorrar 存錢；millón 百萬；mitad 一半；quilo 公斤；
examen 考試；heredar 繼承；fortuna 財富

318

A veces, lo mejor es enemigo de lo bueno.

有時候，「更好」是「好」的敵人。

▶ 筆記

　　這句話的意思並不是說要放棄追求更好的，而是指有時候為了追求更好的，而改變目前進行得很好又符合邏輯的計劃，卻得不到更好的結果，甚至連原來的成果都失去了。

例句

❶ A: En lugar de ir a una clínica para que te vean ese resfriado, es mejor ir a un buen hospital.

你感冒到一家好的醫院看病，會比到診所來得好。

B: Este resfriado no parece serio. La clínica de la esquina ya está bien. Sabes que te digo, que a veces "lo mejor es enemigo de lo bueno".

這次感冒並不嚴重。轉角那家診所就很好了。你知道的，有時候「更好」是「好」的敵人。

❷ A: Pásame las fotos que ya has recogido. Yo me encargo de buscar otras nuevas contactando agencias extranjeras y podremos preparar un libro ilustrado de primera calidad. Déjalo todo en mis manos, ya me encargo yo.

你已經收集到的照片交給我。我負責聯絡國外的機構來找更多新的照片，這樣我們出版的這本書會有頂級的插圖。一切交給我，我來進行。

B: No hay que ser tan perfeccionista. Es imposible encontrar más fotos sobre este tema. Lo que ya he recogido ya forma una buena colección.

沒有必要這麼追求完美。這主題不可能找到更多照片了。我收集到的這些已經可以完成很好的選集了。

詞彙

clínica 診所；esquina 轉角；enemigo 敵人；agencia 機構、代理商；
ilustrado 附插圖的；perfeccionista 完美主義者、追求完美的；colección
合集、選集

MP3

Cuanto más, mejor.
越多越好。

▶ 筆記

　　這裡指的是數量（cantidad）多就好，而不一定品質（calidad）好。這句話完整的說，可能是 "Cuanto más tiempo, mejor."（時間越多越好），或是 "Cuanto más caro, mejor."（價格越貴越好）。端看說話的語境，可能不說出名詞（時間、價格等），根據上下文，對方就會知道意思。

／ 例句

❶ A: ¿Cuánto tiempo vas a estudiar para preparar este examen?
　 你要花多少時間讀書準備這個考試？

　 B: No sé, cuanto más mejor. Cinco, seis, siete horas.
　 不知道，越多越好。五、六、七個小時。

❷ A: Me han dicho que vas a comprarte un nuevo teléfono móvil. ¿Cuánto dinero piensas gastarte?
　 聽說你要買新的手機。你打算花多少錢？

　 B: No sé, pero cuanto más mejor. El que tengo ahora, me está dando muchos problemas y solo hace dos años que lo compré.
　 不知道，但是花越多錢越好。我現在的手機問題很多，而不過是兩年前買的。

詞彙

cantidad 數量；calidad 品質

Es lo que hay. 就只有這個（這些）了。

▶ 筆記

意即我沒有其他的了（No tengo otra cosa.）。這句話的意思是，例如在吃東西或買東西的時候，只能接受對方所提供的選項。

/ 例句 \

❶ A: No me gustan las lentejas. 我不喜歡吃扁豆。

B: Pues, es lo que hay. "Lentejas... si quieres, las tomas y si no, las dejas". (Dicho popular).
就只有這道菜了。「如果喜歡，你就吃；不喜歡，就放著」。（俗語）

❷ A: Querría una talla aún mayor y de color rojo.
我想要這件大一號的、紅色的。

B: Lo siento, esto es lo que hay.
對不起，就只有這一件了。

❸ A: Con este trabajo no creo que gane mucho dinero aquí.
這個工作看起來沒辦法賺很多錢。

B: Pues mire, es lo que hay. (No podemos ofrecerle otra cosa).
但是就只有這個工作了。（我們沒辦法提供其他選項。）

 詞彙

conformarse 接受；lentejas 扁豆；talla 尺寸

PARTE

3

成語、俗語
及諺語

Modismos, dichos y refranes

表達情緒 Expresando emociones

321

Me gustas.

我喜歡你。

▶ **筆記**

　　這句 "Me gustas." 還沒有到表白（declaración）愛意的程度，如果表達愛意，可以說 "Te quiero." 或是 "Te amo." 都是「我愛你」的意思。另外同樣表達「我喜歡你」，但比 "Me gustas." 不那麼強烈的用語是 "Me caes bien."（我對你印象很好、我喜歡和你相處）。

例句

❶ A: No sé cómo decírtelo, pero… me gustas.
　　我不知道該怎麼告訴你，可是……我喜歡你。

❷ B: Pues tú a mí también.
　　我也喜歡你。

❸ A: ¿Te gusta esa chica?
　　你喜歡那個女孩嗎？

❹ B: Hombre, gustarme, gustarme,… digamos que me cae bien.
　　老兄，要說喜歡的話，……應該是說我喜歡和她相處。

詞彙

declaración 表白、宣言；amor 愛；caer bien 喜歡

MP3

¿Qué te pasa?

你怎麼了？

▶ **筆記**

問這個問題，如果對方回答得不情願（de mala gana），或是生氣（con enfado），大概是發生了什麼事情。

例句

❶ A: ¿Qué te pasa? No tienes buena cara.　你怎麼了？你臉色不好。

B: No me pasa nada. ¡Métete en tus cosas! (Probablemente, sí le pasa algo).
我沒事。你管好自己的事情就好了！（大概是發生了什麼事情。）

❷ A: ¿Qué te pasa?, parece que estás enfadado.
你怎麼了？你看起來好像生氣了。

B: ¿Cómo? No me pasa nada. ¿Por qué lo preguntas? ¿Tengo mala cara?
什麼？我沒事啊。你為什麼這麼問？我臉色不好嗎？

❸ A: ¿Qué le pasa a Raimundo? Últimamente está muy huidizo.
賴慕多怎麼了？最近他好像都避開大家。

B: Creo que no le van bien los negocios, y por eso evita hablar con la gente.
我想他大概生意做得不太好，所以他避免和大家說話。

詞彙

de mala gana 不情願、態度不好；enfadado 生氣；huidizo 避開他人；
evitar 避免

¡Déjame en paz!
不要煩我！

▶ 筆記

說這句話是因為對方一直以行動或言語騷擾。一開始我們可能只是以手勢（gestos）來表達，嘗試讓對方知道我們不喜歡（no estar a gusto）他所做的事或說的話。接著就是說這句 "¡Déjame en paz!"，雖然是句強烈的話，但是是可以接受的（aceptable），因為說話者是被害人。

例句

❶ ¡Déjame en paz! No me molestes.　不要煩我！不要騷擾我。
❷ ¡Basta ya! Déjame tranquilo.　夠了！不要煩我。
❸ ¡Ya está bien! Me estás hartando.　好了！我受不了了。

詞彙

estar a gusto 喜歡 [某件事情]；gestos 手勢；aceptable 可接受的；
tranquilo 安靜；hartarse 受不了

No me des la paliza.
你不要再嘮叨我了。

▶ 筆記

這句話可能對認識的人、甚至親人所說，原因是對方一直重複堅持要我們做一件我們已經表達不願意做的事。"La paliza" 原意是用棍子打人，而這裡指的是使用言語來「打人」。

❶ Ya está bien, no me des más la paliza. ¡Qué rollo (conversación larga e indeseable) tienes!

好了，你不要再教訓我了。你很嘮叨！（rollo 在這裡指的是説很多對方不想聽的話）

❷ Eres un palizas. Siempre con lo mismo.

你好嘮叨，一直講同樣的話。

❸ ¿Por qué no te callas de una vez?

你為什麼不安靜一下？

❹ ¿Otra vez [vienes] con eso? ¡Anda, olvídalo ya!

你又在講這件事情？你好了吧，忘了這件事吧。

❺ ¿Por qué no cambias de tema?

你為什麼不換個話題説？

詞彙

paliza 用棍子打；insistir 堅持；callarse 安靜、不説話；olvidar 忘記；rollo 一團、一捲、很長的廢話；indeseable 不受歡迎的

325

¡Vete a hacer gárgaras!
你去漱口！（你不要再説了！）

▶ **筆記**

　　這句用語和上一句類似，但語氣更嚴重，用在當對方一直用言語（verbalmente）煩我們、或是說一些無意義的話時。（這裡「漱口」是清喉嚨、讓聲音更清楚的意思）。還有類似意思，而語氣更重的話："¡Vete a hacer puñetas!"（你去縫蕾絲袖口好了！）

❶ Oye, mejor [que estar aquí molestándome] vete a hacer gárgaras.
聽著,你最好去漱口 [不要在這裡煩我]。

❷ ¡Anda, vete a hacer puñetas! ¡Qué pesado!
你給我去縫蕾絲袖口好了!煩死了!

詞彙

gárgaras 漱口;verbalmente 言語上;sin sentido 沒意義的;aclarar 清;voz 聲音;puñetas 長袍上的蕾絲袖口、引申為罵人的話

326

¡Vete a la porra!　你滾開!

▶筆記

　　這句話和前面三句類似,但是口氣更重。使用這句話時,可能是對方以行動騷擾我們,可能是言語霸凌(acoso verbal),或是肢體上(físico)的騷擾、或性騷擾(acoso sexual)。當然還有口氣更重的用語,例如 "Vete a la mierda."。說話的語調也可能加重語氣。

例句

❶ Oye, ¡déjame en paz y vete a la porra!
嘿,你滾開,不要煩我!

❷ ¿Por qué no te vas a hacer puñetas?
你為什麼不去縫蕾絲袖口?

❸ No me molestes más.
你不要再騷擾我了。

❹ Lárgate de aquí y no quiero verte más.
你走開,我不想再見到你。

　　　PARTE 3 成語、俗語及諺語

詞彙

porra 長竿；acoso verbal 言語騷擾；acoso físico 肢體騷擾；acoso sexual 性
騷擾；mierda 屎、糞便；largarse 走開

327

Me ha dejado mi novia.

我女朋友把我甩了。

▶ **筆記**

以下類似例句可以用來表達不同程度的分手情況。

例句

❶ Fernando y Margarita han roto. De hecho, hacía tiempo que sus relaciones
no eran buenas.

費南多和瑪格麗特分手了。事實上，他們感情不好已經很久了。

❷ He roto con mi novia. Lo siento por ella, porque quería que siguiéramos
juntos.

我和女朋友分手了。我對她覺得抱歉，因為她還是希望我們能繼續在一起。

❸ Mi novia ya no me habla. No sé que le he hecho. Igual es que hay alguien
más.

我女朋友不和我說話了。我不知道我對她做了什麼。也許出現了第三者。

❹ Su ex habla muy mal de ella. Pero lo hace para justificarse.

她的前任講很多她的壞話。可是他這麼做是為了替自己辯護。

詞彙

romper 打破、分手；relaciones 關係；juntos 一起

¿Será posible?

這怎麼可能？

▶ **筆記**

　　這句用語是在聽到令人不可置信（increíble）、或是令人心碎（desgarradora）的消息時，表達自己的不解與困惑（perplejidad），語氣是十分驚訝的。以下為類似用語。

例句

❶ No me digas.
不會吧。

❷ No me lo puedo creer.
我無法相信。

❸ ¿Quién iba a decirlo?
有誰能料到呢？

❹ ¿Cómo es posible que pasen estas cosas?
怎麼可能會發生這種事情？

詞彙

perplejidad 困惑、不解；increíble 不可置信的；desgarrador 令人心碎的

329

No tengo ganas.　我不想。

▶ **筆記**

　　表達類似意思的用語還有 "no me apetece"（我不想）或是 "el cuerpo no me pide eso"（我的身體不要我這麼做）。和 "no me gusta"（我不喜歡）意思是不同的。

❶ A: ¿Quieres salir a pasear un rato?

你想要出去走一走嗎？

B: Me conviene hacerlo porque he estado todo el día en el ordenador, pero es que ahora no tengo ganas. Estoy cansada.

我應該要這麼做，因為我整天都在打電腦，可是現在我不想。我累了。

❷ Doctor, no sé que me pasa. No tengo fiebre, pero estoy cansado y sin ganas de comer.

醫師，我不知道我怎麼了。我沒有發燒，但是我很累，而且沒有食慾。

詞彙

ganas 意願；rato 一會兒；convenir 對……是好的；ordenador 電腦；fiebre 發燒

330

¡No me da la gana!
我偏不要！

▶ **筆記**

這句話和前面一句不同的地方是，這一句很粗魯（vulgar），是近乎言語暴力的表達方式。意思是不願意合作、不遵從（desobedecer）對方的意見。這句話有叛逆（rebeldía）的意味。

例句

❶ A: Te lo he dicho dos veces. Arregla tu habitación.

我已經告訴你兩次了。房間收拾乾淨。

B: No me da la gana. Me gusta como está.

我偏不要。我喜歡這個樣子。

❷ A: Tienen que salir de la casa que han *okupado*❶. De lo contrario emplearemos la fuerza.

請你們離開你們侵佔的這間房子。如果不離開的話，我們就要以武力強制了。

B: No nos da la gana. La ley nos protege. No les tenemos miedo.

我們偏不要。法律保護我們。你們嚇不了我們的。

詞彙

vulgar 粗魯、粗俗；desobedecer 違背、不遵從；rebeldía 叛逆；*okupar* 侵佔房屋；fuerza 武力、力量；proteger 保護

331

¡Qué divertido! 好好玩！

▶ 筆記

在某個場合覺得「很好玩」，意思就是有一連串的笑聲、歡呼聲以及高昂的情緒（hay una cierta dosis de risas, gritos y emoción）。

例句

❶ Estuve en el cotillón de fin de año en el Ritz y fue muy divertido bailar la conga. Además ví a muchos famosos.

我跨年的時候到麗池酒店參加舞會，在那裡跳康加舞，非常好玩。而且我看到很多名人。

❷ La película se me hizo un poco larga, ¡tres horas!, pero fue una comedia muy divertida. Seguramente volveré a verla.

這部電影我覺得有點長，三個小時！可是是一部很有趣的喜劇。我可能會再看一次。

---

❶ 原本的動詞是 ocupar，如果以 k 取代 c 的話，意思是流浪漢進到某間空屋就侵佔了房子，有些地方的政府是容許這種行為的。

332

Tiene mucho sentido del humor.

他很有幽默感。

▶筆記

　　意思是他開的玩笑都很親切有趣。幽默感可以有許多種，例如："sentido del humor muy fino"（高級的幽默），是好笑、但是也尊重對方的幽默；"sentido del humor inglés"（英國式的幽默），就是冷冷的（flemático）、諷刺式的；"sentido del humor absurdo"（荒謬的幽默），就是無俚頭的（sin sentido）；還有就是差勁的幽默，讓人哭笑不得。

例句

❶ Me encanta el sentido del humor de Luis, es muy fino.

我很喜歡路易斯的幽默感，很優雅。

❷ Pues Juan no tiene el más mínimo sentido del humor. Hay que explicarle los chistes.

胡安一點幽默感也沒有。笑話都要解釋給他聽。

❸ A Verónica los chistes que más gracia le hacen son los absurdos. No para de reírse.

對於薇若妮卡來說，最好笑的是荒謬的笑話。她聽了都笑個不停。

詞彙

humor 幽默；fino 優雅、高級；flemático 冷淡的；absurdo 荒謬的；
sin sentido 無俚頭、沒道理的；chiste 笑話

333

Con la que está cayendo...

[雨]都下這麼大了……（天都快塌下來了……／事情都到這個地步了……）

▶ **筆記**

這句話完整的句子可能是「雨都下得這麼大了，他還想要出門散步」（"Con la lluvia tan fuerte que está cayendo él aún quiere salir a pasear."）。引伸的意思是說，外在的環境已經不容許我們做某些事情。

例句

❶ Con la que está cayendo..., él sigue haciendo bromas pesadas.
事情都到這個地步了，他還繼續講那些冷笑話。

❷ Con la que está cayendo y la situación de la economía, él vive feliz en su burbuja.
事情都到這個地步了，加上經濟情況也不好，他依然開心地活在自己的泡泡裡。

詞彙

caer 掉下來、傾倒下來；bromas pesadas 令人覺得沉重的笑話、冷笑話；
burbuja 泡泡

334

No me tomes el pelo. 你不要取笑我。

▶ **筆記**

片語 "tomar el pelo" 意思是取笑某個人，但是通常是親切的、沒有要冒犯對方的意思（sin voluntad de ofender）。

MP3

❶ Oye, no me tomes el pelo, que no me hace ninguna gracia.
嘿，你不要取笑我了，我覺得一點都不好笑。

❷ A: Roel es muy gracioso, siempre está tomando el pelo a la gente.
羅耶的個性很搞笑，他總是開別人玩笑。

B: Lo malo es que a veces se pasa y la gente se ofende.
不好的是，他有時候太超過了，讓人覺得被冒犯。

詞彙

voluntad 意願；ofender 冒犯；gracioso 好笑、搞笑；pasarse 超過、越界；gracia 有趣

335

Pasarse　超過、越界

▶ **筆記**

　說某個人的言行太超過，可以用 pasarse 這個動詞，意思是說，人的行為有可以容許的範圍，好像有無形的紅線劃出界線，超過的話就是越界、逾矩了（transgredir）。

例句

❶ Sus comentarios son graciosos, a veces irónicos, pero nunca se pasa. Tiene un humor fino.
他對事情的評論很有趣，有時候是諷刺，但是卻不會太超過。他有高級的幽默感。

❷ Cuando da su opinión a veces da por seguro cosas sin pruebas. La verdad es que en esos casos se pasa de listo.
他在發表意見時，有時候沒有求證就認為事情一定是這樣的。老實說他這麼做的時候，是太自作聰明了。

❸ Lo que dijo fue inoportuno, se pasó tres pueblos. ❷

他講的話很不恰當，有如超過三個城鎮那樣太超過了。

❹ A: Lo que ayer dijiste en la reunión fue muy fuerte y, de hecho, innecesario.

Te pasaste bastante.

你昨天在開會的時候說的話太重，事實上是沒必要的。你太超過了。

B: Hombre, bastante, bastante, creo que no. Pero he de reconocer que me pasé un pelín.

老兄，太超過嗎，我覺得沒有吧。可是我承認是有一點點超過。

詞彙

transgredir 逾矩；irónico 諷刺的；inoportuno 不恰當、不合時宜的；
improcedente 不公平、不恰當的；destino 目的地；kilómetros 公里；
innecesario 不必要的；pelín（un pelo pequeño）一點點（原指一小根頭髮）

336

Sí, ya me he dado cuenta.

是的，我注意到了。

▶ **筆記**

　　會說這句話是因為我們看到了某件可能重要或不重要的事情，但不是很明顯的（obvio）。類似的用語還有 "me he fijado..."（我注意到……）。

例句

❶ A: ¿Te has fijado en el corte de pelo que se ha hecho Mario?

你有注意到馬利歐剛剪的髮型嗎？

B: Sí, ya me he dado cuenta. Le hace más joven.

有，我有注意到了。他這樣看起來比較年輕。

---

❷ 這是另一種說法來表達某人說的話不公平、不恰當；就好像開車已經到了目的地還不自知，結果開過頭好多公里之後才發現。

❷ A: Llevas una mancha de aceite en la camisa.

你的襯衫上有油漬。

B: Sí, ya me he dado cuenta. Ha sido en la comida, porque no tenía servilleta. Me la cambiaré al llegar a casa.

有,我有注意到了。是吃午餐時沾到的,因為我沒用餐巾。我回家後再換衣服。

詞彙

obvio 明顯的;mancha 汙漬;camisa 襯衫;servilleta 餐巾

337

Tómatelo a broma.　你就當作那是個笑話吧。

▶ **筆記**

這句話的意思是,面對講話不太可信的人(gente desacreditada),對他所說負面的話,就當作是笑話好了。也就是說,比起因其而哭,不如一笑置之。

例句

❶ A: Otra vez me volvió a criticar delante de todos.

他又在別人面前批評我了。

B: Tómatelo a broma, es incorregible. Todo el mundo lo conoce muy bien.

你就當他是開玩笑吧,他是沒辦法改正的。大家都知道他是這樣子。

❷ A: Y él, que como sabes nunca acaba su trabajo, me dijo que yo era un chapucero.

說到他,他從來都不把工作做好,然後他居然說我事情都做一半。

B: No le hagas caso y tómate a broma lo que te dice.

你不要理他,就把他說的話當笑話好了。

詞彙

desacreditado 無法讓人信任的;broma 笑話;chapucero 一個事情做一半的人、差不多先生;criticar 批評;incorregible 無法改正的

Tal para cual
物以類聚、臭氣相投

▶ **筆記**

　　這句話用在形容兩個人，用「這個」（tal）和「那個」（cual）來指稱，在面對某個事情時，反應是一樣的，或是兩人有一樣的品味。通常是指兩人喜歡的事情很奇怪，或是不道德的，因此這句用語常用在負面的事情。另外類似的成語是 "Dios los cría y ellos se juntan."（上帝造人，而人物以類聚）。

例句

❶ A: Las bromas de Juanjo son un poco tontas. Solo se las ríe Evaristo.
璜荷所講的笑話都有點愚蠢。只有艾凡里斯多會笑而已。

　 B: Es que son tal para cual.
因為他們兩個品味差不多。

❷ A: Como sabes, Teresa es una mujer fácil y yo un infiel. O sea, que puedes imaginarte lo que pasó.
你也知道德瑞莎是個輕浮的女子，而我也不是專情的人。所以你就可以想像到底發生了什麼事情。

　 B: No me cuentes más. Es que sois tal para cual.
你不用再告訴我更多了。你們兩個就是物以類聚。

詞彙

críar 創造、孕育；infiel 不專情的、不忠實的；imaginar 想像

No te pongas así.

你不要這樣子。

▶ **筆記**

　　意思是「你不要以這種態度來反應（No reacciones de esa manera.）」。用在某人對別人所說的話過度反應（reacción desproporcionada）。他可能失去冷靜（compostura）、生氣，或是以侵略性的話（palabras ofensivas）來回覆，甚至於做出粗魯的動作（gestos groseros），而其實並沒有理由這樣做。

例句

❶ No te pongas así, era solo una broma.
你不要這樣子，那不過是句玩笑話罷了。

❷ No reacciones de esa manera, que no hay (=no es) para tanto.
你不要這樣反應，事情沒那麼嚴重。

詞彙

desproporcionado 過度；compostura 冷靜；ofensivo 侵略性的、會冒犯他人的；grosero 粗魯的

¡Déjate de tonterías!

你不要說傻話了！

▶ **筆記**

　　動詞片語 "dejar de..." 意思是 "parar de..."，就是「停止」做某件事的意思。這句話用在告訴某人，他對於某件事無意義的分析可以停止了，或是不必要再

做出沒有佐證的臆測（conjeturas）。也可以說 "No digas tonterías."。因為這兩句話都很直白，通常用在很熟識的親友，不然可能會惹對方生氣。

例句

A: Pues yo creo que es mejor no vacunarse de coronavirus. Dicen que no sirve para mucho, además es posible que algunas vacunas estén caducadas. Y, ¿quién sabe si llevan un chip para tenerte controlado?

我認為最好不要打冠狀病毒的疫苗。聽說沒什麼用，而且有些疫苗可能已經過期了。再說，誰曉得疫苗裡面是不是帶有晶片，會讓我們受他人控制？

B: ¡Déjate de tonterías y vacúnate ya!

你不要再說傻話了，就趕快打疫苗吧！

詞彙

tonterías 傻話；conjeturas 臆測；vacuna 疫苗；vacunarse 打疫苗；caducado 過期的；controlar [a alguien] 控制 [某人]

公開演說及私下談話
Hablando en público y en privado

341

Voy a presentar el tema de…
我所要報告的題目是……

▶ 筆記

　　有時候學生會將英文的 "I want to introduce…"（我要介紹……）直接翻譯為 "Voy a introducir el tema de…"，其實在西班牙文這樣說是錯誤的，因為動詞 introducir 不是介紹，而是「插入」的意思。另外常見的錯誤是學生說 "Hoy voy a introducir…"，但是學生只是這節課裡報告，或是一學期報告兩次而已，並不是像教授每天上課，所以如果加上 Hoy（今天）這個字，聽起來很刺耳（chirría）。

／ 例句 ＼

❶ Hola, ven, te voy a presentar a mi mejor amiga.❶
嗨，請過來，我向你介紹我最好的朋友。

❷ Introduzca la llave por la cerradura.❷
請在鎖上插入鑰匙。

❸ Introduzca el dinero en este sobre.
請把錢放在這個信封裡。

❹ Los contrabandistas introducen la droga por la frontera, por lugares poco vigilados.
那些走私販經由沒被監控的地方，將毒品帶進邊境。

---

❶ 動詞 presentar 指的是介紹某人讓對方認識、或是向某人介紹某個主題。
❷ 動詞 introducir 是在某處插入、置入某件物品的意思。

presentar 介紹；introducir 插入、置入、帶入；chirriar 發出尖銳的刺耳聲；sobre 信封；contrabandistas 走私販；droga 毒品；frontera 邊境；vigilar 監視、監控

342

Tengo curiosidad por este tema, porque…
我對這個主題很好奇，因為……

▶ **筆記**

經常（frecuente）會聽到學生說 "Estoy curioso sobre…" 這也是因為從英文 "I'm curious about…" 直譯所犯的錯誤。接下來我們看一些有關形容詞 curioso 以及動詞 curiosear 的例句。

例句

❶ Perdone que le moleste. Soy periodista y tengo curiosidad por saber si usted lee los periódicos.
對不起打擾您了。我是記者，我很好奇想知道您是否看報紙。

❷ Es una persona muy rara, siempre está curioseándolo todo y no compra nada.
他這個人很奇怪，總是把所有商品仔細摸過看過，卻什麼也不買。

❸ Por curiosidad, ¿sabes por qué Juan y María están juntos todo el día?
我只是好奇，你知道為什麼胡安和瑪麗亞整天都在一起？

❹ Sí, es una situación muy curiosa, no solo bajan los impuestos, sino que además recaudan más dinero.
是的，這是一個很奇怪的情況，稅金降低了，但是［政府］卻反而收到更多錢。

詞彙

frecuente 經常的；curioso 奇怪的；curiosear 仔細看（商品）、刺探（隱私）；molestar 打擾；impuestos 稅；recaudar 收

Pues resulta que... 是這樣子的……

▶ 筆記

這句話意思近似於 "Sí, voy a explicarte."（是的，我現在解釋給你聽。）因為必要（necesidad）而回答某個複雜的問題（pregunta compleja）時，可以在句首使用這個片語，來加以說明事情的背景（antecedentes）以及來龍去脈。

例句

❶ A: Entonces, ¿cómo conociste a Josefina?
所以，你是怎麼認識荷西菲娜的？
B: Pues resulta que yo acababa de terminar la mili y...
是這樣子的，我剛當完兵的時候……

❷ A: Entonces, ¿cómo es que viniste a vivir a Francia?
所以你怎麼會來住在法國的？
B: Pues resulta que yo tenía una hermana que vivía en París y...
是這樣子的，我有個姐姐住在巴黎……

❸ Pues resulta que ese día me quedé trabajando hasta las 10 de la noche y...
是這樣子的，那一天我工作到晚上十點……

❹ Pues resulta que yo estudié en un colegio de monjas en el que todas éramos chicas y...
是這樣子的，我以前讀的小學是修女辦的學校，全都是女生……

詞彙

necesidad 必要、需要；compleja 複雜；antecedentes 之前發生的事情、事情的背景；mili 軍隊；monjas 修女

Todo irá bien.

一切都會很好的。

▶ 筆記

這句話的意思是不用擔心未來的事情。說這句話的人，可以說是假裝
（aparentar）自己十分肯定未來會發生的事情，例如對旅行的人保證旅途一定
會很好。類似的用語，如果是用在較為複雜的計劃或是實驗，則可以說 "Todo
saldrá bien."，即使心裡明白是無法做這樣的保證的。

例句

❶ Pueden estar tranquilos, es la quinta vez que soy la guía de este viaje. No
puede fallar nada, todo irá bien.
你們可以安心，這是我第五次做這個旅程的嚮導。什麼都不會出錯，一切都
會很好的。

❷ Ya he hablado con los de marketing y me han dicho que ya tienen todo
preparado. No se preocupen, todo saldrá bien.
我已經和行銷部門的同仁談過，他們說一切都準備好了。你們不用擔心，結
果一切都會很好的。

❸ Ciertamente esta operación es peligrosa, pero la hacemos constantemente
sin problemas. Puede estar tranquilo, que todo saldrá bien.
這項手術無疑是有風險的，可是我們經常動這手術，都沒有問題。你可以放
心，結果一切都會很好的。

詞彙

futuro 未來；aparentar 假裝；viajero 旅行的人、乘客；quinta 第五；vez 次；
guía 嚮導、導遊；fallar 出錯；preocuparse 擔心；tranquilo 安靜、放心

Yo pensaba que...

我還以為……

▶ 筆記

　　這句話的意思是之前得到的訊息是錯誤的（Estaba mal informado）。說話的人可能是自己所做的某個行為被批評之後，將自己的行為合理化，辯稱是因為之前得到的訊息錯誤或不完整。另外有類似意思的用語包括 "Yo creía que..."（我還以為……）、"Me habían dicho que..."（他們之前告訴我……）、"Yo tenía entendido que..."（我之前的認知是……）、"Estaba convencido de que..."（我之前以為……）等等。

／ 例句 ＼

❶ A: ¿Por qué no viniste al examen?
　　你為什麼沒有來考試？
　　B: Lo siento, yo pensaba que era la semana próxima.
　　對不起，我以為考試是下星期。

❷ A: ¿Es que no ve que esta calle es de una sola dirección?
　　你是沒有看到這條路是單行道嗎？
　　B: ¡Qué raro! Estaba convencido de que era de doble dirección.
　　好奇怪！我記得這條路是雙向道啊。

❸ A: ¿No has traído dinero para pagar la entrada?
　　你沒帶錢付門票嗎？
　　B: Me habían dicho que era gratis.
　　他們告訴我說是免費的。

詞彙

informado 被告知訊息；próximo 下一個；dirección 方向；raro 奇怪

¿Podrías hablar más alto?
你可以說大聲一點嗎？

▶ 筆記

　　"Alto" 是「高」的意思，在這裡指大聲。有時在報告的時候，教授會給學生基本的指導或指示（instrucciones），但是學生可能因為緊張（nervioso）而沒有注意到教授的指示。

／ 例句 ＼

❶ Por favor, habla más alto que no se te oye bien.
　請你講大聲一點，不然聽不清楚你說什麼。

❷ Coge el micrófono, que te oiremos mejor.
　請拿麥克風，這樣我們可以聽得比較清楚。

❸ No hables tan deprisa y vocaliza un poco más.
　不要說那麼快，但是可以說大聲一點。

詞彙

instrucciones 指示、指導；nervioso 緊張；micrófono 麥克風；deprisa 快；vocalizar 大聲說

La imagen está congelada.　畫面定格了。

▶ 筆記

　　在視訊會議的時候，如果網路連線不穩定，可能對話就會被打斷，甚至畫面也停格。因此要提醒說話的人，讓他知道畫面不動了。使用 "congelada" 這個字是比喻用法（uso analógico），原意是指「結凍」，例如水結凍了，或是冷凍食品（comida congelada），在這裡是定格的意思。

❶ Tu imagen está congelada y además se te oye entrecortado. Cambia de sitio, a ver si mejora.

你的畫面定格了，而且聲音斷斷續續。你換個地方看看是否會比較好。

❷ El pescado fresco es mejor que el pescado congelado.

新鮮的魚比冷凍的魚來得好。

❸ Mete el helado en el congelador, que si no se derrite.

把冰淇淋放到冷凍庫裡，不然會融化。

詞彙

congelar 結凍；congelador 冷凍庫；congelado 結凍的、冷凍的；analógico 比喻的；entrecortado 斷斷續續的；derretirse 融化

348

Bueno, entonces…¿en qué quedamos?
好的，那麼……我們的結論是什麼？

▶ **筆記**

說話的人使用這句話，是為了釐清某個概念或某件事情，因為有正反兩面似乎相互抵觸的意見，以這個問題來澄清結論或定論是什麼。

例句

❶ A: Podemos ir a la playa si hace sol y a la montaña si el día es bueno, pero en la playa también se está bien, si hace buen día.

如果出太陽，我們可以去海灘，如果天氣好，我們可以去山上，不過天氣好也可以去海灘。

B: Bueno, entonces…¿en que quedamos, playa o montaña?

好的，那麼……我們的結論是什麼？海灘還是山上？

❷ A: Gaudí desarrolla un estilo historicista, con lenguaje neomudéjar y neogótico, y al mismo tiempo, sus formas naturalistas definen su estilo modernista.

高弟發展出一種歷史主義的風格，他的建築語言既是新摩爾式，又是新哥德式，同時其自然主義形態定義了他的現代主義風格。

B: Vamos a ver, ¿en qué quedamos? ¿El estilo de Gaudí es historicista o modernista?

所以說，結論是什麼？高弟的風格到底是歷史主義還是現代主義？

A: No es excluyente. Pueden darse ambas cosas al mismo tiempo.

這兩者並不衝突。兩種主義的風格可以同時存在。

詞彙

desarrollar 發展；neomudéjar 新摩爾式的；neogótico 新哥德式的；naturalismo 自然主義；modernismo 現代主義

349

Esto está muy verde.

這個還不成熟。

▶ 筆記

這句片語原是指水果還是「綠的」（verde），還沒成熟（maduro），因此也還不能吃。片語用來比喻事情進展的過程（proceso）。

例句

❶ Los plátanos están todavía muy verdes habrá que esperar un par de meses antes de sacarlos del árbol.

香蕉還很綠，必須要多等幾天才能從樹上摘下來。

❷ Este proyecto de tesis lo tienes muy verde. ¿Cuál es la pregunta que quieres responder con tu investigación?

這論文計劃還很不成熟。你的研究想要回答的問題是什麼？

❸ A: ¿Qué tal va el proyecto?

專案計劃進行得怎麼樣？

B: Lo tenemos aún muy verde. Financiarlo no será problema, pero aún no hemos acabado de definir lo que realmente queremos hacer y cómo lo queremos hacer.

目前還很不成熟。經費上不是問題，但是我們到現在還沒有清楚定義規劃要做的是什麼，以及如何進行。

詞彙

verde 綠色的、不成熟的；maduro 成熟的；proceso 過程；sacar 摘、拿；financiar 經費支持；definir 定義

350

Por algo se empieza.
總是有個開始了。

▶筆記

　　這句話是用來鼓勵自己或他人，工作或事情已經有個開端了（可能是指生意、讀書、關係等），目前已經有所進展，即使是非常小的進展。

例句

❶ A: Hace dos años que tengo el título de arquitecto. No hay manera de independizarse y trabajar por tu cuenta. Aunque ahora un amigo me ha encargado que le diseñe un garaje para su fábrica.

我拿到建築師執照到現在已經兩年了。要自己獨立工作實在是沒辦法。雖然說現在有個朋友請我幫他設計工廠的車庫了。

B: Muy bien, hombre, por algo se empieza.

很好啊，老兄，總是有個開始了。

❷ A: Estoy consiguiendo las partes de un coche para construírmelo yo mismo.

我找到一些車子的零件，可以開始組裝自己的車了。

B: ¡Qué fiera! No sabía que eras capaz de hacer coches. Y qué partes has reunido hasta ahora.

好厲害！我不知道你會組裝車子。你現在收集到的零件有哪些呢？

A: De momento, solo tengo el aire de las ruedas. Ja, ja.

目前為止，我只有輪胎裡的空氣，哈哈。

B: Ja, ja. Sí, por algo se empieza. Ja, ja.

哈哈，是啊，總是有個開始了，哈哈。

詞彙

animar 鼓勵、鼓舞；dar ánimos 鼓勵、鼓舞；título (académico) 學位、頭銜；independizarse 獨立；por cuenta propia 自己、自力更生；construir (montar) 建置、組裝；fiera 狂野（在這裡是很厲害的意思）；ser capaz 有能力（做某件事）

351

Mañana será otro día.

明天又是新的一天。

▶ 筆記

這句話的意思是「今天我們已經完成很多事情了，明天再繼續。」在結束當日的工作時，可以說這句話，表示明天之後再繼續工作。當日結束工作，可能是因為時間不夠、其他困難的情況，或是暫時沒有靈感。

例句

❶ A: Hoy hemos acabado lo más difícil. Pero aún nos queda lo último.

今天我們已經完成最困難的部分了。但是還有最後一項任務。

B: Pues nada, mañana será otro día. (Es decir, que hoy ya es momento de parar. Seguiremos mañana).

就先這樣吧，明天又是新的一天。（意思是說，我們今天到這裡為止，明天再繼續。）

❷ Ya no tengo más capacidad de seguir pensando. ¿Sabes qué? mañana será otro día.

我已經沒有辦法再繼續想了。你知道嗎？明天又是新的一天。

詞彙

acabar 完成、結束；quedar [por hacer] 剩下 [要做的事情]；mañana 明天

352

¿En serio?

你是認真的嗎？／真的嗎？

▶ 筆記

這句話用在聽到某件事情的時候表達懷疑（duda），通常可以單獨說，如果配合其他句子的話，通常加在說明的句子後面。

例句

❶ ¿No crees en las recomendaciones? ¿ [hablas] En serio?

你不相信那些建議的內容？你是認真的嗎？

❷ ¿ [dices] Que Juan ha escrito una novela? ¿En serio?

你說胡安寫了一本小說？是真的嗎？

❸ ¿Que ya tienes novia? Si solo tienes 11 años. ¿Hablas en serio o en broma?

你已經有女朋友了？你才十一歲。你是認真的還是開玩笑？

詞彙

serio 認真的、嚴肅的；duda 懷疑；novela 小說

Parece mentira.

好像是騙人的一樣。／這不可能是真的。

▶筆記

　　這句話的意思是我無法置信（No lo puedo creer.）。對於別人告訴我們的事情，我們表達不可置信（mostrar incredulidad），但是姑且接受這是真的（cierto），只是同時抱持懷疑的態度。

例句

❶ No lo puedo creer, parece mentira que una persona así haya hecho esto.
我覺得難以置信，這樣的人居然會做出如此的事情，這不可能是真的。

❷ Parece mentira que haya gente así. ¿Estás seguro de lo que dices?
很難想像居然有人是這樣子的。你確定你說的是真的？

詞彙

mentira 謊言；mostrar 表達、表現；incredulidad 不可置信；aceptar 接受；cierto 真的、確實的；seguro 確定、肯定

¿Estás listo?

你準備好了嗎？

▶筆記

　　Listo 這個字通常是「聰明」（inteligente）的意思，但是在這裡是準備好做某件事情的意思。

❶ ¿Estáis listos para empezar el examen?

你們準備好開始考試了嗎？

❷ Un momento, enseguida estoy lista y bajo a la calle.

等一下，我馬上準備好下樓到街上。

❸ Preparados, listos, ¡ya!

預備，開始！（這句話可能是賽跑的裁判在比賽開始前所說的）

詞彙

listo 準備好的、聰明的；juez 裁判、法官；pista 跑道；carrera 賽跑

355

No hagas un corta y pega.
你不要只是複製貼上。

▶ **筆記**

這裡 "corta y pega" 指的是從這裡複製，到那裡貼上的意思，原始的用法是來自製作拼貼畫（collage）的技巧，但是現在通用在使用電腦時複製貼上、移動文字（movilidad de los textos）的動作。

例句

❶ No es difícil reordenar las ideas de este ensayo haciendo un corta y pega.

這篇文章的內容很容易可以重新整理，只要複製貼上移動文字就行了。

❷ Para rellenar esta solicitud voy a mi curriculum y hago un corta y pega.

為了填寫這份申請表，我從我的履歷複製貼上文字。

❸ Esta tesis no vale nada, está hecha a base de corta y pega.

這篇論文沒有什麼價值，裡面的內容都是複製貼上而已。

詞彙

cortar y pegar 複製貼上；collage 拼貼畫；movilidad 移動；ensayo 文章；rellenar 填寫；solicitud 申請、申請表；curriculum 履歷

... que no veas.

……是你所想像不到的。（你最好不要看到，不然會嚇到。）

▶ **筆記**

這句話用在句尾，意思是前述的情況之嚴重，是對方所想像不到的。如果直譯的話，可以說是 "[Esto es tan grande, que es mejor] que no [lo] veas, [porque si lo vieras te asustarías]." ——「這情況如此嚴重，最好你不要看到，因為如果你看到的話，你會嚇到。」

例句

❶ Hace un calor, que no veas. Si sales a la calle te derrites.
天氣之熱，你想像不到的。你如果出門的話就會融化。

❷ Llegué otra vez tarde a clase y el profesor se agarró un enfado, que no veas.
我那天上課又遲到了，教授十分生氣，你如果看到他那樣子你會嚇到。

詞彙

derretirse 融化；agarrar 抓住；enfado 生氣；agarrar un enfado 生氣、發飆

Tengamos la fiesta en paz.

我們要和平地進行派對。

▶ **筆記**

可能是在某個慶祝的場合（celebración），或是朋友之間聚餐，並不一定是在慶祝（festejar）任何特殊的事情。會說這句話的情況是，本來普通的對話，變成有點激烈的爭吵（discusión），這時候在場的其中一人可以嚴正地

（solemnemente）說這句話，以安撫大家的情緒（calmar los ánimos），甚至必要的時候，可以轉移話題。

/ 例句 \

A: ¡Los partidos de izquierdas son los únicos capaces de mejorar un país!
左派的黨派是唯一有能力可以使國家更好的。

B: ¡Eso lo dices tú, porque eres de izquierdas! ¡Dame un solo ejemplo!
你會這麼說，是因為你是左派的！你給我舉個例子啊！

C: ¡Un momento, un momento! Tengamos la fiesta en paz.
等一下，不要激動！我們派對要在和平中進行。

詞彙

paz 和平；celebración 慶祝；festejar 以派對方式慶祝；acalorado 升溫的、激烈的；discusión 爭吵、辯論；solemnemente 嚴正地、嚴肅地；calmar 安撫、使其平靜；ánimos 高昂的情緒

358

¿Qué tal si nos tuteanos? 我們以「你」互稱好嗎？

▶ 筆記

在西班牙文裡，稱呼對方的代名詞可以用 "tú" 或是 "usted"，兩者的不同近似於中文的「你」和「您」。兩人的關係如果是在於工作場合的互動或是不熟識，就會互稱為 usted（"hablar de usted"），如果兩人變成比較熟識、親近了（hay afinidad），則其中一人可能會問 "¿Nos tuteamos?"（我們互稱「你」好嗎？），也就是開始 "hablar de tú"。

/ 例句 \

❶ A: ¿Puedo tutearle?
我可以稱呼您為「你」嗎？

B: Sí, por favor, faltaría más.

是的，沒問題，你太客氣了。

❷ A: Por favor, no me hables de usted. Tutéame, que me haces sentir viejo.

請你不要稱呼我為「您」。對我說「你」就好了，不然我覺得自己好老。

B: Muy bien, como quieras.

好的，如果你喜歡這樣的話。

詞彙

afinidad 親近；tutearse 以「你」互稱；hablarse de usted 以「您」互稱

359

Si te va de paso. 如果你順路的話。

▶ **筆記**

這句話是說，如果不會太麻煩（sin excesiva molestia），順道多做一件事情（hacer una cosa adicional）。同樣的意思也可以說 si está en tu camino 或是 si te va de paso。

例句

❶ No te preocupes, te echaré la carta, ya que Correos me va de paso a la oficina.

你不用擔心，信我來寄就好，因為郵局正好在我上班的路上，很順路。

❷ ¿Vas a casa de María? Entonces, como el super te va de paso, por favor, cómprame una botella de aceite de oliva cuando vuelvas.

你要到瑪麗亞家嗎？那麼既然超市剛好在路上，請你回來的時候順便買一瓶橄欖油。

❸ Como [el sitio al que voy] te va de paso, me voy contigo en coche y me dejas en la puerta de la universidad.

既然 [我要去的地方] 你順路，我坐你的車，你在大學門口放我下來就好。

❹ Si te va de paso, ¿me puedes hacer unas fotocopias?

如果你順路的話，可以幫我影印嗎？

詞彙

ir de paso 順道、順路；adicional 增加的、多的；excesivo 太多的；molestia 麻煩、
打擾；correos 郵局；fotocopias 影印

360

Estamos en un callejón sin salida.
我們到了死巷。

▶筆記

　　這句話指的是我們到達了極限，已經沒有辦法再前進，也沒有補救的辦
法（remedio）或是回頭重新再來。另外也可以用在我們面對兩種選項（dos
alternativas），而兩種都一樣壞的時候。另外一句類似的說法是 "estar entre la
espada y la pared"（在劍以及牆壁之間）。

例句

❶ Corrí detrás del ladrón y, como se metió en un callejón sin salida, sacó un
cuchillo y me miró amenazante. Menos mal que cuando ya no sabía qué
hacer, llegó la policía.

我追著小偷跑，跑到一條沒有出口的死巷，他亮出刀來、瞪著我威脅我。還
好，正當我不知道該怎麼辦的時候，警察就到了。

❷ El problema de las pensiones es cada vez más difícil de resolver, pero las
medidas que está tomando el gobierno conducen a un callejón sin salida.

年金的問題越來越難解決，而政府所採取的方法只會走入死巷。

❸ Si hago lo que me pide el jefe, es un acto ilegal del que yo soy el responsable, y si no lo hago me echa de la empresa. Estoy entre la espada y la pared.

如果我聽老闆的話來做，我變成必須為這個不法行為來負責，可是如果我不做的話，就會被公司解雇。我被卡在劍以及牆壁之間。

 詞彙

remedio 補救的辦法；alternativa 選項；callejón 巷子；espada 劍；pared 牆壁

驚嘆用語 Admiraciones

361

¡Qué dolor!
好痛！

▶ **筆記**

　　Dolor 在這裡可以指身體的或是精神上的痛，但是通常會用來形容身體上的痛，特別是強烈或突然的疼痛。

例句

❶ ¡Ay, qué dolor tengo en la espalda! Me duele mucho.
　唉！我的背好痛啊！真的很痛。

❷ ¡Qué dolor más insoportable! Otra vez tengo jaqueca.
　痛得快受不了了，我偏頭痛又發作了。

❸ ¡Qué dolor más grande siento por la muerte de mi abuelo!
　我祖父的過世讓我感受到很大的傷痛！

詞彙

dolor 痛；espalda 背；insoportable 令人受不了、無法承受的；muerte 死亡；jaqueca 劇烈的頭痛、偏頭痛 ❶

---

❶ 另一個常用字是 migraña，雖然中文譯為「偏」頭痛，但症狀不見得是偏一邊的頭痛。

¡Qué pena [tengo] / Qué pena siento por...!
好可惜!

▶筆記

當對方告訴我們一件事情或消息，讓我們覺得很難過可惜時，就可以說這句話。類似的用語還有 ¡Qué lástima!。這兩句用語的差別在於，¡Qué lástima! 通常指對未來的事情感到惋惜，而 ¡Qué pena! 則是對已經發生的事情感到難過。

例句

❶ Mis padres han vendido la casa que tenían en el pueblo, en donde yo pasaba los veranos de mi infancia. Ya no podré volver allí. ¡Qué pena!
我父母把鄉下的房子賣了，我小時候夏天都是在那間房子度過的，現在我再也沒辦法回去了，真可惜！

❷ Juan perdió la oportunidad de obtener ese trabajo en la última entrevista. ¡Qué lástima!
胡安沒有通過最後一關面試，因此失去了得到這份工作的機會，好可惜！

詞彙

pena 難過、苦痛、可惜；lástima 惋惜、可惜；alegría 歡樂、快樂；pueblo 鄉下、小鎮；infancia 童年；entrevista 面試；oportunidad 機會

¡Qué susto [me has dado]!　好驚嚇！（你嚇到我了）

▶筆記

這句話是指突然發生一件沒想到會發生的事情，讓我嚇了一大跳。這件事情可能是別人故意造成的，或是不小心發生的，通常是意外居多。

❶ Abrí la puerta y era la policía. ¡Qué susto! ¡Menos mal que se había equivocado de piso! (Susto accidental).

我把門打開,警察就站在那裡,嚇我一跳!還好是他們走錯間房子了。(意外的驚嚇)

❷ A: Se acaba de morir tu perro, atropellado por un coche.

你的小狗剛才被車撞死了。

B: ¡Ay! ¿Qué ha pasado, dónde ha sido?　唉!怎麼發生的?在什麼地方?

A: No, mujer, que es una broma.❷　我是跟你開玩笑的啦。

B: ¡Qué susto me has dado! No seas cruel y otra vez no me des esos sustos. (Susto provocado).

你嚇死我了!你不要這麼殘忍,下次你不要再這樣嚇我了。(這個驚嚇是對方故意造成的)

詞彙

susto 驚嚇;asustar 嚇(動詞);equivocarse 搞錯了;atropellar 衝撞;menos mal que… 還好……

364

¡Qué miedo [tengo]! / [esto] Me da mucho miedo.　好可怕! / 這把我嚇壞了。

▶ 筆記

　　這句用語是指我所看到或聽到的事情,讓我害怕到好像麻痺了(me paraliza)。通常是在面對危險的當下,因為害怕的感覺占據內心而說的話,但是也可能會用在描述過去發生的危險情況。

---

❷ 這裡對方是熟識的人,可以直接稱呼 mujer(女人);如果對方是男性,就稱 hombre(男人)。

❶ No sé por qué he entrado aquí para correr delante de los toros. ¡Qué miedo tengo!

我不知道我為什麼來這裡跑給牛追,真是太可怕了!

❷ El terremoto duró casi cinco minutos. ¡Qué miedo pasé!

地震幾乎震了五分鐘,好可怕啊!

❸ Me cuesta mucho ir al dentista porque me da mucho miedo.

我很不願意看牙醫,因為我真的很怕。(Me cuesta mucho 指的是某件事情對我來説很難做到)

詞彙

miedo 害怕;toro 公牛;terremoto 地震;dentista 牙醫

365

¡Qué sueño [tengo]! / Me da mucho sueño.
好想睡喔!

▶**筆記**

通常會是在很難保持清醒,但又不是真的想睡的情況下説這句話,例如開車、看電影,或是聽演講時。

例句

❶ ¡Qué sueño!, y todavía me quedan quince kilómetros.

好想睡!還剩 15 公里才會到。

❷ ¡Qué sueño tengo!, debe de ser el *jet lag*.   好想睡!一定是時差的關係。

❸ Cada día después de comer, qué sueño me entra, no lo puedo resistir.

我每天吃完飯就好想睡,很難抵抗睡意。

詞彙

sueño 睡意(sueño 也有「夢」的意思);kilómetros 公里;resistir 抵抗

¡Qué modorra!

好睏喔！

▶筆記

這句話和前一句的 ¡Qué sueño! 很接近，但是增加了「不想工作」的含意，這通常是因為天氣熱的關係。另一句相同意思的用語是 "Estoy aplatanado/a"。

例句

❶ Dios mío, qué modorra tengo. No sé qué hacer.
天啊，我好睏喔，不知道該怎麼辦。

❷ Estoy amodorra(d)o. No tengo ganas de hacer nada.
我覺得好睏。什麼事情都不想做。（"Estoy amodorrado/a" 也是「我很睏」的意思，第二個 d 在口說的時候往往不發音）

詞彙

modorra 睏／慵懶；tener ganas 有動力（想做某件事情）

¡Qué asco [me da]!

好噁！

▶筆記

會讓我們有這種不舒服反應的，可能是不乾淨或腐敗的東西，還有令人害怕的生物，例如蟑螂等。除此之外，也可能是社會上的某些現象。

例句

❶ ¡Qué río más sucio! ¡Aj, qué asco! y qué mal huele.
這條河流好髒喔！啊，真是噁心！聞起來又好臭。

❷ Mira, una cucaracha. No la pises que me da mucho asco.

你看，蟑螂。你不要踩，好噁喔。

❸ ¡Qué asco de hotel! Yo no quiero pasar aquí la noche.

這間旅館好噁心！我不想在這裡過夜。

❹ El consumo de droga se está extendiendo. ¡Qué sociedad más asquerosa!

毒品的使用越來越氾濫。這個社會真是太噁了！

詞彙

asco 噁心；oler 聞（huele bien 聞起來好香）；pisar 踩；droga 藥、毒品

368

¡Qué risa [me da]!
好好笑！

▶ 筆記

　　原則上這句話是用在有趣或是好笑的情況，但是有時候也可以當作諷刺語來使用，表達相反的意思，例如某人以為自己講的話很好笑，但其實一點也不好笑。

例句

❶ ¡Qué risa me da esto!

這真是太好笑了！

❷ Esto es de risa. (Sentido irónico, significa que es ridículo).

這太可笑了。（諷刺的意味，指的是這件事很荒謬）

詞彙

reír 笑（動詞）；risa 笑（名詞）；carcajada 大笑（名詞）

¡Qué rollo!

好無趣！／好冗長！

▶ 筆記

　　這是指某件事情很無趣（aburrido）或是一直重複，又或者是不斷在找尋問題的解決方法卻找不到。過去的電影每部大概是兩至三捲的膠片，一捲播放完之後再換下一捲。Rollo 就是膠捲，或是任何捲成一捲的物品。如果電影很無趣，可以說 "¡Qué rollo de película tan aburrida!"，從這個意思引伸出以 "un rollo" 指一件無趣的事情，而且還沒完沒了，又讓人逃也逃不掉。這句話通常是負面的意思，雖然也可能用在正面的語境。

／ 例句

❶ ¡Qué rollo nos soltó ayer el profesor en clase! (Valor negativo).
　昨天那位教授的課真是無聊爆了！（負面語境：教授「丟」給我們一個「無趣的膠捲」。）

❷ Esta señora habla sin parar, se enrolla como una persiana. (Valor negativo).
　這位女士講話講個不停，就像百葉窗一樣無趣又喋喋不休。（負面語境。）

❸ Mejor, habla tú con la profesora, porque tienes buen rollo. (Valor positivo, es decir: te expresas y gesticulas muy bien, y sabes cómo convencer a la gente).
　最好是由你來告訴教授，因為你比較會講話。（正面語境：你有個「好膠捲」。意思是你的表達和應對非常好，你知道如何與他人溝通。）

詞彙

rollo 膠捲、捲、無趣的事物；enrollarse 話說個不停又無趣；persiana 百葉窗；gesticular 應對；soltar 丟下

¡Qué pesado! / ¡Qué pesada!
很煩人！

▶ **筆記**

　　Un pesado / una pesada 是指一個人讓別人覺得很煩，大家都躲著他（todos rehúyen）。在這個片語裡，pesado/a 是形容詞當成名詞的用法（加上 un 或 una）。字面上 pesado/a 是「重」的意思，但是這裡用 pesado/a 並不是指體重很重，而是很煩人的意思，表示這個人很難應付（tratar），例如話很多，或是一直重複堅持（insistir）一樣的事情，像是打好幾通電話來，反覆以不同的方式問同樣的問題。

例句

❶ ¡Qué pesado de hombre! (¡Qué hombre más pesado!)
　這個男人很煩耶！

❷ ¡Qué pesada de mujer! (¡Qué mujer más pesada!)
　這個女人很煩耶！

❸ ¡Qué pesado/a estás hoy!
　你今天很煩耶！

　（以上例句的 pesado/a 是形容詞，如果煩人的人是男性，會用 pesado，女性則用 pesada。）

詞彙

pesado 重、煩人的；rehuir 逃走；tratar 應付、處理

¡Qué ruido [más raro / molesto]!

好吵！（好奇怪的聲響！／好吵的噪音！）

▶ **筆記**

　　可能是街上傳來的噪音、機器聲，或是人群在餐廳大聲說話的聲音。這句話和以下幾句是同一系列的用語，為了強調不悅或是驚訝的語氣，說的時候記得將語氣加強在重音音節，例如 ruido 的 rui-。

例句

❶ ¡Qué ruido hay ahí afuera, en la calle! No se puede estudiar.
　街上傳來的噪音好吵！讓人沒辦法讀書。

❷ Qué ruido más intenso el de las tracas de las Fallas en la Plaza del Ayuntamiento.
　法雅節 ❸ 時，在市政府廣場放的鞭炮聲響好劇烈喔！

詞彙

ruido 聲響、噪音；raro 奇怪；molesto 干擾人的；afuera 外面；intenso 劇烈的、激烈的；tracas 鞭炮；plaza 廣場；ayuntamiento 市政府

¡Qué hambre!　好餓喔！

▶ **筆記**

　　表達「我好餓！」時，有幾種不同的說法，都會用到 hambre「飢餓」這個字。例如：¡Qué hambre me entra!（飢餓感「侵襲」我）、¡Qué hambre tengo!（我

---

❸ 法雅節的放鞭炮活動叫做 "la mascletá"。

有飢餓感）、¡Qué hambre siento!（我覺得好餓），或是只說 ¡Qué hambre!（好餓喔）。為了強調「飢餓感」，在說這句話的時候，可以將 Qué 的母音 e 以及 hambre 的第一個母音 a 連起來說，並且拉長 a 的音。

例句

❶ Cuando veo una humeante paella,… ¡qué hambre me entra!
看到冒著煙的熱騰騰百雅飯，……我突然覺得好餓喔！

❷ A: ¡Qué hambre tengo! ¡Venga, vamos a comer!
我覺得好餓！我們去吃飯吧！

B: ¿Qué pasa, que no has desayunado?　怎麼了？你沒吃早餐嗎？

詞彙

hambre 餓；sed 渴；paella 百雅飯；comer 吃、吃午餐；desayunar 吃早餐；
cenar 吃晚餐；humo 煙；humeante 冒著煙的

373

¡Qué raro [es esto]!
[這]好奇怪！

▶ 筆記

　　從來沒看過這樣的事情，覺得很不尋常的時候，就可以說 ¡Qué raro!，或是 ¡Qué raro es esto!。這句話可以指人，也可以指事情或狀況。通常是對於奇怪的事情表達懷疑的態度。

例句

❶ ¡Qué raro! Son las once de la noche y no hay nadie en casa.
好奇怪！已經晚上十一點了，居然沒有人在家。

❷ ¡Qué raro es este chico! Siempre hace cosas muy extrañas.

這個男孩子很怪！他總是做一些很奇怪的事情。

❸ ¡Qué raro es este sitio! Mejor, me marcho de aquí cuanto antes.

這個地方感覺很怪異！我最好還是趕快離開這裡。

詞彙

raro 奇怪；marcharse 離開；extraño 奇怪

374

¡Qué caro [es esto]!
好貴！

▶ **筆記**

　　說這句話的時候要注意場合，如果在店家的面前說，可能會冒犯店家，特別是在價格其實算是合理的情況下。如果是想討價還價（regatear），也要先觀察是否可以這樣做。另外，比較溫和的說法可以參考例句 2。

例句

❶ ¡Qué caro! No lo compres, lo he visto en otro sitio a mitad de precio.

好貴喔！你不要買，我在別的地方看到只賣一半的價格而已。

❷ ¿100 euros? Me parece un poco caro. ¿Me lo podría dejar en 80 euros?

(Regateando de modo suave).

100 歐元？我覺得有一點貴。你可以算我 80 歐元嗎？（以溫和的方式討價還價）

詞彙

caro 貴；barato 便宜；regatear 討價還價；precio 價格

¡Qué chollo!　真是便宜又好！

▶ 筆記

這裡的 chollo 指的是既便宜，品質又好的好貨。這句話是用在購物時找到符合「三 B」（bueno, bonito y barato 又好、又美、又便宜）的好貨，而且最吸引人的是其便宜的價格。在西班牙，通常一月及夏季末是傳統大打折（rebajas）的時候，尤其夏季末因為正值更換成秋季服飾的時節，店家會以便宜的價格出清夏季服飾。

例句

❶ ¡Mira qué chollo!, esos pantalones tan chulos por solo 25 euros. ¿Qué hacemos, los compramos?
你看這麼便宜！這件褲子很好看，只賣 25 歐元。我們要不要買呢？

❷ Durante la pandemia la gente está vendiendo sus chalets, y, si quieres comprar uno, puedes encontrar auténticos chollos.
全球疫情之下，很多人打算把別墅賣掉，你如果想買一間的話，可以找到便宜又好的。

詞彙

chollo 便宜的好貨；rebajas 大特價、大折扣；chalet 別墅；barato 便宜；caro 貴；chulo 漂亮、酷

¡Qué aburrimiento!　好無趣喔！

▶ 筆記

這句用語是指一種很無趣的情況，例如一部電影或一堂課等。在某種無趣的情況下待了一陣子之後，我們覺得受不了了，就可能會大聲說 "¡Qué aburrimiento!"。說的時候會強調每個音節，以加重語氣。

❶ ¡Qué aburrimiento! Ya no aguanto más, me vuelvo a casa.

好無趣喔！我已經受不了了，我要回家。

❷ ¡Qué aburrimiento! A este profesor no hay quién le aguante.

好無趣喔！沒有人受得了這位教授。

詞彙

aburrirse 覺得無聊、無趣；aburrimiento 無聊、無趣；aguantar 忍受

377

¡Qué bueno [es/está esto]!

[這] 真好！

▶ 筆記

　　覺得某件事物很棒（excelente），讓我們很滿意，可以說 "¡Qué bueno!"、"¡Qué bueno es!"（這真好！），或是 "¡Qué bueno está esto!"（這個真的很好！）。這句話也可以用來稱讚某人在運動、音樂、藝術等領域的表現很傑出，或是讚嘆餐點很好吃。

例句

❶ ¡Qué bueno es ese cantante, qué bien canta!

這位歌手很棒，唱得真好！

❷ ¡Qué bueno está esto! ¿Quién lo ha cocinado?

這個相當好吃！是誰煮的呢？

❸ ¡Mira, qué cosa más buena!

你看，這個東西真的很棒！

詞彙

bueno 好；excelente 棒；cocinar 煮；desesperado 絕望、失望

¡Qué rico [es esto]!

[這] 真好吃！

▶ 筆記

　　這句話是指這個餐點非常好吃（Esta comida está muy buena.），也可以說 ¡Qué rico es esto!（這真好吃！）。形容詞 rico 通常是「有錢」的意思，但是也可以指餐點很好吃，讓人吃得很開心。很多學西班牙文的人，因為受到英文的影響，會說 "qué delicioso" 或是 "está muy delicioso"，雖然 delicioso 也是「好吃」的意思（通常指甜點），但是說 "qué rico" 是更為恰當、道地的說法，特別是用在非甜點的食物。

/ 例句 \

❶ Qué consomé más rico. ¿Cómo lo has hecho?
　 這道清湯非常好喝，你是怎麼煮的？

❷ ¡Qué deliciosa está esta tarta! ¿Dónde la has comprado?
　 這個蛋糕真好吃！你在哪裡買的？

詞彙

rico 有錢、好吃；consomé 清湯；delicioso 好吃；tarta 蛋糕；pastel 糕點

379

¡Qué interesante [es esto]!

[這] 真有趣！

▶ 筆記

　　這句也可以說成 "¡Qué interesante es esto!"（這真有趣），指對方所說的事情很有關聯性（relevante）、有建設性（sugerente）。通常說 "Esto es muy interesante." （這個很有趣），指的是已經知道的事情；如果說 "¡Qué interesante!"，則是指我們現在才聽到或看到的事情很有趣，可能會引發我們採取某種行動。

例句

A: Acaban de decir que el gobierno va subir el sueldo a los funcionarios.
政府剛才宣布公務人員會加薪。

B: ¡Qué interesante! Voy a cambiar de coche.
真有意思！我要來換新車了。

詞彙

relevante 有關聯性的；sugerente 有建設性的、會引起某種行動的；
interesante 有趣的；sueldo 薪水；funcionario 公務人員

380

¡Qué tío!
這個老兄！

▶ 筆記

這句話的意思是「這個人太特別了」（"¡Qué persona más especial!"），如果是指女性，就說 "¡Qué tía!"。Tío 的原意是「叔叔、伯伯、舅舅」，而 tía 是「阿姨、姑姑、嬸嬸」的意思，但是在日常口語裡，tío/tía 是指任何人，也可以用在稱呼朋友或是路人。根據說話的語氣，可能有正面或負面的意思。

例句

❶ ¡Oh, mira esa tía cómo corre! Va a ganar la carrera. (Sentido de admiración).
喔，你看她跑得好快！她這場賽跑會贏的。（正面、讚嘆）

❷ Oye, tía, no me digas eso, que me molesta. (Sentido negativo de reproche).
你不要跟我說這個，我聽了很煩。（負面、責備）

❸ Oye, tía, no molestes y déjame en paz. (Sentido negativo de rechazo).

你不要煩我了，讓我安靜一下。（負面、責備）

❹ ¡Qué tío, ese! Siempre anda pidiendo favores. (Sentido negativo, de desprecio).

老兄！你總是到處叫別人幫你做事。（負面、看不起對方）

❺ ¡Qué tío, ese! Siempre que quiere hacer algo, lo acaba. (Sentido positivo, de admiración).

他這個人想要做某件事情的時候，一定會完成。（正面、讚嘆）

❻ ¿Qué pasa contigo, tío? (tono chulesco, dirigido a un amigo para preguntarle qué problema tiene).

老兄，你怎麼了？（有點驕傲的態度，問朋友有什麼問題。）

詞彙

tío 叔叔、伯伯、舅舅、稱呼某人（男子）；tía 阿姨、姑姑、嬸嬸、稱呼某人（女子）；
carrera 賽跑；favor 幫忙、協助；molestar 打擾； chulo 酷、有點驕傲的

成語 Modismos

　　成語是以簡單的語句來表達較為複雜的概念，通常使用的字詞是固定的，不一定依照一般理解的文法，而且成語表達的意思可能與每個字詞的意思並不完全一樣，也因此，對於非母語人士來說，光看字面可能不太了解成語的意思。

381

Quitar hierro a un asunto
將「鐵」從某件事情中去除（把引發爭執的原因去除）

▶ **筆記**

　　這句話的意思是減低（rebajar）某件爭執的衝突點（confrontación）。「鐵」通常與爭鬥有關聯，因為兵器像刀（cuchillo）或劍（espada）都是用鐵鑄的，因此，將「鐵」元素從某件事情中去除，就是讓兩人爭執的緊張程度降低（rebajar la tension）。

例句

❶ Reconoció que se había equivocado y se disculpó, con lo que quitó hierro al asunto.
他承認自己錯了，然後他道歉，也就將緊張情況緩和了。

❷ El penalti que falló Sergio les hizo perder el campeonato. Pero el entrenador elogió su juego en la rueda de prensa para quitar hierro al asunto.
賽吉歐沒踢進罰球，使得球隊失去了冠軍寶座。可是教練在賽後記者會上特別稱讚他的表現，這樣緊張的情緒也就解除了。

> ### 詞彙

rebajar 降低；confrontación 衝突；discusión 爭執；espada 劍；cuchillo 刀；
tension 緊張狀態、緊張情緒；disculparse 道歉；hierro 鐵；penalti 罰球（足
球賽）；campeonato 冠軍；entrenador 教練；asunto 事情；rueda de prensa
記者會

382

Hoy por ti y mañana por mí.

今天我為你，明天你為我。

▶ 筆記

今天我幫你，某天在我需要的時候，你就會幫我。這句話並不完全指字面上
互相幫助的意思。使用這句話的情況，通常是在我們幫助某人，而對方一再地
感謝我們，因為我們是不求回報（desinteresadamente）的幫助，對方更加感到
自己應該有所回報（se siente muy obligada）。所以，為了讓受幫助的對方不會
覺得那麼不好意思，我們就可以使用這句成語：「今天我為你，明天你為我」。

例句

❶ A: Muchas gracias por tu ayuda. Me has quitado un peso de encima. No sé
cómo devolverte este favor que me has hecho.
非常感謝你的幫助。你讓我如釋重負，我不知道該如何回報你。

B: No te preocupes, no ha sido nada. Ya sabes, hoy por ti y mañana por mí.
你別擔心，這沒什麼。你也知道，今天我為你，明天你為我。

❷ A: Gracias por sustituirme en clase esta semana. A los alumnos les han
gustado tus clases.
謝謝你這個星期幫我代課。學生們非常喜歡你的課。

B: Nada, nada. He disfrutado con ellos. Ya sabes, hoy por ti y mañana por
mí.
不客氣、不客氣。我也上得很開心。你也知道，今天我為你，明天你為我。

MP3

383

¡Estoy harto!
我受不了了！

▶ 筆記

　　意思是 "Ya no puedo más."（我已經不行了）、"Se me ha acabado la paciencia."（我的耐心已經用光）。形容詞 harto 意思是「完全滿了」（completamente lleno），通常是用來表示對某件事情或某個問題已經受不了，覺得很厭煩（estar harto de un problema），或是也可以用來形容吃了太多東西、太飽了（estar harto de comida）。前者有負面的意思，但是後者並沒有負面的意思。

例句

❶ No me hables más de esto, que ya estoy harto.
你不要再跟我說這個了，我已經受不了了。

❷ Este niño llora sin parar todas las noches. ¡Me tiene harta!
這個小孩每晚都整晚哭個不停。我已經受不了了。

❸ ¿Otra vez tienes guardia esta noche? ¿No estás un poco harto?
你今天晚上又值班嗎？你不覺得有點受不了？

❹ No gracias, no me hagas repetir más, he comido demasiado y estoy harto / estoy lleno.
不用了，謝謝，不用再幫我加菜，我已經吃太多，非常飽了。

詞彙

paciencia 耐心；lleno 滿、飽

Me mordí la lengua.　我咬舌頭。／我忍住了。

▶ 筆記

　　意即「我忍住沒有把話說出來」，通常用在我們想說一句重話、責備對方的時候，卻把話忍住、沒有說出來，以避免造成更大的問題。這句用語顯然並不是指真的「咬舌頭」，而是用來比喻在某種受到限制的情況下，表現自我控制（autocontrol）的能力。

╱ 例句 ╲

A: Me llamó de todo, pero me mordí la lengua porque mi suegra estaba delante.
他說我很多壞話，但是我咬住舌頭沒回嘴，因為我婆婆就在面前。
B: No te muerdas esta vez la lengua y dile todo lo que piensas.
你這次不要再咬住舌頭了，就把你所有的想法說出來。

詞彙

autocontrol 自我控制；morderse 咬；lengua 舌頭

Echar una mano.　幫忙。／伸出援手。

▶ 筆記

　　特別指在勞力上幫助他人。動詞 echar 的意思是「丟」、「撒」某件東西、或是將某人「趕出」某處的意思，例如：echar sal en la sopa（在湯裡撒鹽）、echar la basura（倒垃圾）、echar a alguien del trabajo（把某人解僱）等。當然，手是不可能丟出去的，這裡是譬喻（metafórico）的用法，指伸出援手、動手幫忙。

❶ Por favor, échame una mano, que esto pesa mucho.

拜託，請幫我忙，這個很重。

❷ Voy a trabajar en el jardín. ¿Puedes echarme una mano?

我要到花園工作，你可以幫我忙嗎？

❸ ¿Me echas una mano? No entiendo este problema.

你可以幫我忙嗎？這個問題我不懂。

詞彙

echar 丟、撒；echar una mano 幫忙、伸出援手；basura 垃圾；metafórico 譬喻的

386

Perder la cabeza. 失去理智。

▶ **筆記**

這句話這是「瘋了」（volverse loco）的意思，通常是因為不幸的事件或運氣不好（infortunio）所造成的結果。這裡 cabeza（頭）是指「理智」，是常見的用法，因此「失去頭」其實是「失去理智」的意思，可能是暫時性的（transitorio），也可能是永久性的（permanente）。另外，這句話也可以用來形容瘋狂地愛上某人而失去理智。

例句

❶ Con la pandemia no solo perdió el negocio de su vida, sino que también perdió la cabeza.

因為全球疫情的關係，他不但失去了一生的事業，而且還失去了理智。

❷ Conoció a Margarita y, aunque esta era diez años mayor, perdió la cabeza por ella.

他認識了瑪格麗特，雖然她大他十歲，他還是瘋狂地愛上了她。

387

Pasar la noche en blanco
整晚沒睡

▶**筆記**

　　這句話直譯是「空白度過晚上」，意思是整晚沒睡。學生在考試的前夕（vísperas）常會說這句話，或著是坐飛機旅行的人、有失眠（insomnio）問題的人，也可能這麼說。

例句

❶ He pasado la noche en blanco preparando el examen. Espero haberlo hecho bien, pero no me aguanto más. Me voy a dormir ahora mismo.
我整晚熬夜準備考試。希望我有準備好，可是我已經受不了了。我現在要去睡覺。

❷ Tengo un cansancio terrible. Esta noche la he pasado en blanco.
我覺得非常疲累。昨晚整晚沒睡。

❸ Últimamente duermo muy mal y esta noche la he vuelto a pasar en blanco.
最近我睡得很不好，昨晚又完全沒睡了。

詞彙

vísperas 前夕；insomnio 失眠；no poder aguantar más 無法再忍受了、受不了了；pasar la noche en blanco 整晚沒睡

388

Costar un ojo de la cara
像一隻眼睛一樣貴

▶ 筆記

這句話的意思是貴得不得了。也就是說某個東西非常貴（algo es muy caro），可是通常指的不是日常用品（cosas de uso diario），也不是小筆的金額，而是指金額很高的東西，例如：房子、車子、整棟樓（fincas）、珠寶（joyas）等。

例句

❶ Esto debe de costar un ojo de la cara. Carísimo, carísimo.
這一定是貴到要用一隻眼睛來付。非常、非常貴。

❷ No sé como pudo comprar esa casa, porque le habrá costado un ojo de la cara.
我不知道他是怎麼買得起這間房子的，因為一定貴得不得了。

❸ Le compró un anillo de diamantes, que le costaría un ojo de la cara.
他買給她一只鑽戒，一定花了他一大筆錢。

詞彙

cosas de uso diario 日常用品；finca 一棟樓；joyas 珠寶；anillo 戒指；diamante 鑽石

389

¿Qué más da? 那又怎樣？

▶ 筆記

通常說沒差（No hay diferencia.）這句話是用來停止或結束不重要的爭吵。其他類似的用語還有 "Da igual."、"Es lo mismo."。說這些話的時候，表情或語氣可能表現出疲累（cansancio），而且有點生氣（enfado）。

❶ Pero si es lo mismo. ¿Qué más da una cosa que otra?

可是都一樣啊。這個和那個又有什麼不同？

❷ ¿Qué más te da ir por aquí o por allá? Si es lo mismo; al menos, por donde digo yo, el paisaje es más bonito.

從這裡走或從那裡走，又有什麼不同？都是一樣的啊。至少我說的路，風景會比較漂亮。

❸ Ya estoy cansada de oíros discutir esto. Prácticamente decís lo mismo. Total, ¿qué más os da?

我聽你們吵架聽得很累了。你們兩個人講的根本是同一件事。老實說，對你們來說又有什麼不同？

❹ Da igual que lo compres en esta tienda o en la otra. El precio es el mismo.

你在這家店買或是在那一家店買，其實都一樣。價格是相同的。

詞彙

cansancio 疲累；enfado 生氣；lo mismo 一樣

390

No hay para tanto. / No es para tanto.

沒那麼誇張。／沒那麼嚴重。

▶ 筆記

　　意思是「你太誇張了」（Estás exagerando.）。如果一個人無理地抗議（protestar），例如小孩子為了想要得到某個東西而大哭，這個時候就可以對他說這句話，讓他知道他的言行太誇張了（exagera）。另外，也可以說 "Ya será menos."。

例句

❶ Venga, hombre, que no hay para tanto.

好了，老兄，沒那麼誇張。

MP3

❷ No seas tan exagerado, hombre, que no hay para tanto.

你不要這麼誇張，老兄，事情沒那麼嚴重。

❸ Venga, venga, no te pongas así, que ya será menos.

好了，可以了，你不要這樣，沒那麼誇張。

詞彙

protestar 抗議；exagerar 誇張

391

Tener salero
有鹽罐子（外向、開朗）

▶ **筆記**

　　形容一個人「有鹽罐子」，意思是他外向（extrovertido）、開朗（alegre）、很正面（positivo）、常常面帶笑容（sonriente）。鹽是讓食物變得美味的重要元素。拿著鹽罐子的人，能夠在食物中加入適當調味使其變得更好吃（apetitosa）。這裡的「鹽罐子」用來比喻一個人的個性外向開朗，舉止輕快而又優雅。

例句

❶ María es una chica muy maja y además habla con mucho salero.

瑪麗亞是個親切又可愛的女孩，而且她講話很開朗有趣。

❷ Una de las canciones tradicionales que más me gusta es Malagueña Salerosa.

傳統歌曲裡面，我最喜歡的一首叫做「開朗的馬拉卡女孩」。

詞彙

salero 鹽罐子（原意）；tener salero 開朗外向（比喻）；apetitosa 好吃、開胃；persona maja 親切又可愛的人

Perdió la cara.

他丟臉了。

▶ 筆記

　　東方人普遍來說比西方人重視面子，但是無論在世界各地，沒有人喜歡「丟臉」（perder cara）。一般來說，人不會承認自己丟臉，所以這句用語通常是用來指第三者。其他類似的用語還有 "hacer el ridículo"（做了荒謬滑稽的事）、"quedar mal"（給人觀感不好、丟臉）。另外，相反的用語可以說 "salvar la cara"（保留面子、把面子「救」回來）、"dar cara a alguien"（給某人面子）。

例句

❶ No fue a la reunión porque habían salido noticias de su vida privada que le hicieron perder cara.
他沒有去開會，因為有報導談到他的私生活，讓他很沒面子。

❷ No creo que vuelva por aquí, la vez pasada hizo el ridículo y perdió la cara. Ahora todos sabemos cómo es.
他應該不會再回來這裡。上次他來的時候，做了荒謬又丟臉的事情。現在我們所有人都知道他是那個樣子的人。

❸ A la gente que tiene una posición alta, le gusta hablar bien de sus subordinados para darles cara.
居高位的人，會喜歡說自己屬下的好話，來給他們面子。

❹ Hizo aquello para salvarle la cara. / ... para que no perdiera cara. / ... para que no hiciera el ridículo. / ... para que no quedara mal.
他那麼做是為了守住面子 /……是為了不丟臉 /……是為了不要做丟臉的事 /……是為了不要給人不好的觀感。

詞彙

perder cara 丟臉；ridículo 荒謬可笑的事；hacer el ridículo 做荒謬可笑的事；
posición alta 高位、上位

MP3

No tiene pelos en la lengua.

他舌頭上沒有毛髮。（說話口無遮攔。）

▶ 筆記

　　這句話的意思是講話時沒有修飾、不經過思考，因此可能冒犯別人。沒有人真的在舌頭上長毛髮，這裡「毛髮」指的是在說出不公平的事情（cosa improcedente）之前「煞車」。因此，「舌頭上沒有毛髮」的意思是說話口無遮攔、說重話、直話，而不經修飾或思考。這句話是具有負面的意思。

／例句＼

❶ Esta chica no tiene pelos en la lengua, cuando cuenta sus problemas.
這個女孩在講自己的問題時，說話口無遮攔。

❷ Me lo contó con todo lujo de detalles, sin pelos en la lengua.
他把事情的來龍去脈所有細節描述給我聽，完全不經修飾。

❸ Se enfadó con Pedro y le dijo todo lo que pensaba de él, sin pelos en la lengua.
他生貝德羅的氣，因此口無遮攔地對他說出所有心裡不滿的話。

詞彙

pelos 毛髮；cosa improcedente 不公平的話；lujo 奢華；detalles 細節

¡Dejadme solo!

讓我自己來！

▶ 筆記

　　意思是沒有問題（No hay problema.），我自己一個人就可以面對（enfrentarme）這個情況。這句話在日常生活中使用，可能說話的人會帶著一點驕傲而又開玩笑的口氣（con un sentido de broma arrogante），因為他雖然這麼說，可是其實不確定自己是否有能力以令人滿意（satisfactoriamente）的方式解決問題。

例句

❶ A: Esta filtración de agua la arreglo yo en un par de horas. ¡Dejadme solo!
這濾水器我只要兩個鐘頭就可以修理好了。讓我自己來！

B: ¡Dios mío! Hay que parar a este hombre, que no tiene experiencia. ¡Anda! Llama a un fontanero.
我的天啊！這位老兄根本沒經驗，趕快阻止他。來！打電話給水電師傅。

❷ ¡Dejadme solo! He hecho muchas paellas en mi vida y esta es la que mejor me va a salir.
讓我自己來！我這輩子煮過很多次百雅飯，這次煮出來的會是有史以來最好吃的。

詞彙

enfrentarse 面對；arrogante 驕傲的；satisfactoriamente 令人滿意的；filtración 濾水器；arreglar 修理；par 兩個；fontanero 水電師傅

395

¡Hazlo como Dios manda!
把事情做好，如同上帝指示一般！

▶筆記

　　這句話是把事情做好的意思，上帝會希望我們把事情做好，做得很精準而且成功（acierto）。因此，要表達類似的意思，可以使用以下的副詞或副詞片語：apropiadamente（恰當地）、propiamente（恰當地）、como es debido（如同應該做的）、debidamente（應該做到的）、correctamente（正確地）、como corresponde（如同相對應的）、adecuadamente（適當地）。

❶ Hay que hacerlo pronto y bien, ¡como Dios manda!

要把事情做得又快又好，如同上帝指示的一樣！

❷ No hagas chapuzas y acábalo bien, ¡como Dios manda!

事情不要做得隨便，應該要好好完成，如同上帝指示的一樣！

詞彙

mandar 指示、命令；acierto 成功；adecuadamente 適當地；chapuzas 事情隨便做、未完成

396

..., ya vale. / ..., que ya vale. 好了。

▶筆記

意思是把事情做到這裡夠好了、已經足夠了。說這句話的時候，表示雖然還有事情可以做，但是目前做的已經夠了，可以完成、結案了。同時也可以用在結束某個討論或爭論（zanjar una discusión）。

例句

❶ Para preparar este examen, te miras los capítulos 3, 4 y 5 del libro y en especial el capítulo 7, y ya vale. Con eso apruebas seguro.

為了準備這個考試，你要讀這本書的第三到第五章，還有特別要看第七章，這樣就好了。這麼準備你一定會通過考試。

❷ ¿Otra vez? Ya vale, déjalo ya.

你又來了？好了，不要說了啦。

❸ Ya te he comprado un helado, o sea, que ya vale. No me pidas otro.

我已經買冰淇淋給你了，這樣就好了。不要再要一個了。

❹ No me vengas otra vez con esta historia, que… ¡ya vale! (Es decir, me la has contado muchas veces, te he dicho que no estoy de acuerdo, y, por tanto, no insistas más).

你不要再告訴我這件事了……好了，夠了！（意思是：你已經告訴我這件事很多次了，而且我已經告訴你我不同意，所以，你不要再堅持了。）

詞彙

zanjar 結束；examen 考試；aprobar 通過；o sea 也就是說……

397

Es así, ¿no? / ¿Es así, o no?
是這樣子的，是嗎？

▶ 筆記

　　意即「我的理解正確嗎？（¿Lo he entendido bien?）」。對方告訴我們事情，我們有時會重複對方所說的話，以確認自己了解的是否正確，這時候就可以加上一句 "Es así, ¿no?" 或是 "¿Es así, o no?"，來得到對方的確認（confirmación）或是釐清（aclaración）。前者 "Es así, ¿no?" 比起後者來說，顯示更多自信或確定性。

例句

❶ O sea, que primero hay que pasar por inmigración, luego hay que ir a recoger las maletas y por último se pasa por la aduana, aunque lo normal es que allí no te hagan abrir la maleta, ni te pregunten. Es así, ¿no?

也就是說，首先必須到入境櫃台，然後再拿行李，最後再過海關，雖然通常在海關不會要求你打開行李、也不會問問題。是這樣子的，是嗎？

❷ A ver si lo he entendido. Me has dicho que primero te hacen una entrevista, si te cogen es solo por tres meses como periodo de prueba y si lo pasas satisfactoriamente, entonces te ofrecen firmar un contrato fijo. ¿Es así o no?

聽聽看我理解的是否正確。你剛才告訴我，首先他們要面試你，如果他們錄取你的話，只是三個月的試用期，然後如果你的表現夠好通過的話，他們會給你正式的聘書。是這樣子的，是嗎？

詞彙

confirmación 確認；aclaración 澄清、釐清；inmigración 移民、出入境；aduana 海關；periodo de prueba 試用期；contrato fijo 正式的長期聘書

398

Esto traerá cola.

這個會帶來尾巴。 / 這會帶來後果。 / 事情不會這樣結束的。

▶ **筆記**

　　這句話的意思是這樣做會有後果的（Esto traerá consecuencias).。「尾巴」（cola）意指事物的後端，例如馬的尾巴（cola de caballo）、而髮型的「馬尾巴」則叫做 coleta。因此，這裡用來比喻的意思是，這樣的行為會帶來後續的效應，事情不會就這樣結束，而會在過一段時間之後，帶來問題或爭議。

例句

❶ Estas declaraciones del primer ministro van a traer cola.
首相所發表的這些宣言會帶來後續的效應。

❷ El parlamento ha aprobado una nueva ley recortando las pensiones. Ya verás como este asunto traerá cola.
國會通過新的法令刪減年金。你看看這一定會帶來後果的。

❸ A: Se ha demostrado que la tesis doctoral del director del programa de master fue un plagio.

事實證明碩士班的主任的博士論文是抄襲來的。

B: ¡Madre mía!, esto va a traer cola.

我的媽呀！這事情不會這樣就結束的。

詞彙

cola 尾巴；coleta 馬尾巴（指髮型）；ministro 部長；primer ministro 首相；parlamento 國會；recortar 刪減；pensiones 年金；tesis 論文；doctorado 博士學位的；plagio 抄襲、剽竊

399

¿En qué cae?
是星期幾？

▶ **筆記**

要詢問某個活動或事情是在星期幾，是不是剛好在週末，很簡單，就說 ¿En qué cae?（直譯是「落在哪〔一天〕？」），或者可以說 ¿En qué cae ese día?，來判斷是否符合自己的行程。

例句

❶ Si tu cumpleaños cae en sábado o domingo, podré asistir a tu fiesta.

如果你的生日在星期六或是星期天，我就可以參加你的生日派對。

❷ ¿La reunión es el día 15? ¡Oh, lo siento!, cae en viernes y a esa hora ya estoy fuera de Madrid.

開會的日期是 15 號，是嗎？啊，對不起！那一天是星期五，而那個時間我不在馬德里。

❸ ¿En qué día caen este año las fiestas de la Constitución y la Inmaculada? Si caen en martes y jueves tendremos un puente de nueve días.

今年的行憲紀念日和無瑕聖母節是在星期幾呢？如果是在星期二或星期四，我們就有九天的連續假期了。**❶**

詞彙

caer 落下、落在；constitución 憲法；inmaculada 無瑕的；puente 橋、連續假期

400

Lo tengo en la punta de la lengua.
我想說的話到了舌尖，但是想不起來。

▶ **筆記**

　　這句話直譯就是「我在舌尖的話」，意思是我們想要說的話或是字詞，但是一時之間卻想不起來。有時候，在對話或是演說的時候，我們想要說一個關鍵字（palabra clave），或是想提到某人的名字，可是卻一時想不起來那個字（vocablo）。可能要花個好幾秒才想起來，也因此就像是這個字掛在舌尖，卻沒有馬上說出來。

---

❶ 在西班牙，行憲紀念日是 12 月 6 日，而「無瑕聖母節（festividad de la Inmaculada Concepción de María）」是 12 月 8 日，兩天都是國定假日。如果兩個假日中間有一天本來是工作日，但是改為連續假期而不必工作，這一天就叫做「橋」（puente），意思就是放連續假期（hacer puente），從兩天放假變成三天放假。因此，許多西班牙人都夢想行憲紀念日和無瑕聖母節最好剛好是星期二和星期四，這樣就可以從前一個週末放假到下一個週末，也就是從 12 月 3 日一直放假到 12 月 11 日。在西班牙，連續假期是不會在其他的週末補上班或補課的。

❶ ¿Cómo se dice dinero en inglés? Lo sé, pero no me sale. ¡Ay!,… tengo esa palabra en la punta de lengua. Bueno, ya saldrá.

英文的「錢」這個字怎麼說？我知道，但是就想不起來。唉……這個字好像已經到我的舌尖了。好吧，遲早會想起來。

❷ Sí, era un chico inglés alto y rubio. ¿Cómo se llamaba? ¡Ay!,… tengo su nombre en la punta de la lengua. Era algo así como… mmm. ¡Que rabia! No me acuerdo.

是的，那是一個英國男孩子，高高的、金髮。他叫什麼名字？唉……他的名字好像已經到我的舌尖了！名字好像是……嗯。氣死了！我怎麼想不起來。

詞彙

punta 尖端；clave 關鍵、鑰匙；vocablo 字；rabia 生氣

解說或是提出具體建議
Explicaciones o consejos claros

我們前面看到的大部分成語，是對於行為舉止或態度提出建議，而建議的方式通常是透過間接的或是譬喻的語句。這些用語往往乍聽之下不見得能理解，但是經過思考之後，就能得到較為清楚的概念。接下來的這個部分，和前面的用語有所不同，這一系列是以直接而明確的方式提供建議，易於理解。

401

Se puede contar con los dedos de una mano.
五隻手指就算得出來。／用一隻手的手指就算得出來。

▶ **筆記**

如果某個事物的數量用一隻手的手指就可以算出來，表示不超過五個。由這句常用語引伸而出的意思就是「數量很少」。另外，也可以說「十隻手指就算得出來［用兩隻手的手指就算得出來］」（Se puede contar con los dedos de las dos manos.），也就是說不超過十個。

例句

Las palabras españolas de origen chino son tan pocas que se pueden contar con los dedos de una mano.
源自中文的西班牙文字非常的少，用一隻手的手指就算得出來。

詞彙

dedo 手指；pulgar 大拇指；índice 食指；medio/corazón 中指；anular 無名指；meñique 小指

Más vale tarde que nunca.

遲到總比沒到好。

　　這句話是指事情即使遲了，還是要把它完成，通常是在工作場合由上司對部屬所說的。部屬該完成的工作遲交了，上司為了替部屬打氣而說這句話，希望部屬不要氣餒。這句話也可以用在一般的情況，鼓勵對方即使過了期限，還是要把事情完成。

例句

A: Lo siento, no he podido acabar antes el informe, espero que aún sirva.
對不起，我沒辦法在期限內交報告，希望現在交還有用處。

B: Bueno, ya es tarde, pero, en fin, no se preocupe: más vale tarde que nunca.
嗯，是遲交了，但是也別太擔心，遲到總比沒到好。

詞彙

tarde 遲的；pronto 提早的 / 快的；nunca 從不 / 永不；siempre 總是

Rectificar es de sabios.

知錯能改是智者。

▶筆記

　　所有的人都可能犯錯，但是很少人能夠承認自己的錯誤並且改正，唯有智者才能做到。這句話可以對親近的朋友或親人說，以鼓勵他接受自己的錯誤並修正，或者可以對已經改正自己的錯誤的人說，以此讚賞他的謙遜。換句話說，就是對著謙遜的人稱讚他是智者。

❶ ¡Venga! No insistas en ello, que no tienes razón. Recuerda que rectificar es de sabios.

好了，你不要再堅持這一點了，你說的沒有道理。你要記得，知錯能改是智者。

❷ A: La verdad es que tenías razón. Ya no volveré a ir a esa peluquería, sino a la que me dijiste.

說實話，你是有道理的。我以後不要再去這家理髮店了，我要去你告訴我的那一家。

B: ¡Ja, ja, claro!, ... rectificar es de sabios.

哈哈！當然囉……知錯能改是智者。

詞彙

rectificar 改正、修正；sabio 智者

404

El que busca, encuentra.
只要有心尋找，一定找得到。

▶ **筆記**

　　這句話的意思是如果堅持尋找某件東西，最終一定會成功，所有的努力都會是值得的。也可以用這句話來鼓勵他人勇敢追求自己的夢想和目標。初學西班牙文的學生常會將 buscar 和 encontrar 的用法混淆，因為中文翻譯都包含「找」這個字。Buscar 是尋找，而 encontrar 是找到。因此，如果要說「我已經畢業了，現在要找工作」，應該說 "Ya me he graduado y ahora voy a buscar trabajo."，而不是 "voy a encontrar trabajo."。反之，如果是「我已經找到工作」，就可以說 "He encontrado trabajo."。

A: No había manera de encontrar las llaves del coche y después de 15 minutos vi que estaban en la bolsa de la playa, y eso que había rebuscado por allí varias veces.

我怎麼樣都找不到車子的鑰匙，結果過了 15 分鐘，我看到鑰匙在海灘包裡面，而我之前已經反覆找過很多次了。

B: Claro, "el que busca, encuentra".

當然囉，「只要有心尋找，一定找得到」。

詞彙

rebuscar 再次尋找、反覆尋找

405

Cuéntamelo con pelos y señales.
一五一十詳細地告訴我。

▶ 筆記

這句話字面上的意思是「連頭髮（pelos）和各種標示、信號（señales）都告訴我」，實際上就是詳細地（detalladamente）告訴我一切，所有細節都不要放過。通常是要求對方詳細說明事情發生的前因後果，特別可能是有關道德或金錢使用的事情。

例句

❶ Quiero saberlo todo. Y todo es todo. O sea, que ya puedes empezar a contármelo con pelos y señales.
我想知道一切，所有的一切。所以，你可以開始一五一十告訴我。

❷ Quiero saberlo todo, con pelos y señales. No te dejes nada.
我想知道一切，包括所有的細節。你什麼都不要漏掉。

❸ Y Antonio, que es un bravucón, le contó lo que había hecho, con pelos y señales.

安東尼歐自以為很勇敢、很厲害，把自己做的事情一五一十詳細地告訴了他。

406

Ha pasado como decía yo.
發生的事情就像我預測的一樣。

▶ **筆記**

說這句話的人，通常都覺得自己是對的，而且需要其他人的認同。

例句

❶ A: ¿Lo ves ahora? Ha ocurrido como dije.
你現在看到了嗎？發生的事情就像我之前說的一樣。

B: En realidad no ha sido exactamente como tú dijiste. Lo que tú dijiste fue que acabaríamos cerrando el negocio, pero lo hemos traspasado a buen precio.
事實上並不完全像你所說的那樣。你之前是說我們的生意會關門大吉，但是實際上我們是以好的價格轉讓了。

❷ A: Claro, ha pasado como decía yo.
當然囉，發生的事情就如同我之前所預測的。

B: Sí, claro, tú siempre lo sabes todo de antemano. (Hay ironía en esta respuesta).
是啦，是啦，你總是能事先預料到所有的事情。（這句回應是嘲諷的語氣。）

Perdió los estribos.

馬鐙掉了。／發飆。

▶ **筆記**

　　馬鐙（estribos）是金屬製品（piezas metálicas），讓騎士（jinete）在騎馬的時候，可以把腳放進去，使身體在馬匹上保持平衡穩定（estabilidad）。除了十分特殊的情況之外，失去了馬鐙或是馬鐙掉了，騎士就會失去對馬匹的控制。因此，這句話是用來譬喻一個人的性格（carácter）或脾氣（temperamento），就如同「發飆」或「暴走」的情況。

例句

❶ En la reunión le dijeron algo que no le sentó bien (= que no le gustó). No se supo controlar y perdió los estribos.
在會議上，其他人對他說了一句話，讓他覺得不舒服（他不喜歡那句話）。他不懂得控制自己，就發飆了。

❷ No admite que le lleven la contraria (= que opinen de forma opuesta a la suya) y por eso, a veces, no se controla, levanta la voz y pierde los estribos.
他沒辦法接受其他人的反對（其他人的意見和他相左），也因此，有時候他控制不了自己，就會大聲說話，甚至發飆。

詞彙

estribo 馬鐙；pieza 零件、物件；jinete 騎士；estabilidad 穩定性；caballo 馬；carácter 性格；temperamento 脾氣；contrario 相反；opuesto 對立；voz［說話的］聲音

Hay que coger el toro por los cuernos.
要從牛角把鬥牛抓住。（要直接面對問題，把問題解決。）

▶ **筆記**

　　西班牙文有許多源自鬥牛的用語（expresiones taurinas）會被使用在生活中，
這句話就是用來比喻直接面對問題，即便是要以激烈的手段來解決問題。

例句

❶ A: La casa tiene muchas filtraciones y eso se nota especialmente en la
estación de lluvias.
這間房子有很多漏水的地方，特別是在雨季的時候會出現問題。
B: Tienes que coger el toro por los cuernos y en vez de reparaciones
puntuales, gastarte dinero para cambiar todo el sistema de aislamiento del
tejado.
你應該從牛角抓住鬥牛，不要只是這裡修修、那裡修修，而應該要花錢把屋
頂的防水系統整個換掉。

❷ A: Este trabajo me trae muchas preocupaciones e incluso problemas de
salud mental.
這個工作帶給我很多焦慮，甚至讓我的心理健康都出了問題。
B: Sí, es algo que me has dicho varias veces. Lo mejor será coger el toro
por los cuernos y no solo dejar el trabajo, sino cambiarnos a vivir a otra
ciudad.
的確是，你已經告訴我很多次了。最好是從牛角把牛抓住，不但應該要換工
作，我們甚至可以搬到另一個城市去住。

詞彙

cuernos [動物的] 角；taurino 鬥牛的；filtraciones 漏水；estación 季節；
aislamiento 隔離（這裡指防水、防漏）；tejado 屋頂

No se puede nadar y guardar la ropa.

不可能要游泳，又要同時顧著衣服。

▶ **筆記**

　如果一個人到河裡游泳，難保放在岸上的衣服不會在游泳的時候被偷走。因此，這句話的意思是，有些事情沒有辦法同時進行，必須選擇做這件事或那件事。

例句

❶ A: Hay gente a la que le gustaría cambiar de trabajo y mantener la posibilidad de volver al mismo sitio por si el nuevo no le gusta. Es muy difícil.

有的人會想要換工作，同時又想維持一種可能性，就是萬一不喜歡新工作的話，可以回到原來的工作。這是很困難的。

B: Claro, no se puede nadar y guardar la ropa.

當然囉，既然要游泳，就不可能同時顧著衣服。

A: Sí, pero a veces lo consiguen.

是的，可是有時候有的人可以做到那樣。

❷ A: Hay empleos en los que puedes pedir un año libre sin cobrar. Y luego puedes reincorporarte sin problema.

有些工作是可以請一年無薪假，然後再回到原來的工作，而不會有問題。

B: Normalmente son funcionarios. En mi empresa es casi imposible, no puedes nadar y guardar la ropa.

通常是公務人員才有可能。在我的公司是幾乎不可能的，你不可能既要游泳，又要顧著衣服。

詞彙

nadar 游泳；río 河流；bañarse 游泳、洗澡；orilla 岸邊；empleos 工作、職位；cobrar 領錢；reincorporarse 回到工作崗位；funcionarios 公務人員

Está fuera de juego.

他越界了。／他分神、恍神了。

▶筆記

這句話原本是用在足球比賽，當球員不在自己被規定的範圍内（en una posición no reglamentaria）把足球往球門踢時，就是越界了。比喻一個人在不應該睡覺的時候睡覺，或是因為分心、生病、年紀大了，而不知道周遭（alrededor）發生了什麼事情。

／例句

A: ¿Dónde está Vladimiro, que no ha venido a la reunión?
弗拉帝彌羅在哪裡？他怎麼沒來開會？
B: Debe de estar en fuera de juego.　他一定是越界了。
A: ¿Qué quieres decir?　你的意思是什麼呢？
B: Pues, que debe de haberse quedado dormido en su despacho otra vez.
他一定是又在辦公室裡面睡著了。

詞彙

reglamentario 規定的；alrededor 周遭、周圍

A quien madruga, Dios le ayuda.

上帝幫助早起的人。

▶筆記

早起可以好好利用一天的時間，完成許多事情。這句成語是從古希臘來的，強調自律的重要，類似中文所說的「天助自助者」。英文也有相似的諺語：「上帝幫助自助的人。」（"God helps those who help themselves."），其典故則是出自聖經。

❶ Siempre llegas tarde a clase. No olvides que "a quien madruga, Dios le ayuda".

你上課總是遲到。別忘了,「上帝幫助早起的人」。

❷ A: Prefiero no hacer el repaso del examen esta noche, sino hacerlo mañana por la mañana.

我比較想要明天早上再準備考試,而不是今天晚上。

B: Sí, es mejor. Ya sabes, "a quien madruga, Dios le ayuda".

是的,這樣比較好。你知道「上帝幫助早起的人」。

詞彙

madrugar 早起;ayudar 幫助

412

Haz bien y no mires a quién.
以善待人,不論對象是誰。

▶ **筆記**

　　不論面對什麼人,都秉持善意對待(Trata bien y por igual a las personas.)。這句諺語通常用在教導孩童應該如何對待他人,例如學校的同學,無論對方的社會經濟背景、種族、宗教、性別為何,都要以善意相待,不能欺負或排擠他人。這句話不會用在成年人身上,因為成年人應該已經知道這個道理,如果仍然想要提醒對方,那麼聽起來就會像是在說教。然而,相反的,往往是小孩比大人更能理解、實踐這個道理。

例句

A: No me importa ayudar a la gente, pero a veces veo que se aprovecha de mí.

我並不介意幫助別人,可是有時候我看別人只是在利用我。

MP3

B: Da igual. Ya sabes, "haz bien y no mires a quién".

沒關係的,你也知道「以善待人,不論對象是誰」。

 詞彙

hacer el bien 做好的事情;mirar 看;ver 看到

413

El hacer las cosas bien importa más que el hacerlas.

做好事情比做事情更為重要。

▶ 筆記

　　這句諺語通常是父母用來教導孩子的話,特別是當孩子粗心沒把事情做好的時候。有時也會用在老闆認為部下沒把工作做好時,尤其是勞力或手工相關的工作。西班牙文的單字 "chapuza",是指沒做好或是品質不好的工作,而這句諺語指的就是不應該把工作做成 "chapuza"。這個字的字源不可考,但是使用上意思和中文的「差不多」很接近(就是工作沒做到位,只是差不多而已),很巧的是這兩個字的發音也很像。或許這個字的來源是中文也說不定呢!

例句

A: Ya está, ya lo he acabado. Me voy a la calle.

好了,我已經完成了。我要出門了。

B: Un momento, que esto está mal hecho. Eres un chapucero. No olvides que "hacer las cosas bien importa más que el hacerlas".

等一下,這個沒做好。你真是個「差不多先生」。你可別忘了,「做好事情比做事情更為重要」。

詞彙

trabajo bien acabado 妥善完成的工作;chapuza 沒做好、品質不好的工作

Te pone mala cara.

他對你擺臉色。

▶ 筆記

Poner mala cara 就是擺出不悅的臉色，釋放具有攻擊性的訊號（un signo agresivo），但是也可能是因為害怕（miedo），所以用不悅的臉色來防衛（defensa），以避免對方要求自己做某件事。

例句

❶ Cuando voy a hablar con el portero de mi casa siempre me pone mala cara. ¡Qué antipático!
每次我和我家管理員講話的時候，他都擺臉色給我看。他好不友善！

❷ El profesor de matemáticas siempre está malhumorado y con mala cara. Por eso nadie le hace preguntas.
那位數學教授總是很不高興的樣子，擺著難看的臉色。因此沒有人問他問題。

詞彙

agresivo 具攻擊性的；defensa 防衛；portero 門房、管理員；antipático 不友善的；matemáticas 數學；malhumorado 不高興的、態度不好的；preguntas 問題

415

Te recibe con una sonrisa.

他以微笑迎接你。

▶ 筆記

沒有什麼比「以微笑來迎接」更友善的了，即使這個微笑是裝出來的（sonrisa postiza）。

❶ Da gusto ir a comprar a esa tienda, siempre reciben al cliente con una sonrisa amable. Te hacen sentirte importante.

在這家店購物讓人很開心，他們總是以親切的笑容迎接客人。他們讓你覺得自己很重要。

❷ Me encanta esta profesora, siempre tiene una sonrisa en la boca. Te hace sentirte cómodo, incluso cuando te reprende.

我很喜歡這位教授，他總是面帶微笑。即使是他在責備你的時候，都讓你覺得很自在。

詞彙

sonrisa 微笑、笑容；postizo 假的、裝出來的；sentirse 覺得；encantar 很喜歡、使其歡喜；reprender 責備

416

No te lo guardes para ti.
你不要藏著只給自己。

▶ **筆記**

　　有些事物、消息、發生的事情（sucedidos）讓我們非常高興，自然就會與朋友分享，但是有時候我們把這些事情像是藏起來一樣，不告訴家人或是同事（colegas）。一般認為，樂意與他人分享好消息的人是更加快樂的。

例句

❶ No te guardes para ti esa noticia y compártela con tu familia.
你不要藏著這個消息，你要和家人分享。

❷ No querer compartir eso es una falsa humildad. Tus amigos quieren saber tus cosas.
不想分享這件事情是虛假的謙遜。你的朋友會喜歡知道你的事情的。

❸ Tienes que salir de ti mismo y compartir tus cosas.

你要走出封閉的自我，和他人分享自己的事情。

417

La ropa sucia se lava en casa.

髒衣服要在家裡洗。／家醜不可外揚。

▶ **筆記**

　　每個人都會犯錯，但是有些事情是比較敏感的（這裡比喻為「髒衣服」），最好在家裡談論就好，或是只對可以信任的人（gente de confianza）、比較親密的小圈圈（círculo íntimo）裡的人說。

例句

❶ No saques otra vez el tema del cierre de la empresa y la visita que me hizo la policía, delante de otras personas. Que los trapos sucios se lavan en casa.

你不要在別人面前再提到公司要關門的這件事情，還有警察來找我的事情。髒抹布在家裡洗就好了。

❷ No vayas por ahí dando explicaciones de lo que le pasó a tu tío. Que la gente lo tergiversa y lo exagera todo. Ya sabes, "los trapos sucios se lavan en casa".

你不要在那裡說明發生在你叔叔身上的事情。別人都會把所有事情扭曲誇大。你也知道，髒抹布在家裡洗就好了。

No tengas miedo al fracaso.

你不要害怕失敗。

▶ **筆記**

　　失敗是人之常情（Es humano fracasar），沒有人可以一直成功。我們要懂得從失敗和錯誤中學習。

例句

❶ A: Esta asignatura me gusta mucho, pero tengo miedo a suspender.
這門課我很喜歡，可是我怕被當掉。

　 B: No tengas miedo al fracaso. Si te gusta acabarás teniendo éxito.
你不要害怕失敗。如果你真的喜歡，最後一定會成功的。

❷ A: Actualmente veo mucho pesimismo en la sociedad.
現在在社會上，我看到了許多讓人覺得悲觀的事情。

　 B: No sé si es verdad o no, pero no dejes que te afecte. No tengas miedo al fracaso.
我不知道這是不是真的，可是你不要讓這件事情影響你。不要害怕失敗。

詞彙

fracaso 失敗；humano 人的、人性的；asignatura 科目、課；suspender 當掉、不及格；éxito 成功；afectar 影響

Ponte metas posibles. 要設定有可能達到的目標。

▶ **筆記**

　　只設定長期（a largo plazo）而遠大的目標，通常是沒有效率的。最好是能夠提出（proponerse）在能力範圍內可以達成的短期（corto plazo）、中期（medio plazo）及長期的目標。

1 A: Nunca consigo lo que me propongo.

我總是達不到我所計劃達到的。

B: Eso es porque no te pones metas posibles.

這是因為你沒有設定做得到的目標。

2 A: No sé cómo hacer para desarrollar bien este negocio.

我不知道這個生意要怎麼做才能好好發展。

B: Te sobra capacidad intelectual, pero te falta ser más práctico y realista en las metas que te propones. Hazte una lista de lo que tienes que hacer y examínala a menudo.

你有非常高的智能，但是你欠缺的是在設定目標時必須要更實際一點。你可以列出所有你必須完成的事項，然後時常審視。

詞彙

meta 目標；plazo 期限、時程；proponerse 提議、提出；corto 短的；
conseguir 達到、得到；sobrar 多出來；capacidad 能力；examinar 檢查、審視；
faltar 缺少；a menudo 時常、經常

420

No me líes.
你不要拖我下水。／你不要找我麻煩。

▶ **筆記**

　　這句話是對熟識的人說的，情況是對方要求我們幫忙做一件複雜的事情，會帶給我們麻煩，而這件事情明明是對方自己的責任。

例句

1 Ya me has liado otras veces, no me líes más.

你已經麻煩過我很多次了，你不要再找我麻煩。

❷ Cuidado con Luis que es un liante. Primero te pide una cosa que parece fácil y acabas atrapado en sus redes.

你要小心路易斯這個人，他常會找人麻煩。一開始他會要求你做一件看似簡單的事情，結果你就會被他的天羅地網纏繞。

❸ A veces, en problemas no excesivamente complejos, hay gente que propone soluciones complicadas e inviables, de modo que lo lía todo.

有時候，面對並不是太複雜的問題，有的人卻會提出非常複雜又不可行的解決辦法，結果把事情搞得很麻煩。

詞彙

liar 造成麻煩、把情況變複雜；atrapado 被纏繞住；red 網；
proponer 提出、建議；inviable 不可行的

對話中常說的自然回應用語

Algunas expresiones reactivas, que se dicen automáticamente, sin pensar.

421

¡Qué disparate!

太離譜了！/ 差太多了！

▶ **筆記**

這個片語指的是對方所說的話與現實脫節，和實情八竿子打不著。形容詞 disparate 來自名詞 disparidad，指的是兩件事情之間完全沒有關係。

例句

❶ ¿Mi marido, policía? ¡Qué disparate! Leonardo es profesor.
我先生是警察？也差太多了！李奧納多是教授啦。

❷ No digas tonterías. Eso que dices es un disparate.
你別說傻話了，你講的這些都太離譜了。

❸ Los políticos, siempre tienen ocurrencias y están diciendo disparates.
那些政客常常突然想出新點子，一天到晚胡說八道。

詞彙

politico 政客；ocurrencia 突發奇想的點子

¡Esto es el colmo! 這是極限了！

▶筆記

　　如果某人對你做的事或說的話冒犯了你、挑戰你的底線，就可以用這片語。
Colmo 是動詞 colmar 的名詞型態。Colmar 指的動作是將容器裝滿到極限，就像
把水倒滿在水杯裡。這句片語的用法是，某人的行為或言語已經多次踩到底線，
你已經沒辦法再忍受了，就可以說 ¡Esto es el colmo!。對於越來越糟的狀況，也
可以用這句片語。

／例句＼

❶ Este alumno apenas ha venido a clase, ha hecho un examen pésimo, no
me ha entregado los trabajos y además me pide que le apruebe. Esto es
colmo.
這個學生幾乎沒有到過課，只考了一次考試而且成績很差，沒有交過作業，
結果他還要求我讓他過。這真是挑戰極限了。

❷ No para de subir el precio de la electricidad y encima (= y además) el
gobierno pone más impuestos. ¡Esto es el colmo!
電費一直上漲，再加上政府稅收還越來越高，這真令人無法忍受了！

詞彙

colmo 極限；colmar 到極限；colmar la paciencia 挑戰忍耐極限；impuestos 稅

... y para colmo,... / y encima... 挑戰極限

▶筆記

　　敘述一件事情又產生了無法預見的新困難或問題時，會使用這個片語。在敘
述一件事情時，可加上片語 y para colmo（挑戰極限的是……）或是有同樣意思
的 y encima [y además]（更誇張的是……），同時配合無奈的情緒及語調。

❶ No tengo tiempo para acabar este trabajo, además estoy en vacaciones y ahora, para colmo, no me funciona bien el teclado del ordenador.

我沒時間完成這個工作，而且我明明現在是在休假，更挑戰極限的是，現在我電腦鍵盤還壞掉了。

❷ No tengo tiempo para acabar este trabajo, además estoy en vacaciones y ahora encima no me funciona bien el teclado del ordenador.

我沒時間完成這個工作，而且我明明現在是在休假，更誇張的是，現在我電腦鍵盤還壞掉了。

詞彙

colmo 極限；encima 甚至於、再加上；teclado 鍵盤

424

¡Y asunto acabado! / ¡Y asunto liquidado!

終於結案了！/ 終於解決了！

▶ 筆記

　　一項工作或任務一直帶來壓力，在終於完成時就可以用這句片語。我們在完成工作、覺得很滿意的時候可以說這句話，因為之前讓我們很傷腦筋或壓力很大的任務終於完成了。至於 asunto liquidado，意思和 asunto acabado 一樣，但是更強調事情終於解決了，因為 líquido 是「液態」的意思，把事情從「固體」溶解為「液體」，就是徹底解決了。類似的應用是將 liquidar 這個動詞用在人身上，「把某人液態化」意思就是把某人「做掉」（殺掉），讓他人間蒸發。

❶ Llegas mañana por la mañana, buscas a la secretaria, firmas el contrato, ¡y asunto acabado!

明天早上你來，找祕書，簽合約，然後就結案了！

❷ Y así, tras pagar el último plazo, [estará el] asunto liquidado.

這樣，付完最後一筆款項，[這件] 事情就了結了。

詞彙

asunto 事情；líquido 液體；liquidar 液態化；contrato 契約

425

..., y ya está.

這樣就好了。／這樣就完成了。

▶ **筆記**

　　意思是這樣子問題就解決了，或是事情就了結了。這句話用在做好一件事情的時候說，或是在說明怎樣完成一件事情、解決一個問題時所說的。和前一句 "Y asunto acabado / Y asunto liquidado" 意思相近。

例句

❶ Me envías por banco una parte del dinero, el resto me lo das en efectivo y ya está.

你從銀行匯部分的款項給我，餘款你給我現金，這樣就好了。

❷ Cierras la puerta del lavavajillas, aprietas este botón y ya está.

你把洗碗機的門關上，按這個按鈕，這樣就好了。

詞彙

resto 剩下的、其餘的；en efectivo 現金；lavavajillas 洗碗機；apretar 按；botón 按鈕、鈕扣

¡Déjalo! / ¡Déjalo ya!

算了！／算了吧！

▶筆記

　　這句片語以不同版本出現在不同的語言裡，意思是最好把某件事或某個人忘掉。例如在西班牙文裡可以這樣用：No le molestes más y déjalo en paz.「你不要再煩他了，讓他去吧。」還有其他類似的片語，如 ¡Olvídalo!「忘了他吧。」用法例如：Juan te ha dicho claramente que no te quiere. ¡Olvídalo ya!「胡安已經清楚告訴你他不愛你，你忘了他吧。」動詞 "dejar" 有幾種不同的用法（放下、算了、由它去），有時候指「停止做某件事」（如例句 1），有時候指「准許某件事進行」（如例句 2）。

／例句

❶ Deja, lo hago yo, tú descansa. 放下吧，我來做，你休息一下。
❷ Déjame hacerlo a mí, que lo he hecho otras veces.
　讓我來做吧，我已經做過很多次了。

詞彙

molestar 煩［某人］、騷擾［某人］；paz 和平、平靜；claramente 很清楚地、明顯地；descansar 休息

Déjame un recado. / Envíame un mensaje.

留言給我。／寄訊息給我。

▶筆記

　　我現在沒辦法回話，請留訊息給我。"Recado" 是「留言」或「訊息」的

傳統用字，指語音留言或是文字訊息。因為受到英文的影響，現在比較常用 "mensaje"（近似英文的 message）這個字來表達留言或訊息的意思。"Recado" 另一個常見的意思是「辦事情」（辦雜事），例如："Me voy a hacer un recado". 「我要去辦點事情。」

例句

❶ Déjame un mensaje en el contestador.
請在我的答錄機留言。

❷ Envíame un mensaje por WhatsApp.
請用 WhatsApp 寄訊息給我。

詞彙

recado 留言、[辦] 事情；mensaje 訊息；contestador 答錄機

428

¡Dios mío, lo que me faltaba!
我的天啊，只缺這一樣 [我就要瘋] 了！

▶ **筆記**

　　這句話用在已經面臨困境的情況下，突然又出現新的、預想不到的困難。如果完整地說，就是：「我的情況本來已經很困難了，現在又多一個問題出來，這個新的問題，就像就只缺這一樣 [就要把我逼瘋了]。」

例句

❶ El martes tengo dos exámenes, y ahora el profesor de matemáticas ha anunciado que el suyo también pondrá el martes. ¡Dios mío, lo que me faltaba!
星期二我已經有兩科考試，現在數學教授居然宣布也是星期二要考試。我的天啊，就只缺這一樣 [我就要瘋] 了！

❷ Dicen que ahora viene la quinta ola de la pandemia. ¡Dios mío, lo que nos faltaba!

聽說現在會有第五波的全球疫情。我的天啊，就只缺這一樣 [我們就要瘋] 了。

詞彙

faltar 缺乏、欠缺；anunciar 宣布；ola 波浪、波；pandemia 全球疫情

429

Sin ir más lejos,...
別的不說了⋯⋯ / 不必遠求⋯⋯

▶ **筆記**

　　這片語會用在開始舉例說明之前，意思是「不必舉出什麼遙遠或是複雜的例子，平常生活中就會發生這些事情了」，用法類似「舉例來說」，可是舉的例子是在時間或空間上與我們很接近的，而且簡單易懂。

例句

Sin ir más lejos, fíjate en los vecinos del quinto. También se han puesto la alarma. No sé a qué esperamos.

別的不說了，就說五樓的鄰居好了，他們也裝了警報系統。不知道我們是在等什麼。

詞彙

fijarse en 專注在、關注；vecino 鄰居；alarma 警報

¿Lo ves? Te lo dije.

你看吧,我早告訴你了。

▶筆記

意即「我之前就提醒過你會發生這樣的事情,可是你當初不相信我。」說這句話的人是責備對方之前沒有把自己的話聽進去。這句話是以高姿態、上對下責備的口氣,不是和善的用語。

例句

❶ ¿Lo ves? Te dije que iba a llover y no quisiste coger los paraguas, y ahora vamos a mojarnos.

你看吧,我說過會下雨,你就不願意帶傘,現在我們都要淋濕了。

❷ ¿Lo ves ahora? ¿Te das cuenta finalmente? Ha ocurrido exactamente como yo te dije, pero no me hiciste caso.

你現在看到了吧?你終於注意到了吧?發生的事情就和我之前告訴你的一模一樣,可是你當初聽不進我說的話。

詞彙

paraguas 雨傘;ocurrir 發生;hacer caso 注意、關注

Ayer en la fiesta, tú te pasaste un poquito.

昨天的派對上,你有一點太超過了。

▶筆記

意思是:昨天你的行為不恰當,而且沒教養(maleducado)。因為喝酒的關係,在派對上可能會有脫序的行為、可能講不該講的話,甚至以言語傷害到他人(acoso a otras personas)。

A: Como ayer estabas un poco alegre (= habías bebido más alcohol de lo normal),
dijiste muchas tonterías y te pasaste un poquito.

昨天你有點太「開心」了（也就是說，你酒喝得比平常多太多了），你講了很
多蠢話，有點太超過了。

B: ¡Venga, mujer!, que no fue para tanto. Solo estaba contento.

拜託喔！沒那麼嚴重吧。我只是開心而已。

詞彙

pasarse [行為] 超過；pasarse de la raya 超過界線、行為不恰當；
maleducado 沒教養；acoso 霸凌、傷害他人；¡venga! 拜託！好了！（類似英
文的 Come on）

432

Lo pasamos muy bien.
我們玩得很開心。

▶ **筆記**

　　這句話用在活動或派對結束後。如果要加強語氣，可以加上反身代名詞，例
如：nos los pasamos muy bien 或 me lo pasé muy bien，句子中的 nos 和 me 是加
強語氣用的反身代名詞。學生因為受到英文的影響，常常會犯一個錯誤，就是
直接將英文 "we had a good time." 翻譯為 "tuvimos muy buen tiempo."。在西班牙
文裡，這句話的意思其實是「天氣很好沒下雨，出太陽，溫度又不會太高」。

例句

A: ¿Qué tal os lo pasasteis ayer? 昨天你們玩得怎麼樣？

B: La fiesta fue fantástica, vino mucha gente y todos nos lo pasamos muy
bien.

派對很棒，來了很多人，我們都玩得很開心。

MP3

pasárselo bien 玩得開心；fantástico 很棒

433

Pasamos un buen rato.　我們玩得很開心。

▶ 筆記

　　這是一句較新的用語，意思是和朋友度過開心的時光，事先沒有特別計劃要做什麼，用來描述朋友在咖啡廳、酒吧或其他場合聚會時聊得很開心，大家吃吃喝喝聊聊，更加認識彼此。Rato 這個字指的是一段時間，通常不會超過兩小時。反之，如果聚會有點無聊，可以說 solo estuvimos pasando el rato（我們只是在殺時間而已）。

/ 例句 \

❶ Hemos ido a dar una vuelta para pasar el rato.
我們出去走了一圈消磨時間。

❷ Julio y Rosa han venido a casa a tomar café y hemos pasado un buen rato.
胡立歐和蘿莎來家裡喝咖啡，我們度過了美好的時光。

詞彙

pasar 這個動詞有兩個意思：「穿越、經過」[某個地方] 和「度過」[一段時間]。在這個片語以及前一個（"Lo pasamos muy bien."）指的都是「度過」的意思。

434

Nos divertimos mucho.　我們玩得很開心。

▶ 筆記

　　這也是一句較新的用語，用以表達聚會或派對玩得很開心。這裡比較強調的是場面的熱鬧氣氛，很多笑聲，甚至有點無傷大雅的小失控。文法上使用反身代名詞 nos 配合動詞 divertir 和副詞 mucho。說中文的學生常犯的錯誤是將「很好玩」或「玩得開心」直譯為西班牙文，把「玩」翻譯成 jugar，例如：jugamos mucho。但是在西班牙文聽起來的意思，jugar 是玩桌遊，或是玩球類運動時才用的動詞，不能通用在「玩得很開心」這句片語裡。

例句

A: ¿Qué hicisteis ayer?　你們昨天做了什麼呢？

B: Estuvimos en casa de Leocadia, que tiene un hermano muy bromista, y nos divertimos mucho con sus chistes.

我們昨天到蕾歐卡蒂亞的家，她有個很搞笑的弟弟，我們都被他的笑話逗得很開心。

詞彙

bromista 喜歡開玩笑的、搞笑的；divertirse 玩得開心；chiste 笑話

435

Disfrutamos mucho.　我們玩得很開心。

▶ 筆記

這是第四種表達「玩得很開心」的說法，可以用在派對、聚會，也特別適合用在旅行。這句話比較強調的是平靜、內在的快樂。

例句

A: ¿Qué tal fue el viaje?　你們的旅行如何？

B: Fantástico, disfrutamos mucho. Era la primera vez que los niños veían nieve en las montañas.

太棒了！我們都玩得很開心。小朋友們是第一次在山上看到雪。

disfrutar 享受、玩得開心；nieve 雪

436

Te veo venir. 我看到你過來 [別有用意]。

▶ 筆記

　　這句話的意思是「我看得出來你靠近我是有所求」，用在你所熟識的人，因為你對他的了解，從他的態度、表情、說話的語調，可以感受到對方有所求，因此說這句話來防衛自己。

例句

A: Mmm… Ricardo, ¿sabes que te quiero, verdad?

嗯……里卡多，你知道我愛你，對嗎？

B: ¡Uy!… que te veo venir. ¿Qué es lo que quieres?

喔……我看到你過來 [別有用意]，你想要什麼？

A: Me gustaría ir a comer hoy a un restaurante japonés.

我今天想到餐廳吃日本料理。

B: Bueno, Carmen, si solo es eso no hay problema. Seguro que pasaremos un buen rato.

好的，卡門，如果只是這樣沒有問題。我們一定會吃得很開心的。

437

No te andes con rodeos. 你走路不要兜圈子。

▶ 筆記

　　這個句子裡「走路兜圈子」的意思是不敢直接說或是要求某件事情，所以問相關的問題或是以觀察試探的方式讓對方有心理準備。在前面的例句對話裡，

卡門有點「走路兜圈子」，就是拐彎抹角，而里卡多則很直接地「直達種子」（va al grano 是另一個成語，表示直來直往的意思），也就是「走路不兜圈子」。

例句

Acabo de conocer a tu madre y me ha hecho un montón de preguntas. Se ve que es una mujer que no se anda con rodeos.

我才剛認識你的媽媽，她就問了我一大堆問題。我看得出來她是直來直往、不兜圈子的。

詞彙

rodeos 是「繞圈」的意思，vueltas 也有同樣的意思。

438

Ir al grano
直達種子 / 直來直往 / 切入核心

▶ 筆記

這個片語的意思是討論一個問題的時候不拐彎抹角，直接切入問題的核心。這句話的由來是農村在收割小麥的時候，必須將麥糠與籽粒分離。麥糠是給動物吃的，籽粒則是用來做麵包的原料。因此，小麥籽粒比麥糠來得重要，必須直接取得籽粒。

例句

❶ Venga, déjate de rodeos y vamos al grano.
快點，不要拐彎抹角了，我們直接切入主題。

❷ Los orientales, cuando discuten de negocios, emplean mucho tiempo en la aproximación, solo al final van al grano.
東方人在談生意的時候，常會花比較多的時間談論周邊的事情，最後才切入核心。

paja 麥糠；grano 籽粒 / 種子

439

Estoy metido en un lío.
我陷入了一團混亂 / 一團糟。

▶ **筆記**

　　這句片語裡的 lío 指的是非常複雜的事情或複雜的狀況，可能是難以理解、難以解決，或是理不清的。片語的意思源自於一團纏繞在一起的繩子，綑綁住又解不開，無法理清。因此用來比喻複雜的事情。

例句

A: ¿Qué te pasa? Tienes mala cara.
你怎麼了？你臉色看起來不好。

B: Es que estoy metida en un lío.
我現在真的是一團糟。

A: Entonces, no te andes con rodeos, ve al grano y cuéntamelo.
既然如此，你就別拐彎抹角了，直接告訴我到底發生什麼事。

B: Verás, hace dos años firmé un aval para mi hermano, para que pagara la hipoteca de la casa, pero la puso a nombre de su mujer, y ahora se han divorciado porque mi hermano no tiene trabajo... ¡Díos mío, qué lío!
是這樣子的，兩年前我幫我弟弟的房屋貸款簽保證人，可是他當時房子是登記在他的太太名下，結果他們現在因為我弟弟沒工作而離婚了……我的天啊，真是一團糟！

詞彙

un lío 一團糟、一團亂；liar 纏繞；liarse 被纏繞住；andarse con rodeos 拐彎抹角、顧左右而言他

Esto queda entre nosotros.

這事情只有你知我知。

▶筆記

　　意思是：我告訴你這件事，因為你可以（或是應該）知道，可是你不要告訴別人。說話的人對某人透露一件重要的訊息，但是不希望其他人知道，所以提醒對方別告訴第三者。

／例句＼

A: Lo que me has contado es muy serio, pero no te preocupes, no se lo diré a nadie. Esto queda entre nosotras.
你剛才告訴我的事情很嚴重，但是別擔心，我不會告訴別人。這件事情只有你知我知。
B: Gracias por escucharme.
謝謝你聽我說。

詞彙

entre nosotros 我們之間；escuchar 聽、傾聽

俗語 Dichos

　　俗語（dichos）指的是以簡短的片語清楚表達一個抽象的概念，舉例來說，評斷發生的某件事、描述某人或某種情況等等，或是單純的只是強調某個觀念。因為這些用語通常都有既定的明確意義，因此對於非母語人士來說，使用起來有時是有點冒險的，可能應用的情況不夠精確。西班牙文中，就如同其他所有語言，有許多不同的俗語，在這裡列舉一些並加以說明。

441

Pasar el punto de no retorno
過了無法回頭的那一點

▶ 筆記

　　意思即「已經不可能再回頭了」。有時候在某段時間內還有反悔或回頭的餘地，可以放棄已經開始的事情，例如求學、交往關係、簽署合約等。如果過了那個時間點，就沒辦法回頭了。俗語中的 punto 指的就是那一個時間點。這句俗語的意思是在跨過「紅線」（línea roja）之後，已沒有回頭的機會、已無轉圜的餘地，只能繼續往前走。拉丁文裡也有一句類似俗語 Alea jacta est，意思是「已經下注了」或是「已交給運氣了」，這句話是凱撒大帝在羅馬附近渡過如比康河（Rubicón）時所說的，他違反羅馬元老院的意見，開啓了對抗龐貝猶（Pompeyo）的內戰。

例句

A: Acabamos de pasar el punto de no retorno.
我們已過了無法回頭的那一點。

B: Tu siempre tan misterioso. ¿Qué quieres decir?

你總是那麼神祕。你的意思到底是什麼？

A: Que ya no hay vuelta atrás. Estamos tratando tan mal a la naturaleza, que ya no hay futuro.

已經沒有轉圜的餘地了。我們對大自然這麼壞，未來沒有希望了。

B: ¡Qué exagerado!

你太誇張了！

 詞彙

retornar 回頭、返回（動詞）；retorno 回頭、返回（名詞）

442

De perdidos, al río.
迷失的時候，就跳到河裡。

▶ **筆記**

　　這句俗語形容在面對複雜的問題或情況下，最好就是選擇明確、直接、立即的解決方式，以「跳到河裡」作為譬喻，即使這種解決方式是讓人覺得不太舒服的。關於這句俗語的來源，有許多不同的說法，多是與有風險的情況或是軍事相關，端看如何解釋「迷失」（estar perdido）的意思。

例句

A: Hemos invertido ya mucho dinero en esta empresa y no ha habido resultados.

我們已經在這個公司投資很多錢了，結果還是沒有回報。

B: ¿Qué hacemos con el dinero que nos queda? ¿Lo invertimos de nuevo o lo repartimos entre los dos?

那我們剩下的錢怎麼處理？是要再投資呢？還是我們兩個人就把錢分了？

MP3

A: ¿Sabes qué? Si nos lo repartimos no haremos nada. ¡De perdidos al río! ¡Vamos a intentarlo otra vez!

你覺得呢？如果我們把錢分了就沒有進展了。迷失的時候，就跳到河裡！我們再試著投資一次吧！

 詞彙

perderse 迷失、迷路（動詞）；estar perdido/a 迷失、迷路、困惑

443

Eso fue una huída hacia adelante.
這就如同往前方逃跑。

▶ 筆記

這句話的意思是往危險的地方逃去。面對危險，通常是往反方向逃，也就是往後方逃。但是這句俗語形容的是，面對危險的情況時，往後逃解決不了問題，甚至會讓情況更嚴重，因此就勇敢往這危險的情況裡跑，即使不知道結果是成功或是失敗。這句俗語和之前的 De perdidos, al río 意思看起來很接近，而兩者都是已經「過了無法回頭的那一點（pasar el punto de no retorno）」。然而，"De perdidos, al río." 通常是迷失的人自己所說的，而這一句 "Huir hacia adelante" 則是旁觀者說的。

例句

A: De repente se marchó de su casa y se fue a otro país en donde no conocía a nadie.　突然之間，他離家遠走到國外沒有人認識他的地方。

B: No sabemos por qué lo hizo, debió de ser una huida hacia adelante.
我們不知道他為什麼這麼做，但想必是到了必須「逃往前方」的地步。

（這句例句裡，動詞 huir（逃）以名詞 huida 的方式呈現。）

詞彙

huir 逃（動詞）；huída 逃跑、逃亡（名詞）；adelante 前方、前面

A la tercera va la vencida. 第三次就會成功。

▶ **筆記**

　　意即任何事情如果嘗試第三次，就會成功。這句話是用來鼓勵他人、為他人
加油的。原本用在鼓勵運動員，例如跳高選手，可能前兩次嘗試失敗，教練就
鼓勵說，第三次一定會成功。

例句

❶ A: Realmente estas oposiciones son muy difíciles. Ya lo he intentado dos
veces, sin éxito.
國家考試真的非常難考。我已經考過兩次了，都沒通過。

B: ¡Venga, ánimo! No te desanimes, a la tercera va la vencida.
加油！你不要氣餒，第三次一定會成功。

❷ A: Ya lo he probado un par de veces y no me atrevo a declararle mi amor.
我已經嘗試兩次了，還是沒有勇氣向他表白。

B: ¡Hombre, inténtalo de nuevo! Ya sabes, a la tercera va la vencida.
老兄，再試一次吧！你也知道的，「第三次一定會成功」。

詞彙

oposiciones 國家考試；declarar 宣布；intentar 嘗試

Meter la pata 腳丫子踩空了

▶ **筆記**

　　意思是因為一個錯誤造成尷尬的情況。這句話所直接描述的情況是一個人走
在路上，一不小心腳踩到洞裡，因此有點滑稽、尷尬地跌倒了。俗語中用的「腳」
這個字是屬於動物的腳（pata），而不是人的腿（pierna），因此是誇張地形容

動作的滑稽樣子。俗語可以用來提醒他人注意可能的危險情況（例句 1），或是回想到過去所發生的尷尬情況（例句 2）。

例句

❶ Ten cuidado con lo que vas a hacer no sea que metas la pata.

小心你現在要做的事情可能會讓你腳丫子踩空。

❷ Le dije que su madre me parecía muy joven, y me dijo que no era su madre sino su hermana. Entonces me di cuenta de que había metido la pata.

我告訴他，他的媽媽看起來好年輕，結果他告訴我那是他的姐姐、不是媽媽，我才發現我腳丫子踩空了。

詞彙

pata 動物的腳；pierna 人的腿；meter 插入、踩進

446

Hablando del rey de Roma, por la puerta asoma.

說到羅馬國王，羅馬國王就出現了。

▶ 筆記

意思也就是「說曹操，曹操就到」。有時候大家聚在一起時，談到某個人，結果一提到他的名字，正巧他就出現了。這時候就會以驚訝的態度說這句話。中文也有非常接近的句子，就是三國演義故事裡的「說曹操，曹操就到」。如果談到某個人，說的是正面的事情，那就可以大聲說這句話，可是如果是在背後講他的壞話，最好就別說了。

例句

A: Pues a Juan le tocó la lotería y se compró un coche.

那天胡安中了彩券，他就買了一台車。

B: Qué, casualidad, aquí llega Juan.

好巧喔，胡安來了。

C: ¡Que coincidencia! "Hablando del rey de Roma, por la puerta asoma".

真的太巧了！「說到羅馬國王，羅馬國王就出現了。」

詞彙

tocar 碰觸、中（獎）；lotería 彩券、樂透；casualidad 巧合；coincidencia 巧合

447

No es oro todo lo que reluce.
並非所有發亮的東西都是黃金。

▶ 筆記

　　這句俗語的意思是不要被事物的外表所影響。通常用在一個人要買價值匪淺的東西時，可能一頭熱，一看到東西很快就決定要買，這時同行的人可以用這句俗語來提醒他，做決定要謹慎一點，不要太衝動。

例句

A: La casa está bien orientada, tiene cuatro habitaciones, parece que la cuidó bien el anterior inquilino. Lo que no entiendo es por qué el alquiler es tan barato.

這間房子方位很好，有四個房間，看起來前一個房客把房子照顧得很好。我不解的是為什麼房租這麼便宜。

B: Sí, hay que informarse mejor, porque no es oro todo lo que reluce.

是啊，要多了解一下是什麼情況，並非所有發亮的東西都是黃金。

詞彙

oro 黃金；relucir 發亮；inquilino 房客；alquiler 房租

Hay que ver de qué pie cojea.

要知道他跛的是哪隻腳。

▶ **筆記**

　　意思是要發現他的弱點（punto débil）是什麼。這句話可能指在與競爭者或對手談判時，如果知道對方的弱點，就能準備好談判的策略。

例句

❶ A: Antes de empezar a negociar con él, es mejor saber de qué pie cojea.
在與他談判之前，最好先知道他跛的是哪隻腳。
B: Sí, es una buena estrategia.
好的，這是好的策略。

❷ A: Si no logras convencerle, dile que todavía no entendemos la situación financiera de su empresa.
如果你沒辦法說服他的話，就告訴他，我們還沒了解他的公司的財務狀況。
B: Veo que lo conoces bien y sabes de qué pie cojea.
我看得出來你很了解他，你知道他跛的是哪隻腳。

❸ A: Si quieres ponerle en apuros, pregúntale por la gramática del subjuntivo.
你如果想讓他丟臉的話，就問他假設語氣的文法。
B: Ja, ja. Veo que sabes muy bien de qué pie cojea.
哈哈，我看你很了解他跛的是哪隻腳。

詞彙

cojear 跛腳；punto débil 弱點；lograr 達成、做到；situación financiera 財務狀況；apuros 不好意思、丟臉；subjuntivo 假設語氣

Cada dos por tres   三天兩頭

▶ 筆記

　　就是經常（a menudo）、時常（frecuentemente）的意思。這句話是用在負面或是令人覺得煩擾的事情，意思是這件事情很常發生，通常不會用在正面的事情。

例句

❶ Es un caradura, cada dos por tres me pide que le preste dinero.
他很厚臉皮，三天兩頭向我借錢。

❷ Este alumno cada dos por tres llega tarde a clase.
這個學生三天兩頭上課遲到。

❸ Desde que tomo esa medicina tengo mareos cada dos por tres. Voy a ver al médico.
自從我開始服用這種藥，三天兩頭就頭暈。我要去看醫生。

詞彙

caradura 厚臉皮的人；prestar dinero 借錢；llegar tarde 遲到；mareos 頭暈、暈眩

¡Cómo pasa el tiempo!
時間過得好快！

▶ 筆記

　　意思是我們過日子卻沒有覺察到分秒的流逝。這句話表示驚訝，並且有點害怕或不敢置信的情緒，尤其是在想起某件發生過的事情，明明覺得好像才剛發生，實際上卻是好幾年前發生的。

❶ Todavía me acuerdo de la expectación con la que preparaba mi boda y ya han pasado diez años de eso. ¡Cómo pasa el tiempo!

我還記得當初準備婚禮的那種期待的感覺，沒想到居然過了十年了。時間過得好快！

❷ Parece que fue ayer cuando Diego hizo las oposiciones a diplomático y ahora está de embajador en Honduras. ¡Cómo pasa el tiempo!

感覺迪耶哥好像昨天才考外交官國考，現在他已經是駐宏都拉斯的大使了。時間過得好快！

詞 彙

expectación 期待；boda 婚禮；diplomático 外交官；embajador 大使

451

Cada loco con su tema.

每個瘋子都各有主題。

▶ **筆記**

　　這句話的意思是在聚會或開會的時候，有時候很難達成共識、作出結論，因為每個人各說各話，聽不進去別人的話。會說這句話的人，通常是在聚會或開會時，覺得別人所談論的事情沒意義，或是想表達自己的意見，卻插不上話。

/ **例句**

❶ Cuando nos reunimos toda la familia no hay manera de hablar de nada en concreto, porque todos hablan a la vez, y además, cada loco con su tema.

我們全家聚在一起的時候，總是沒辦法講到什麼具體的事情，因為每個人都同時在講話，然後每個瘋子都各有主題。

❷ Aquí todos hablan y nadie escucha. No hay manera de tener una conversación normal. Cada loco con su tema. Esto parece un manicomio.

在這裡每個人都在講話，沒有人聆聽。完全沒有辦法有正常的對話。每個瘋子都各有主題。這裡就好像瘋人院一樣。

詞彙

loco 瘋子；manicomio 瘋人院

452

No hay peor sordo/ciego, que el que no quiere oír/ver.

沒有比不願意聽 / 看的人更聾 / 瞎的。

▶ 筆記

這句話的意思是指一個人很固執（testarudo），不願意面對或承認事情的真相。會說這句話的人，通常是認為與其談話的對方（interlocutor）不願意討論主要的議題，不如回答不相關的話或是轉變話題，以打斷（bloquea）對話。也就是說「裝傻」（haciéndose el tonto）。

例句

A: Te lo repito otra vez. No le compres a la mamá una minifalda, que no es su estilo.

我再重複一次。你不要買迷你裙給媽媽，這不是她的風格。

B: Pero ahora es verano y todas las chicas la llevan.

可是現在是夏天，所有的女生都穿迷你裙。

A: Las chicas sí, pero la mamá tiene 65 años.

女生是的，沒錯，可是媽媽已經 65 歲了。

B: Cuando yo tenga 65 años, me gustaría llevar una.

等我 65 歲的時候，我會喜歡穿迷你裙。

A: Tú sí, porque eres de otra generación, pero a mamá no. (¡Qué hermana esta! No hay más ciego, que el que no quiere ver).

你會喜歡，因為你是不同世代的人，可是媽媽不會。（我這老妹！沒有比不願意看的人更瞎的。）

詞彙

sordo 聾的；ciego 瞎的；testarudo 固執的；interlocutor 交談的人、對話的人；bloquear 打斷、阻斷；hacerse el tonto 裝傻

453

Cree el ladrón que todos son de su condición.
小偷以為每個人的舉止都和他一樣。

▶筆記

這句俗語是指某人對我們有所評斷或批評，但其實他的話不過是描述出自己的行為舉止而已。這句話通常是對第三者陳述，用在面對別人指控時，我們以此為自己辯護，別人的指控或批評不過是反應出他本人的缺失而已。

例句

A: Y Juan me estuvo acusando de utilizar el coche de la empresa para mi uso personal.　胡安居然指控我用公司的車子來辦私事。

B: Claro, eso es lo que él hace normalmente. Ya sabes, "cree el ladrón que todos son de su condición".　就是啊，他自己還不是常常這麼做。你也知道，「小偷以為每個人的舉止都和他一樣」。

詞彙

ladrón 小偷；condición 情況（在這句話裡有「行為舉止」的意思）

De tal palo, tal astilla.

有其父必有其子。

▶ **筆記**

這句話可以譯為「什麼樣的木棍就有什麼樣的木屑」，因為木屑和木棍都是從同一塊木材來的，意思指子女就像父母一樣。Astilla 指的是木屑，在切或是鋸（serrar）木材的時候，可能會掉下來或是跳出來，一不小心可能刺到手。因為木屑是來自木材的，所以比喻小孩像父母，不只是長相，行為舉止也是。

例句

❶ A: Luis habla igual que su padre y además tiene los mismos gestos.
　路易斯講話就像他的爸爸一樣，而且手勢也一樣。
　B: Claro, "de tal palo, tal astilla".　當然囉，「有其父必有其子」。

❷ A: Hijo, lo dejas todo desordenado. Te pareces a tu padre.
　兒子，你什麼東西都亂放。你像你爸爸。
　B: Mamá, no es mi culpa. Ya sabes, "de tal palo, tal astilla".
　媽媽，這不是我的錯。你也知道，「有其父必有其子」。

詞彙

palo 棍子；astilla 屑、木屑；serrar 鋸；gestos 手勢

Aquí, el que no corre, vuela.

在這裡，不是用跑的，而是用飛的。

▶ **筆記**

這句話的意思是在面對某個機會的時候，大家想都不想就趕快抓住機會。例

MP3

如有個特價活動的時候，大家完全不等待、不多想，就趕快衝去，深怕太晚了搶不到特價。

例句

A: Apple acaba de sacar un nuevo ordenador, que mañana a las 8:00 de la mañana se puede ir a comprar. Ya hay chicos jóvenes esta noche haciendo cola delante de la tienda para comprarlo.

蘋果公司剛生產了新的電腦，明天早上八點就可以買得到。很多年輕人今晚就在店門口排隊等著購買了。

B: Es que, si se trata de comprar el último modelo de Apple, "el que no corre vuela".

是啊，如果是蘋果的最新產品，「大家不是用跑的，而是用飛的」。

詞彙

hacer cola 排隊

456

En casa del herrero cuchillo de palo.
在鐵匠的家用木刀。

▶筆記

這句話的意思是，某個專業人士的家裡，卻沒有他的專業所用到的基本東西。在鐵匠家，刀子應該是鐵做的，不應該是木刀。另外舉例來說，如果一位電腦專家家裡的網路連線很不穩，他的太太可能會對他抱怨：「在鐵匠家卻用木刀。」

例句

A: En esta casa, en que hay tres estudiantes, no hay manera de encontrar ahora un bolígrafo.

在這個家裡明明有三個學生，居然一支原子筆都找不到。

B: Mamá, ya sabes, "en casa del herrero, cuchillo de palo".
媽媽，你也知道，「在鐵匠的家用木刀」。

 詞彙

bolígrafo 原子筆

Tener la sartén por el mango
握住鍋子的握把

▶ **筆記**

意思是情況在掌控中。有時候用鍋子炒菜不容易，但是如果握好鍋子的握把（鍋柄），烹煮的過程就會比較容易。

例句

❶ No podemos hacer nada, porque en esta situación el director tiene la sartén por el mango.
我們什麼也不能做，因為整個情況目前是主任在掌握鍋子的握把。

❷ Si conseguimos hacernos con el 51% de las acciones tendremos la sartén por el mango en todas las decisiones de la junta de accionistas.
如果我們可以得到 51% 的股份，我們就等於握著鍋子的握把了，可以掌控所有股東大會的決議。

詞彙

sartén 鍋子（較淺的，像平底鍋）；mango 握把、柄；acciones 股份；junta 大會；accionistas 股東

Se me pone la piel de gallina.

我都起雞皮疙瘩了。

▶ **筆記**

　　一個人的皮膚變成和雞的皮膚一樣，有雞皮疙瘩，本來是指很冷的意思，但是也用來比喻在經歷劇烈的情緒反應時，例如被嚇到的時候，也可能會起雞皮疙瘩。

例句

❶ Hacía un frío bestial, y yo en manga corta. De verdad te lo digo, tío, es que tenía la piel de gallina.

那時候冷得不得了，而我穿短袖。說真的，老兄，我都起雞皮疙瘩了。

❷ Cada vez que pienso en el accidente de coche que tuve, se me pone la piel de gallina.

每次我回想到我那次出車禍，我都會起雞皮疙瘩。

詞彙

piel 皮膚；gallina 母雞；bestial 嚴峻的、嚴重的；manga corta 短袖；accidente de coche 車禍

Cuando algo no le conviene, se hace el sueco.

不想做某件事情的時候，他就裝傻。

▶ **筆記**

　　意即他故意假裝沒進入狀況。這句用語裡的 sueco，是來自 zueco 這個字，意思是一種木頭做的鞋子，因為鞋子比較高，可以用來防水或是用來走有水

灘的路。這樣的鞋子走起路來並不舒服，所以走路的樣子看起來有點笨拙（torpe）。因此，hacerse el sueco，意思就是「裝傻」，故意讓自己顯得笨拙，或是假裝沒聽到某件事情，以避免承擔責任。通常 sueco 的意思是「瑞典人」，這句用語裡的 sueco 和瑞典沒有關係，並不是說瑞典人就很自私（egoista）。

例句

❶ Te lo he dicho varias veces y muy clarito, o sea que no te hagas más el sueco. (La palabra "clarito" en vez de "claro" añade énfasis y amenaza).
我已經告訴你很多次，而且講得很清楚，你不要再裝傻了。（這裡 clarito 是來自 claro 這個字，這樣用是為了加重語氣。）

❷ Lo vi por la calle, lo miré, intenté saludarlo, pero se hizo el sueco.
我在街上看到他，我對著他看，試著向他打招呼，可是他假裝沒看到。

詞彙

hacerse el sueco 裝傻；zueco 木鞋；torpe 笨拙；egoista 自私

460

No te pases de listo.
你不要聰明過了頭。／你不要聰明反被聰明誤。

▶ **筆記**

　　這句話的意思是你要衡量所說的話或所做的行為，因為可能會被忽視、批評或責罵。這裡指的是某人為了要表現得好（quedar bien）而特別做某件事或說某句話，結果卻表現得讓人懷疑（parece sospechoso），或是讓自己顯得可笑（hace el ridículo）。

❶ A: Después de decirle a la chica que yo era ingeniero, y que ella era muy guapa, me volvió la espalda.

我告訴那個女孩我是工程師，然後我說她很漂亮，結果她居然不理我。

B: Creo que te pasaste de listo. Con la cara que tienes, yo hubiera hecho lo mismo.

我覺得你是聰明過了頭。你那個樣子，我也會像她一樣不理你的。

❷ A: Voy a ver al profesor a ver si me coge de TA (ayudante). Le diré que he aprobado el DELE A2, y que me interesa mucho el español, y que querría estudiar en España, y que si necesita ayuda se la puedo dar. Ja, ja. No me podrá decir que no.

我來看看教授是不是會選我當助教。我會告訴他我通過西班牙文檢定考試 DELE A2，我對西班牙文很有興趣，我想到西班牙讀書，並問他是不是需要我的幫助。哈哈，他一定不會拒絕我的。

B: Vale, vale, pero ten cuidado y no te pases de listo.

好了，好了，你要小心不要聰明反被聰明誤。

詞彙

sospechoso 令人懷疑的；hacer el ridículo 出糗、顯得可笑；volver la espalda 拒絕、不理睬；TA (ayudante) 助教、助理；tener cuidado 小心

諺語 Refranes

Tema **24**

　　諺語（refranes）通常蘊含道德反思的意味，根據當地人民的實際經驗，來對某個行為作價值判斷，或者建議面對兩難時應採取的態度。比起俗語（dichos）來說，諺語的句子通常比較長，甚至是兩個句子組合在一起。而有的時候，成語和諺語之間的差別並不大。

461

Cuando el río suena, agua lleva.

河流有聲音就是有水。

▶ **筆記**

　　意思是如果大家都這麼說，一定有幾分事實。這句諺語常用在負面的情況，例如媒體如果要抹黑某人的名譽，可能會不斷報導關於這個人負面的假消息，讓大眾信以為真。

例句

A: ¿Qué piensas de la acusación de corrupción del alcalde? Parecía buena persona.
你對於有關市長貪腐的指控有什麼看法？我以為他看起來是好人。
B: La verdad es que no sé los detalles, pero todos los periódicos hablan de ello. No sé, pero… "cuando el río suena, agua lleva".
事實上我並不知道詳情，只是所有的報紙都在報導。我也不知道……可是「河流有聲音就是有水」。

詞彙

sonar 發出聲響；acusación 指控、控訴；corrupción 貪腐、腐敗；alcalde 市長

El que calla, otorga.
不說話的人，就是默認。

▶ **筆記**

意思是如果你不回應（replicas）某人的話，你就等於認為他有道理（le das la razón），也就是「默認」的意思，靜默（silencio）就是接受了對方的意見。如果他人指控你某件事情，而你不否認的話，等於就是承認對方說的是真的。當然也是要視情況而定，有些情況下，不回應是比較好的。但是，如果有人提出某個提案，而沒有得到回應時，他可能會使用這句諺語來將「靜默」解讀為「通過」。

/ **例句** \

❶ No, no puedes quedarte callado. Todo el mundo pensará que es verdad lo que dicen de ti. Ya sabes: "el que calla, otorga".
不行，你不能保持沉默。全世界的人都會以為他們說的有關你的事情是真的。你也知道：「不說話的人，就是默認。」

❷ Como no me han dicho nada en contra, doy por hecho que no se oponen y que están de acuerdo. Si después me preguntan por qué lo hice, les diré que quien calla, otorga.
既然沒有人提出反對的意見，我就當作沒有人反對我的意見，所有人都贊同。如果之後有人質問我為什麼這麼做，我就會告訴他們，不說話的人，就是默認。

詞彙

callar 不說話、保持靜默；otorgar 同意、准許；replicar 回應；razón 道理；silencio 寂靜、靜默；callarse 不說話、保持靜默；dar por hecho 視為理所當然

No hay mal, que por bien no venga.

一切的不美好，都是為了美好的事情而來。

▶ 筆記

　　這句諺語直譯的意思是「沒有任何不美好的事情，不是因為好的事情而來」。這句話的邏輯可能從字面上不容易懂，因此可以說明為「一件不美好的事情發生時，其實是為了帶來另一件美好的事情。」用在說明某件事情看似不好，但是過一陣子之後，結果是正面的。這句話和中文諺語「塞翁失馬，焉知非福」很相似。通常不是在遇到不好的事情當下所說，而是在不好的事情過後，好的事情來臨時，覺得很歡喜時所說的。

／例句

A: En segundo año de carrera, lo pasé fatal. Incluso tuve que repetir una asignatura al año siguiente. Bueno, la verdad es que al repetir esa asignatura conocí en clase a la chica que ahora es mi mujer.
大二那一年，我過得糟透了。我甚至接下來的一年還要重修一門課。不過，事實上因為重修那門課，我在班上認識了一個女孩，她現在就是我的妻子。

B: Ja, ja. Claro, no hay mal que por bien no venga.
哈哈，當然囉，一切的不美好，都是為了美好的事情而來。

詞彙

carrera 大學的主修；segundo año de carrera 大二；fatal 糟透了；
repetir asignatura 重修

Lo que no mata engorda.

不會害死人的，只會讓人胖。

▶ **筆記**

　　意思是你不要想太多，吃就是了，你不會因此而生病的。這句話通常用在鼓勵人嘗試吃一樣從來沒吃過的東西，他可能第一次看到這個食物，覺得看起來不好吃，或是味道不好聞。

例句

A: ¿Esto qué es? Qué mal huele. No lo quiero tomar.

這個是什麼？聞起來好臭。我不想吃。

B: Venga, hombre, cómelo, que es muy típico de Taiwán.

來啦，老兄，吃吃看，這是台灣的道地料理。

A: Me dará náuseas.　我會覺得反胃。

B: No digas tonterías y cómetelo. Además, lo que no mata engorda.

你不要說傻話，吃了就是了。而且，這不會害死人的，只會讓人胖。

詞彙

oler 聞起來；olor 味道（聞起來的）；saborear 嚐起來；sabor 味道（嚐起來的）；engordar 變胖、增重；adelgazar 變瘦、減重；matar 害死、殺；morir 死；náuseas 反胃、噁心

El que mucho abarca, poco aprieta.

什麼都想包的人，什麼都抓不住。

▶ **筆記**

　　這句諺語的意思是一個人想做的事情超過他的能力。所指的不是一個不得已

必須很忙的人，而是指一個夢想家（soñador），想要「包山包海」同時做所有的事情，但是卻往往什麼也沒辦法好好完成。

例句

A: Voy a apuntarme a clases de español, francés y alemán. Y cuando me gradúe voy a hacer un viaje por Europa, como si estuviera en mi casa. Yo creo que podré con 30 créditos semanales.
我要選修西班牙文、法文和德文課。等到我畢業的時候，我要到歐洲旅行，就會好像在自己家裡一樣自在。一個星期修 30 個學分，我可以的。
B: ¡Anda! No construyas castillos en el aire, que el que mucho abarca, poco aprieta.
好了吧，你不要在空中蓋城堡，什麼都想包的人，什麼都抓不住。

詞彙

abarcar 包含；apretar 收緊；soñador 做夢的人、夢想家；apuntarse 報名、修習課程；anda 原本是「走路」的意思，這裡是發語詞；construir castillos en el aire 在空中蓋城堡，就是不切實際的意思。

466

A palabras necias, oídos sordos.
聽到愚蠢的話，就裝聾吧。

▶ 筆記

　　這句諺語建議我們不要去聽別人所說沒有意義的話、干擾我們的話，或是對我們不合理的批評。這麼做並不是要逃避衝突或爭執，即使是非理性的爭辯，如果已經到了不講理的地步，甚至對方用挑釁或汙辱的言語傷害我們，那最好就算了，別再吵下去。

A: Me han dicho de ti que has conseguido la promoción por enchufe.

別人告訴我，你會升遷是因為靠關係。

B: Pues si te cuento la verdad...¿Sabes qué te digo? Que no hagas caso. Ya sabes: "a palabras necias, oídos sordos".

如果要我說實話……你知道我會告訴你什麼嗎？你不要管他們的話。你知道，聽到愚蠢的話，就裝聾吧。

詞彙

necio/a 愚蠢的；sordo/a 聾的；enchufe 原意是「插座」，這裡指「關係」；conseguir algo por enchufe 靠關係達成某種目的

467

La esperanza es lo último que se pierde.
最後失去的是希望。（當一切都失去的時候，還有希望。）

▶ **筆記**

　　這句諺語的意思是不要氣餒（No hay que desanimarse.）。用在鼓勵他人繼續為目標而奮鬥，例如完成困難的學業、拯救婚姻、爭取想要的工作等。這是在遭受挫敗或是有所疑慮時所說的話。

例句

A: Estoy entrenando mucho para bajar unas décimas en los 100 metros, pero no lo consigo. Esto me daría opciones para ir a las próximas olimpiadas.

我現在一直努力訓練百米短跑，希望秒數可以減少個十分之幾秒，可是我還做不到。如果做得到，就可以讓我有機會參加下次的奧運。

B: Venga, ánimo, que ya te queda poco. La esperanza es lo último que se pierde.

加油！你就快達成目標了。最後失去的是希望。

 詞彙

esperanza 希望；lo último 最後的；lo primero 第一個

468

Antes se coge a un mentiroso que a un cojo.

說謊的人比跛腳的人更容易被發現。

▶ 筆記

　　這句話的意思是如果人說謊，遲早會被發現。人不能說謊，一旦說謊，就要編造更多的謊言來圓謊。這裡用動詞 coger，是指「抓到」或「發現」（descubrir）的意思。跛腳的人很容易被人看出來，除非是一直坐著，但是說謊的人更容易被發現。

例句

❶ A: Es un mujeriego. De hecho, cuando me dijo que, a su edad, nunca había tenido una novia formal, ya empecé a sospechar de sus intenciones.

他是個花花公子。事實上，他告訴我到這個年紀，他都還沒有過正式的女朋友，在那時我就開始懷疑他的意圖了。

B: Claro, antes se coge a un mentiroso que a un cojo.

當然囉，說謊的人比跛腳的人更容易被發現。

❷ A: Me ofrecía invertir en su proyecto, pero cuando le pedí su tarjeta de visita, me dijo que no la llevaba. Allí acabó todo.

他邀請我投資他的專案，但是當我向他要名片的時候，他說他沒帶。到那裡一切就結束了。

B: Hiciste bien. Ya sabes: "se coge antes a un mentiroso que a un cojo".

你做得很好。你知道：「說謊的人比跛腳的人更容易被發現。」

詞彙

mentir 說謊；mentira 謊言；mentiroso 說謊的；cojo 跛腳的人；mujeriego 花花公子；tarjeta de vista 名片

469

Dime con quien andas y te diré quién eres.

告訴我你和誰往來，我就可以告訴你，你的為人。

▶ **筆記**

　　這句話的意思是你所來往的朋友（amistades）會影響你的性格與為人。所謂「近朱者赤，近墨者黑」，如果和良善的人為伴（buenas compañías），就可以讓自己變得更好。而這句用語通常指的是負面的，就是如果和不善的人在一起，就會變得不好。

例句

A: Han cogido a su sobrino traficando con drogas.　他的姪子被抓到販毒。

B: Conociendo a sus amigos, no me extraña nada. Dime con quién andas y te diré quién eres.

我知道他的朋友是哪些人，所以我不意外。告訴我你和誰往來，我就可以告訴你，你的為人。

詞彙

amistades 朋友、友誼；buenas compañías 良善的朋友（或來往的親友）；
sobrino 姪子、外甥；traficar con drogas 販毒

Del dicho al hecho hay gran trecho.

說到和做到之間有很大的鴻溝。

▶筆記

產生一個想法，或將自己的想法加諸於他人很容易，困難的是將這個想法實現。如果某人有個很「棒」的想法，但事實上難以做到，可能想法不夠實際，或是沒有管道達成，那就可以對他說這句諺語。

例句

A: Bueno, preparar esta presentación de media hora sobre las causas de la Guerra Civil española, no es tan difícil. Voy a la biblioteca y en un par de horas preparo algo para dejar impresionado al profesor.

看來要準備這場三十分鐘的簡報，講西班牙內戰的原因，並不是那麼困難。我只要到圖書館，花個兩小時，準備一些東西就能讓教授刮目相看。

B: Sí, sí. Del dicho a hecho hay gran trecho. Te veo como siempre, yendo a cortar y pegar de Wikipedia.

是啊，是啊，說到和做到之間有很大的鴻溝。我看你是跟平常一樣，結果就是複製貼上維基百科內容。

詞彙

dicho 說的（動詞 decir 的過去分詞當名詞使用）；hecho 做的（動詞 hacer 的過去分詞當名詞使用）；trecho 溝渠

Al mal tiempo, buena cara.
天氣不好，臉色要好。

▶ 筆記

這句諺語的意思是在遭遇到無法預知的困難時不要沮喪，也不要悲傷，而是要面帶微笑。原意是在戶外旅遊時，本來旅途平靜順暢，但突然天氣變壞，這時候應該保持正面的態度。

例句

❶ A: Se va a poner a llover y no vamos equipados para esta situación. ¿Qué hacemos?
快要下雨了，我們沒有準備這樣的情況，現在怎麼辦？

B: Pues lo que dice el refrán: "al mal tiempo buena cara".
只能像俗語所說的：「天氣不好，臉色要好。」

❷ A: Con el tiempo que hace, frío y lloviendo, me da pereza ir a clase.
這個天氣，又冷又下雨，我很懶得去上課。

B: Venga, hombre, no pasa nada, vamos ya. Recuerda: "al mal tiempo, buena cara".
老兄，這沒什麼吧，我們去上課。記得：「天氣不好，臉色要好。」

詞彙

cara 臉；mejilla 面頰；ceja 眉毛；labio 嘴脣；pereza 懶惰

A caballo regalado, no le mires el diente.

別人送你一匹馬，你不要看馬的牙齒。

▶ **筆記**

　　這句諺語的意思是別人送的禮物，不管貴重與否，應該接受而不要找缺點，一開始源自於農場的情境，特別是在馬匹交易市場。通常買主在購買馬匹之前，會先檢查馬的牙齒，才決定要不要買。然而如果是別人送你一匹馬作為禮物，就應該表達感謝、歡喜接受，不應該過問太多，因為不管禮物的品質高低，一定還是會有某種用處的（presta algún servicio）。

例句

A: En el concurso de villancicos hemos conseguido el tercer premio y nos han dado un bono de 300 yuanes para libros y un pendrive de solo 20 gigas. ¡Qué tacaños!

我們參加聖誕歌曲歌唱比賽得到第三名，他們給的獎品是 300 元的禮券和一個 20GB 的隨身碟，好小氣喔！

B: Hoy día, 20 gigas no son muchos, pero ya sabes: "a caballo regalado, no le mires el diente".

現在這個時代，20GB 容量真的不大，可是「別人送你一匹馬，你不要看馬的牙齒。」

詞彙

diente 牙齒；muela 臼齒；prestar un servicio 有用處的；villancico 聖誕歌曲；premio 獎項、獎；tercer premio 第三名、第三獎；bono 抵用券、禮券、票券；pendrive 隨身碟；tacaño 小氣

Más vale pájaro en mano que ciento volando.

一隻鳥在手裡，勝過百隻鳥在天上飛。

▶ 筆記

　　這句話的意思是最好滿足於自己所擁有的，而不要冒險想得到更多東西。面對兩種選項（opción），第一是守住確定已掌握在手中的，第二是選擇可能獲取更好的機會（ocasión）。這句諺語的建議是第一個選擇比較好，因為如果只是有野心（ambición）追求更好的機會，也許結果是有害的（perjudicial），最後什麼也得不到。

／ 例句 ╲

A: Ya me aceptan en este trabajo, el sueldo no es malo, pero tengo que decidir ahora. La verdad es que no sé qué hacer, ya que también hay la posibilidad de otro trabajo con mucho mejor sueldo, que podría conseguir en un par de meses.

這份工作我已經被錄取了，薪水還不錯，可是我現在就必須要做決定。老實說，我不知道該怎麼做，因為有另外一個可能的工作機會，薪水高很多，再過兩個月我有可能會被錄取。

B: No lo pienses más y acepta el primer trabajo. Como dice el refrán: "más vale pájaro en mano que ciento volando".

你不要再多想了，就接受這份工作吧。如同俗語所說：「一隻鳥在手裡，勝過百隻鳥在天上飛。」

┤ 詞彙 ├

pájaro 鳥；ciento 一百個；opción 選項；ocasión 機會、場和；ambición 野心；perjudicial 有害的；sueldo 薪水

Más vale malo conocido que bueno por conocer.

已知的缺點勝過未知的優點。

▶ **筆記**

在做重要決定的時候，最好決定選擇比較安全、大致可以接受的選項，即使有可能近乎完美的未來選項，也是需要冒險才有可能得到的。這句諺語所建議的是做較為保守、深思熟慮（aprensiva）的抉擇。和前面一句意思相近，這一句通常使用在做決定時衡量風險高低，前面一句則常使用在如何選擇想要擁有的事物。

例句

A: Está demostrado que esta vacuna apenas tiene efectos secundarios, pero acaba de salir otra que dicen que no tiene ninguno. No sé cuál ponerme.
第一種疫苗已經證明幾乎沒什麼副作用，但是剛才又宣布有新的疫苗可能完全沒有副作用。我不知道該打哪一種。

B: Yo me pondría la primera, porque más vale malo conocido que bueno por conocer.
如果是我，我會打第一種，因為已知的缺點勝過未知的優點。

詞彙

aprensivo 深思熟慮的、經過思考的；apenas 幾乎不、幾乎沒有；efectos secundarios 副作用

La ocasión la pintan calva.

這個「禿頭」機會太難得了。

▶ **筆記**

　　這句諺語的意思是教人要抓住一閃而過難得而又明確的好機會，因為機會一旦錯過就不再來。很難想像「機會」和「禿頭」到底有什麼關係？或許可以聯想到另外一句成語 Cogemos las cosas por los pelos.「我們從頭髮捉住東西」，也就是說在最後一刻、即使很困難，還是抓住某個東西或機會。可以想像如果要抓住禿頭者的頭髮是多麼困難，可是一旦抓住這樣的機會是很有利益的。

例句

A: Ha salido una oportunidad excelente. Implante de pelo sin límite por solo 3.000 euros. Solo hasta final de mes, o sea, quedan tres días.
剛才發布了一個很棒的消息。植髮只要3,000元，不限數量。這個優惠只到月底，也就是說，只剩下三天。

B: No dejes pasar la oferta. Recuerda: "la ocasión la pintan calva." Nunca mejor dicho. Ja, ja.
你不要錯過這次優惠。你知道，這是難得的「禿頭」機會。哈哈，這諺語真是太貼切了。

詞彙

與毛髮相關的形容詞包括：calvo 禿頭的；peludo 頭髮多的（頭髮 pelo）；barbudo 留落腮鬍的（落腮鬍是 barba）；bigotudo 留八字鬍的（八字鬍是 bigote）；另外 implante de pelo / implante capilar 是植髮（名詞）

A donde fueres, haz lo que vieres.
所到之處，看到什麼就跟著那樣做。／入境隨俗。

▶ **筆記**

　　這句話的意思是調整自己的行為，照著當地人的習俗來行動。通常使用的對象是到國外常批評當地習俗的人，或是行為或反應（reacciones）與當地習俗（costumbres locales）相反的人，如同英文諺語：When in Rome, do as the Romans do.（到了羅馬，就跟著羅馬人這樣做。）❶，或是中文成語所說的「入境隨俗」。

▶ **文法說明**

　　學過西班牙文的學生可能知道「過去虛擬式」的動詞變化，例如 ir 第二人稱單數是 fueras 或 fueses，ver 的第二人稱單數是 vieras 或 vieses，雖然名為「過去虛擬式」但有時候會有指向未來的意涵。其實還有另外一種古老用法的虛擬式動詞變化，通常課堂上不會學到，叫做「未來虛擬式」，如同這句子中的 fueres（動詞原型 ir）和 vieres（動詞原型 ver）。因為諺語是來自民間傳統的，因此會保留這種古老的動詞型態。

／ **例句**

❶ No hagas eso, que aquí nadie lo hace. Recuerda el refrán: "a donde fueres haz lo que vieres".
你不要這樣做，這裡沒有人這樣。記得諺語說的：「所到之處，看到什麼就跟著那樣做。」

---

❶ 這句英文諺語的典故來自聖莫妮卡（Santa Mónica）和兒子聖奧古斯丁（San Agustín）請教米蘭主教聖安布洛西歐（el obispo de Milán San Ambrosio），到了羅馬是否要遵守星期六齋戒的規定，而聖安布洛西歐的回答是：「在米蘭星期六不必齋戒，但是到了羅馬就要這麼做。」請參閱 Dwight Edwards Marvin, *The Antiquity of Proverbs* (1922)。

MP3

❷ Si ves que los demás utilizan la mano para comer algo, tú haz lo mismo. Ya sabes, "a donde fueres haz lo que vieres".

你如果看到其他人是直接用手來吃某樣食物，你跟著做就是了。你知道的，「所到之處，看到什麼就跟著那樣做」。

詞彙

reacciones 反應；costumbres locales 當地習俗

477

Donde hay patrón, no manda marinero.
船長在，船員就不發號施令。

▶ 筆記

　　這句諺語用於提醒對方在某個時刻，誰才是最有權威的人。通常這句話不會是上司對部屬所說的，相反的，通常是部屬在上司面前說的，可能是上司要求部屬做某件事情，而部屬用這句話技巧地避開上司交代的這件事情。

例句

A: Pérez, ¿podría usted encargarse de dar las palabras de bienvenida a la misión comercial?
裴瑞茲，您可以負責對商業代表團說幾句歡迎的話嗎？

B: Don Antonio, sería para mí un honor hacerlo, pero usted ya sabe: "donde hay patrón, no manda marinero".
安東尼歐先生，我覺得很榮幸可以負責這個項目，但是您也知道：「船長在，船員就不發號施令。」

詞彙

mandar 命令（另有「寄送」、「傳達」的意思）；marinero 船員；patrón 船長（在這裡是「船長」或「船東」的意思，另外的意思為「贊助者」或「監護人」）

El que a buen árbol se arrima, buena sombra le cobija.

倚靠一棵好樹，就能得到好庇蔭。

▶ **筆記**

　　這句諺語是用來鼓勵他人或是鼓勵自己找到一位保護者（protector），可以給予我們支持（apoyo）。會說這句話的人也可能是一位自認為某方面可以保護他人的人，用這樣的話來吸引別人接受他的專業服務或保護。這是一種說服（persuadir）他人的說法。

例句

Mira, hijo, la vida en la universidad, lejos de casa, no te va ser fácil, elige bien las amistades y recuerda que el que a buen árbol se arrima, buena sombra le cobija.

兒子，離開家上大學的生活，並不會很容易，你要慎選朋友，同時要記得，「倚靠一棵好樹，就能得到好庇蔭」。

詞彙

arrimarse 倚靠；cobijarse 庇蔭；sombra 樹蔭／影子；protector 保護者；apoyo 支持；persuadir 說服

En boca cerrada no entran moscas.

嘴巴閉上，蒼蠅就不會飛進去。／言多必失。

▶ **筆記**

　　這句話的意思是你如果不說話，就不會犯錯（Si no hablas, no cometes errores.）。

在某些時候，如果不能夠控制情況，有些人認為最好是不要說什麼，以免說錯（equivocarse）或是透露出（revelar）可能傷害（perjudicar）到自己的訊息。

例句

❶ A: No te signifiques, ni des tu opinión delante de la gente que no conoces.

在你不認識的人面前，不要表態或是表達自己的意見。

B: Siempre me dices lo mismo, debe de ser por aquello de que "en boca cerrada no entran moscas".

你總是對我說一樣的話，一定是因為這句俗語說的「嘴巴閉上，蒼蠅就不會飛進去。」

❷ Siempre dices lo que piensas. A veces, es mejor callarse. Como sabes: "en boca cerrada no entran moscas".

你總是說出自己的想法。有時候，最好是不要說話。你也知道：「嘴巴閉上，蒼蠅就不會飛進去。」

詞彙

moscas 蒼蠅；cometer 犯 [錯]；equivocarse 弄錯了；revelar 透露、顯露；perjudicar 傷害；significarse 表明自己的意見

480

Más vale prevenir, que curar.

預防勝於治療。／防患未然。

▶ **筆記**

　　這句話的意思是，該做的事現在就做，以免之後為時已晚，用來鼓勵對方走出重要的一步，通常也用在醫療相關的情況。另外一句類似意思的用語是："Hombre prevenido vale por dos."（一個做好預防的人抵過兩個人）。

❶ A: No sé si ponerme la vacuna ya o esperar un poco.

我不知道應該現在打疫苗，還是再等等。

B: No lo pienses más, es segura. Ya sabes: "más vale prevenir que curar".

你不要再多想了，疫苗很安全。你知道的：「預防勝於治療。」

❷ A: No sé si sacarme el seguro de coche a todo riesgo o solo el seguro a terceros.

我不知道車子保險該保全險，還是第三責任險就好了。

B: No lo pienses más, como te acabas de sacar el carnet de conducir, es mejor el de a todo riesgo. Además, eres joven y un poco loco. No olvides nunca que más vale prevenir que curar.

你不需要再想了，你才剛剛拿到汽車駕照，最好是保全險。而且，你很年輕又有點瘋狂。你別忘了，「預防勝於治療」。

詞彙

prevenir 預防、避免；curar 治療、治癒；seguro a todo riesgo 全險；loco 瘋狂

MP3

附錄
Anexo

拉丁文片語
Locuciones latinas

Tema 25

拉丁文片語 Locuciones latinas

在西班牙文，甚至是英文中，有時候會使用到拉丁文片語。有些片語是很常見的，例如：*per capita*、*per se*、*ante meridiem* (a.m.)、*post meridiem* (p.m.)、*Anno Domini*(A. D.)、*Ibid.* (Ibídem)、*Op. cit.* (opus citatum) 等。在前面的篇幅中，我們已經提到了幾個，像是 *alea jacta est*、*sine qua non*。這些拉丁文用語，偶爾會在口說或是書寫時用到，可以讓表達更為文雅，但是如果過度使用，又會顯得太過講究了。接下來所介紹的用語就是拉丁文片語。

481

Curriculum vitae
履歷

▶ 筆記

這兩個字直譯就是「生命的歷程」的意思。「履歷」指的是記錄個人學歷及經歷的文件。在西班牙文，常會只使用第一個字 *curriculum* 來表示「履歷」，或是也可以說 currículo（西班牙文），但是 currículo 比較少使用。簡寫就是 CV。

例句

❶ Tengo que preparar el *curriculum* para presentarlo a esta oferta de trabajo.
為了應徵這份工作，我必須準備履歷。

❷ Si aceptas este trabajo de ayudante de la clase te servirá para el *curriculum*.
你如果接受這份課程助教的工作，對你的履歷會有幫助。

❸ Hay gente que infla exageradamente su *curriculum* y se nota mucho.
有的人會在自己的履歷上誇大吹噓，很容易被看出來。

詞彙

curriculum 履歷；inflar 膨脹、吹噓

482

Cum laude
得到讚許的、榮譽特優

▶ **筆記**

　　這裡指的是學業成績特優。大學裡的碩士論文（tesis de máster）或博士論文（tesis de doctorado）的成績通常是「通過」（apto）或是「不通過」（no apto）。若是成績特別好的，可能會是「優」（sobresaliente）或是「榮譽特優」（sobresaliente *cum laude*），後者是最高的成績肯定，通常是三人組成的口試委員（tribunal）全體一致（unanimidad）通過。

例句

❶ A: ¿Qué tal fue la defensa de la tesis? ¿Qué nota te dieron?
　你的論文口試如何？他們給你什麼成績？

　B: Fue muy bien, y el tribunal me dio un "sobresaliente *cum laude*".
　很好，口試委員給我「榮譽特優」。

❷ El presidente del gobierno obtuvo su tesis *cum laude*, pero se dice que plagió gran parte de la misma. El asunto va a acabar en los tribunales.
　總統的論文得到榮譽特優的成績，但是有人說那篇論文大部分是抄襲而來的。這件事情最後會由法院來裁決。

詞彙

tesis de máster 碩士論文；tesis de doctorado 博士論文；apto 通過；
sobresaliente 優；unanimidad 一致通過；tribunal 三人組成的委員會；
plagiar 抄襲；tribunales 法院

483

Honoris causa
榮譽的

▶ 筆記

　　這裡指的是因為榮譽而得到的認定。通常這個片語是用在「榮譽博士」（doctorado *honoris causa*）一詞，也就是一所大學因為某人的研究工作表現傑出，而頒發榮譽博士學位，受獎人可能是其他大學的教授，也可能不是在大學教書，而是在業界，因為對於文化、科學（ciencia）或是社會所做的貢獻（contribución）而得到了肯定（ha sido aclamada）。

╱ 例句 ╲

La Universidad Complutense entregó ayer dos doctorados *honoris causa*, uno a un profesor de La Sorbona y el otro a un escritor latinoamericano.
馬德里大學昨天頒發兩項榮譽博士學位，一項是頒發給一位巴黎索邦大學（Sorbonne Université）的教授，另一項是頒發給一位拉丁美洲的作家。

🔲 詞彙

aclamar 肯定；contribución 貢獻；ciencia 科學

484

Errare humanum est　犯錯是人之常情

▶ 筆記

　　只要是人就會犯錯（errar es humano.）。這句片語的道理淺顯易懂，也就是說，犯錯（cometer errores）是經常會發生的事，在遭遇失敗（fracaso）或是挫折（frustración）的時候，特別適合使用。舉例來說，如果某個學生和教授很熟識（tener confianza），學生犯錯了，可能就會利用這句片語來和教授開玩笑。

❶ A: Llegó tarde a la reunión porque se equivocó de salida en la autopista.
他開會遲到，因為他下錯交流道了。

B: A mí también me pasó una vez. Ya se sabe que *errare humanum est*.
我也發生過一次這樣的錯誤。大家都知道，犯錯是人之常情。

❷ A: Te has equivocado en la utilización de esta fórmula.
你這個公式用錯了。

B: Sí, profesor. Ya sabe: "*errare humanum est*".
是的，教授。您知道的，犯錯是人之常情。

詞彙

errar 犯錯；frustración 挫折；confianza 信任；hablar en broma 說笑、以玩笑的口氣說；hacer una broma 開玩笑；fórmula 公式、配方

485

Lapsus linguae 口誤／不小心說錯話

▶ 筆記

　　因為分心（distracción）而說錯話，造成口誤。這句片語指的是因為不小心（despiste）或不注意而說錯話。在使用片語的時候，常常省略第二個字 *linguae*，而只說 *lapsus*。需要特別注意的是，在口語化的拉丁文（也就是 latín popular，而非古典拉丁文 latín clásico）發音中，雙母音（diptongo）ae 的發音如同 e 在西班牙文的發音。另外，類似的字還有 errata，指的是「筆誤」，*lapsus linguae* 則是「口誤」。

例句

❶ Perdón, ha sido un *lapsus*. Evidentemente no quería decir eso.
對不起，我剛剛說的是口誤。很明顯的，我的意思不是那樣。

❷ Tuvo un *lapsus* muy divertido en el parlamento, pues dijo lo contrario de lo que quería decir. Todos los diputados se rieron, porque se dieron cuenta del error.

在國會上，出現了一個很好笑的口誤，有人說了和他自己想說的意思完全相反的話。所有在場的代表都笑了，因為大家都發現了這個錯誤。

詞彙

lapsus 口誤；distracción 分心；despiste 不小心；latín 拉丁文；
diptongo 雙母音；errata 筆誤；darse cuenta 發現

486

Alter ego 好朋友

▶ 筆記

這句片語直譯是「另一個我」（otro yo），指的是朋友，而我的「另一個我」也就是我的朋友，但是通常指的是我最好的朋友，是我非常認同的一個人（con quien estoy muy identificado）。在西班牙文裡，「我朋友」（mi amigo）和「我的一位朋友」（un amigo mío）是不一樣的意思，前者 "mi amigo" 通常是指一位特別的朋友，而後者 "un amigo mío" 指的是我眾多朋友的其中一位。西班牙文還有另一個片語 "son como uña y carne"（「他們就像指甲和肉［一樣親密，形影不離］」），是用來形容彼此很要好的兩位朋友。

例句

❶ A Juan le conozco desde que estábamos en la escuela primaria. Él pasaba muchas horas en mi casa, y yo en la suya. En la universidad hemos seguido juntos. Es mi *alter ego*.

我從小學就認識胡安了。他常常到我家，我也常常到他家。大學時，我們也常常在一起。他是我的好朋友。

MP3

❷ Siempre van juntas a todas partes, son como uña y carne.

他們到哪裡都在一起，就像指甲和肉一樣。

> **詞彙**

indentificarse con 認同；uña 指甲；carne 肉；escuela primaria 小學；
juntos 一起

487

Carpe diem　把握今日

▶ **筆記**

　　意思是活在當下（vive el momento），抓住今日（agarra el día）。這句片語所用的動詞「抓住」（西班牙文為 agarrar，拉丁文為 *carpe*），讓這句話的表達強勁有力，就是要人好好利用現在這個時刻。片語來自羅馬詩人賀拉斯（Horacio）的詩句，指的是因為生命的短暫（la brevedad de la vida），大家應該要好好利用時間（aprovechar el tiempo）。由此引伸而出的用法則可能用在不同的情況，可以指勞力或工作上的行動（acción laboriosa），也可以指玩樂（diversión）或享受（placer）。這句片語還可以和另一句 *tempus fugit*（相當於 "el tiempo huye" 「時間飛逝」，"la vida es breve" 「生命短暫」）搭配使用，這些片語都是文學裡反覆出現的主題（tema recurrente）。

例句

❶ No dejes para mañana lo que puedas hacer hoy. *Carpe diem*. (Sentido laborioso).

今天能做的事情不要留到明天。把握今日。（用在勤奮工作上）

❷ A: No se qué hacer, si preparar el examen o ir de fiesta.

我不知道該做什麼，是準備考試好，還是去參加派對好。

B: No lo pienses más, vete a la fiesta. Ya sabes: *"carpe diem."* (Sentido de diversión).

不用再想了，你就去派對吧。你知道應該要把握今日。（用在玩樂上）

488

A priori
在……之前、先驗的

▶ **筆記**

即是西班牙文 "antes de" 的意思，就是「在……之前」。這句用語的意思可以是：「從前面所發生的事情來看……」（por lo que precede...）、「原則上來說……」（en principio...）、「從我們所掌握的資料來看……」（con los datos que temenos...）。與之相對的用語則是 a posteriori（在……之後、後驗的），意思是「在一切都發生之後，我們可以知道一件事的過程（proceso）所造成的結果（resultado）」。

例句

❶ *A priori* no podemos esperar que este equipo gane la liga de futbol.
以目前狀況來說，我們不能期待這支隊伍會贏得足球聯賽。

❷ Claro, *a posteriori* es muy fácil establecer una teoría de por qué las cosas sucedieron así.
當然囉，在事情發生之後，很容易就可以建構出一個理論來解釋為什麼事情會如此發生。

MP3

a priori 在……之前、先驗的；*a posteriori* 在……之後、後驗的；
proceso 過程；liga de fútbol 足球聯賽；establecer 建立、建構

489

Qui prodest?
是誰從中得利？

▶ **筆記**

誰可以從這裡得到利益？（¿Quién se beneficia? / ¿A quién beneficia esto?）這個問題有時候會被當作線索（pista），用來推測犯罪的人是誰，或是用來推斷政治或國際關係上某種行動背後的原因。也就是說，透過調查這些行動背後得利的人是誰，來推斷行動或犯罪的源頭是什麼。

例句

❶ ¡Qué raro!, se han cambiado las normas de contratación de profesores en la última reunión. ¿*Qui prodest*?
好奇怪！他們在上次會議改變了教授的聘任規定。是誰會從中得利？（也就是說，這新的規定對哪位候選人有利？）

❷ Nadie entiende por qué el tren de alta velocidad hace una curva gigante en este sitio plano. ¿*Qui prodest*?
沒有人了解為什麼高鐵要在這個平坦的地段轉這麼一大彎。是誰會從中得利？（也就是說，在這條鐵路附近的地是屬於誰的？為什麼高鐵不能從這裡通過？）

❸ A: Conocemos quién fue el autor material del atentado, pero murió en el acto. Aunque aún no sabemos cómo interpretar los verdaderos motivos del autor intelectual del mismo.
我們知道是誰執行這起爆炸攻擊的，他在爆炸中死亡。可是我們不知道這個爆炸案幕後首腦的實際動機是什麼。

B: Ya sabes, aplica la máxima latina *"qui prodest*?". De momento, el ministro de interior ha dimitido. Empieza por ahí.

你知道的，可以應用拉丁語所說的「是誰從中得利？」來推斷。目前內政部長已經因此下台了，你可以從那裡推想。（也就是說，部長下台，誰可以獲得利益？）

詞彙

beneficiarse de 從……獲利；pista 線索；crimen 犯罪、罪行；beneficiario 受益人；autor material del atentado 爆炸案實際執行者；autor intelectual del atentado 爆炸案背後的首腦；dimitir 下台、辭職（動詞）；dimisión 下台、辭職（名詞）；contratación 聘任

490

Ex profeso　只為了這個目的

▶筆記

　　意思是「就只有這個意圖」（con esa única intención），或是「特別以此為目的」（hecho a propósito）。這個用語在拉丁文裡的寫法，profeso 應該有兩個 s，也就是 ex professo；在西班牙文裡，用到這個詞的時候，則會寫成 ex profeso。類似的西班牙文用語還有：deliberadamente、solo para esto、intencionadamente、a propósito，但是要特別注意的是，a propósito 用在句首的時候，意思不一樣，是指「順便一提」（類似英文的 *by the way*）。

例句

❶ Este edificio fue construido *ex profeso* para clases de lenguas.
這棟建築是只為了用來上語言課而蓋的。

❷ Si te va bien, pásate por mi despacho y te doy el libro, pero no vengas *ex profeso* (= solo para eso), porque no es urgente.
你如果方便的話，順道來我的辦公室，我給你這本書，但是不用只為了拿書而特別過來，因為沒有那麼急。

❸ Antes de irse de la ciudad vino a propósito a verme para despedirse de mí.

他在離開這座城市之前，專程過來看我，向我道別。

❹ A propósito, ya que estamos hablando de dinero, dime cuánto te pagan por ese trabajo.

順道一提，既然我們談到了錢，告訴我這份工作他們付你多少錢。

詞彙

hecho a propósito 特別以此為目的；a propósito 順道一提；despacho 辦公室、研究室；urgente 緊急

491

De facto 實際上的、實質上的

▶ **筆記**

也就是西班牙文的 "de hecho"。這句用語指的是某個行動或作為沒有法律上的認定，但是大家都知道實際上就是如此。

例句

❶ Aunque todos somos iguales ante la ley, *de facto* quien controla los medios condiciona la aplicación de la ley.

雖說法律之前人人平等，但實際上來說，能夠控制媒體的人，就能夠影響法律的應用。

❷ En esta empresa quien decide las cosas no es su presidente, sino su equipo de administradores que *de facto* la gobierna. El presidente siempre aprueba sus decisiones.

在這個公司裡，決定事情的人不是總裁，而是行政團隊，實際上管理著整個公司。總裁總是同意他們的決定。

詞彙

ley 法律；controlar 控制；los medios 媒體；equipo de administradores 行政團隊、管理團隊；gobernar 治理

De iure　在法律上的、法定的

▶ 筆記

　　也就是西班牙文的 "de derecho"。這句用語指的是某個情況與法律規定相符。拉丁文的 *ius* 是法律的意思（ *iure* 是 *ius* 的變化），因此，這句用語和上一句 "de facto" 是相對的概念。

／例句 ＼

❶ Aunque Samuel López es presuntamente el presidente electo de este país, y por tanto su presidente *de iure*, quien realmente ostenta el poder es el Ejército, pues *de facto* controla el gobierno.

　　雖然山姆‧羅培茲被認定是這個國家選舉出來的總統，也就是法定的總統，是擁有軍隊統帥權的，但是實際上治理國家的是政府各部門。

❷ En esta región *de iure* manda el gobierno, pero *de facto* son los narcotraficantes quienes dicen lo que hay que hacer.

　　在這個地區，法定上是由政府管轄，但實際上是毒販在控制政府的所有作為。

詞彙

derecho 法律、權利；presuntamente 被認定、被認為；ejército 軍隊；
mandar 發號施令、管理；narcotraficante 毒販

Motu proprio
出於自願的、自動自發的

▶ 筆記

　　即是西班牙文的 "por propia iniciativa"。這句用語指的是某個行為或行動（通常指道德上的），完全是出自行動者本身的意願，而不是被外界力量所強迫或

MP3

建議才做的。這句用語正確的拉丁文應該是 " motu proprio " ，但是在西班牙文裡經常使用的拼法是將最後一個 r 刪除，變成 *motu propio* 或是 *de motu propio* 。

❶ Esto lo hice *motu proprio*, por eso reconozco que soy el único responsable.
這件事情是完全出自我個人意願而做的，因此我承認我是唯一該為此負責的人。

❷ Es una gran persona, vino a pedir perdón de *motu propio*.
他的人格高尚，完全是出於自願來道歉。

詞彙

reconocer 承認、了解到；único 唯一的；perdir perdón 道歉

494

Ipso facto　同時

▶ 筆記

　　即是西班牙文的 "en ese mismo momento"（在同一時刻裡）。雖然字面上的意思是某件事與另一件事同時發生，但是實際上的用法通常指的是某件事在其原因（causa）發生後隨之立刻發生。這句話也可以用來下指令（orden），要對方趕快把事情做好。

例句

❶ Lo encontró viendo una película en el ordenador de la oficina en horas de trabajo y lo despidió *ipso facto*.
他上班時間被發現在電腦上看電影，因此立刻就被開除了。

❷ Quiero ese informe ya. *¡Ipso facto!*　我需要這份報告，立刻交來！

詞彙

causa 原因；orden 命令、指令

Grosso modo
大致、大概

▶ 筆記

　　即是西班牙文的 "aproximadamente"。字面上的意思是粗略、概括的計算，也就是說，不是特別精準或仔細的。這句用語常在談論統計數字（estadísticas）時使用，例如經濟、人口等方面。

／ 例句 ＼

❶ Esto debe de costar unos veinte millones de dólares, *grosso modo*.
　　粗略估計，這肯定要花上兩千萬元左右。

❷ ¿Cuánta gente debió de participar en la manifestación, *grosso modo*?
　　大略估計，參加示威遊行的群眾約有多少人？

❸ No hace falta que me lo cuantifique exactamente, dígamelo *grosso modo*.
　　您不需要給我精準的數字，告訴我大約多少就好了。

詞彙

estadísticas 統計、統計數字；manifestación 示威遊行；cuantificar 量化

In situ
在同一地點、在原本的地點

▶ 筆記

　　即是西班牙文的 "en el mismo sitio"。這句用語所表達的是，強調某個物件或是現象在其原本的地點被發現或觀察到。

❶ Esta ánfora romana fue encontrada en las excavaciones, *in situ*.

這個羅馬時代的雙耳瓶是在挖掘的過程中，在其本來的位置被發現的。（也就是說，最後一個在兩千年前使用這個瓶子的人，就是把瓶子留在那個地方。）

❷ Esta fotografía del Machu Picchu, la tomé allí mismo, *in situ*.

這張馬丘比丘的照片，是我在那裡拍的，就在當地。（也就是說，我親自到了那個地方。）

❸ Este fósil fue fácil datarlo, porque lo encontraron *in situ*.

這個化石可以很容易地判斷出年代，因為他們是在原始位置發現化石的。（也就是說，在很清楚的地層年代順序裡。）

詞彙

ánfora 雙耳瓶；excavaciones 考古挖掘；fósil 化石；datar 斷定年代

497

Mea culpa 是我的錯

▶ 筆記

即是西班牙文的 "La culpa es mía"。這句用語用在某人認錯的時候，承認自己是有錯的（culpable），但是會說這句話的人，並不是帶有歉意的（compungida），而是以有點戲劇化（teatralmente）的說法來表達，因此在說的時候，可能會同時用拳頭捶胸。這句用語是從天主教的禮儀（liturgia católica）中來的。

例句

❶ Es verdad, tenías razón. Me equivoqué. *Mea culpa, mea culpa.*

的確是的，你講的有道理。是我弄錯了。我的錯，我的錯。

❷ A: ¿Y qué pasó cuando le dijiste lo que sabías de él?

在你告訴他你所知道有關他的事情之後，發生了什麼？

B: Entonó el *mea culpa*. (Es decir, confesó la verdad y se sintió arrepentido).

他就開始說：「是我的錯。」（也就是說，他承認事實，而且覺得後悔。）

498

Statu quo
現狀、現在的情況

▶ **筆記**

　　即是西班牙文的 "estado de la situación"。這裡的現狀通常指的是政治方面，是一種在緊張的情況下（situación tensa）相對穩定（estabilizada）的狀態。另外，這句用語也可能用在經濟、社會、國際關係等方面。

例句

❶ Puerto Rico pertenece a los EEUU, pero no de la misma forma que los otros estados. Su *statu quo* es el de "estado libre y asociado".

波多黎各屬於美國，但是和美國其他州不一樣。其現狀是「自由邦」。

❷ La situación política de este país es tan complicada, que de momento prefiere no hacer cambios radicales y mantener su *statu quo*.

這個國家的政治情況相當複雜，目前國家比較希望不要有劇烈改變，就維持現狀。

詞彙

estabilizado 穩定的；tenso 緊張的；relaciones internacionales 國際關係；libre 自由；asociado 關聯的、聯合的；radical 劇烈的、激進的

Modus operandi
操作模式、運作模式

▶ **筆記**

　　即是西班牙文的 "modo de operar"。這句用語指的是一個計劃裡的操作模式，通常是指罪犯（criminales）為了達到犯罪目的的運作方式。

例句

❶ El *modus operandi* de los ladrones consistía en romper el escaparate para robar las joyas y salir rápidamente en una moto que les estaba esperando.
那些搶匪的犯罪模式是打破櫥窗搶走珠寶，然後很快地坐上等候他們的機車逃逸。

❷ El *modus operandi* de los emigrantes para saltar la valla de Melilla es el de hacerlo en grupos numerosos a la vez, así la policía tiene muy difícil su control.
這些移民越過美利亞邊境 ❶ 的運作模式就是一次一大群人同時闖過邊境，這樣警察就很難管制。

詞彙

operar 操作；criminal 罪犯；ladrón 小偷、搶匪；escaparate 櫥窗；joyas 珠寶；control 控制、管控

---

❶ 這裡的 "valla de Melilla" 是指西班牙和摩洛哥的邊境，因為美利亞是位在北非的西班牙城市。

Do ut des 我給你是為了你給我

▶ **筆記**

　　即是西班牙文的 "Te doy para que me des."。這句話指的是沒有任何行為是不期待得到利益的。這句話和另一句 *quid pro quo*（"una cosa por otra"，以物易物）的意思很接近，都是無關金錢的其他利益交換。

例句

❶ Podemos hacer un *do ut des*. Tú me apoyas para la alcaldía de París, porque soy la fuerza más votada, y yo te apoyo en la de Marsella, porque tu partido ha sido allí el más votado.
我們可以互相幫忙。你可以支持我參選巴黎市長，因為我在這裡是多數黨；然後我再幫助你競選馬賽市長，因為你的政黨在那裡是得票數較多的。

❷ Sin un *quid pro quo*, es imposible que lleguen a un acuerdo.
如果沒有以物易物的利益交換，他們是不可能達成協議的。

詞彙

intercambio de dinero 金錢交換；intercambio de favores 互相幫忙；
alcaldía 市長職；fuerza más votada 得票較多的多數黨；acuerdo 協議、同意

Miguel Delso Martínez

　　來自西班牙最知名的葡萄酒產區──里歐哈（La Rioja），從小在葡萄園中玩耍長大，耳濡目染之下決心學習釀酒、延續爺爺的理念。大學主修釀酒學，畢業後選擇先到新世界葡萄酒產區美國以及澳洲工作，精進自己並且累積更多的釀酒經驗。在美國那帕谷（Napa Valley）工作期間，認識了來自台灣、在加州大學就讀商管碩士輔修葡萄酒的 Karen。

　　和 Karen 婚後回到西班牙，將所學應用在家族酒莊經營，希望能延續並且壯大爺爺建立的葡萄酒事業。除了對家人、葡萄酒和美食的熱愛，Miguel 更認為「學習」是生活中不可或缺的一部分，所以很高興他的聲音能幫助到正在學習西班牙文的各位讀者。

 馬丁尼茲 G.M. 酒莊
https://www.gregoriomartinez.com/en/

加入晨星

即享『50元 購書優惠券』

── 回函範例 ──

您的姓名： ___晨小星___

您購買的書是： | 貓戰士 |

性別： ●男 ○女 ○其他

生日： | 1990/1/25 |

E-Mail： ___ilovebooks@morning.com.tw___

電話／手機： ___09××-×××-×××___

聯絡地址： | 台中　市 | | 西屯　區 |
___工業區30路1號___

您喜歡： ●文學/小說　●社科/史哲　●設計/生活雜藝　○財經/商管
（可複選）●心理/勵志　○宗教/命理　○科普　　　○自然　●寵物

心得分享： 我非常欣賞主角… _____
本書帶給我的… _____

"誠摯期待與您在下一本書相遇，讓我們一起在閱讀中尋找樂趣吧！"

國家圖書館出版品預行編目（CIP）資料

西班牙最接地氣500句日常用語/鮑曉鷗, 陳南妤著. --
　　初版. -- 臺中市 : 晨星出版有限公司, 2023.01
　　440面 ; 16.5×22.5公分. --（語言學習 ; 27）
　　　ISBN 978-626-320-349-5(平裝)

　　1.CST: 西班牙語 2.CST: 讀本

804.78　　　　　　　　　　　　　　　111020281

語言學習 27

西班牙最接地氣500句日常用語
常用基本對話、片語、成語、俗語及慣用語

作者	鮑曉鷗 José Eugenio Borao、陳南妤
編輯	余順琪
校對	鄒易儒、余思慧、楊荏喻
錄音	Miguel Delso Martínez
封面設計	高鍾琪
美術編輯	李京蓉

創辦人	陳銘民
發行所	晨星出版有限公司
	407台中市西屯區工業30路1號1樓
	TEL：04-23595820　FAX：04-23550581
	E-mail：service-taipei@morningstar.com.tw
	http://star.morningstar.com.tw
	行政院新聞局局版台業字第2500號
法律顧問	陳思成律師
初版	西元2023年01月15日

讀者服務專線	TEL：02-23672044／04-23595819#212
讀者傳真專線	FAX：02-23635741／04-23595493
讀者專用信箱	service@morningstar.com.tw
網路書店	http://www.morningstar.com.tw
郵政劃撥	15060393（知己圖書股份有限公司）
印刷	上好印刷股份有限公司

定價 549 元
（如書籍有缺頁或破損，請寄回更換）
ISBN：978-626-320-349-5

Published by Morning Star Publishing Inc.
Printed in Taiwan

| 最新、最快、最實用的第一手資訊都在這裡 |